贋《にせ》富くじと若さま

煮売屋なびきの謎解き仕度

汀こるもの

時代小説文庫

角川春樹事務所

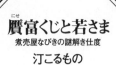

目次

本書は時代小説文庫（ハルキ文庫）の書き下ろし作品です。

一話　開運蛸飯《たこめし》三本勝負

商家の大店《おおだな》が集い江戸中の品を商う日本橋《にほんばし》、公方《くぼう》さまがおわす江戸城とそれを取り囲む大大名の武家屋敷、鬼門を守る寛永寺《かんえいじ》などの寺社が並ぶ上野《うえの》。

その狭間《はざま》の神田《かんだ》は藍染川《あいぞめがわ》のほとりの紺屋町《こんやちょう》、その名の通り紺の染め物職人の他、桶《おけ》職人などの住まう雑然とした下町に煮売り屋〝なびき〟はあった。

二階建て間口《まぐち》二間の小さな店で、一階に床几《しょうぎ》と小上がりの座敷がいくらかある。そこで流しの物売りやら職人やら駕籠《かご》舁きやら、大商人でも武家でも僧でもないその日暮らしの人々のために飯を炊いて、日替わりで焼き魚やら野菜の煮物やら作って食わせている。一《いち》膳《ぜん》飯屋のような、居酒屋のような。

ここでしか食べられない大層な料理があるわけではないが、食事には〝ご飯の神さまのご利益〟がこもっている――

今の店主は六十の久蔵《きゅうぞう》、なびきはその養い子で十四歳。久蔵に拾われて以来、店の手伝いをして料理を教わっていた。いずれ跡目を継ぐのだろうが、なびきが一人前になるのはまだまだ先。なびき自身はそう信じていた。

「――なびきよ。覚悟は決まったか」

「……ちょっとこれは……わたしには難しいかと……」

「臆《おく》したか」

店の裏でなびきは養い親の眼光鋭い目に見下ろされていた——久蔵は細身の老人で顔も細く頭も白いが、目つきだけは引退し隠棲《いんせい》している武芸の達人のように力強かった。が、生まれつきそんな顔なだけで中身は頑固者の飯屋の店主だ。上方でお公家さまの屋敷で働いていたこともあるが、冴《さ》えない茶色の小袖《こそで》に前垂れに股引《ももひき》の動きやすい格好で気取ったところなど微塵《みじん》もない。茶色は味噌《みそ》や醤油《しょうゆ》のしみが目立たず、料理人は危ない仕事も多いのできっちり着込んで手足を守る。彼の考えに迷いはなかった。

なびきは髪の毛が茶色くて癖っ毛で銀杏髷《いちょうまげ》がすぐほどけるが、誰《だれ》も相談に乗ってくれないので手拭《てぬぐ》いを姉さんかぶりにしてごまかしている。やせっぽちでちびで全然女らしくならず、久蔵が動きやすさで選んだ安物の海老茶《えびちゃ》の小袖に茶色い前垂れを着けていた。肝心の顔もそばかすが浮くようになって看板娘など夢のまた夢だった。

店の裏の井戸端で二人で面つき合わせてたらいを覗《のぞ》いているところに、この店の本物の看板娘のおしずがやって来た。

「おはようございまァーす」

十六のおしずは総髪を垂髪《たれがみ》に結った、目もと涼やかで凜々《りり》しい美少年のような美少女だった。当たり前の紺の絣《かすり》の小袖を着ていても、お殿さまのお小姓《こしょう》が変装してお忍びしている風情《ふぜい》だ。実際のところはねっ返りの出戻りで金持ちの医者の娘だったが、家で何もしていないと父親や兄に説教されるのか、近頃《ちかごろ》は飯屋の手伝いをしたいとほざいていた。

おしずは暢気《のんき》に挨拶《あいさつ》などしていたが、なびきは天の助けだと思って彼女にすがりついた。

「おしずさん！　薙刀《なぎなた》やってるんだから心得ありますよね！」

「エ？　心得ッて何の？」

「武芸の、です」

いきなり武芸を求められて、おしずは涼しげな目を細めた。

「ご飯屋にそんな相手が？」

「はい、強敵ですよ！」

彼女に紹介した〝強敵〟とは出入りの魚屋、棒手振《ぼてふり》の辰《たつ》が持ってきた江戸前の蛸《たこ》三匹。生きているので茶色く、たらいの中でくねって互いを押しのけ合っている。迂闊《うかつ》に触ろうとすると吸盤が吸いついて痛い。

この蛸の下ごしらえが今日のなびきに課せられた試練だった。辰は蛸を売ったら終《しま》いではなく残酷な所行を代わりにやってくれると申し出たのだが、久蔵がなびきの料理修業のためにわざわざ断った――

「この頃おなごが好むもの、芝居、浄瑠璃《じょうるり》、芋、蛸、なんきん」

久蔵は至って真面目《まじめ》に唱えた――誰が言い出したのかこの言葉はいくらか似たものがあって「芝居、蒟蒻《こんにゃく》、芋、栗《くり》、なんきん」とも言う。

そして恐ろしい武器を取り上げた――大工道具の錐《きり》。

「蛸はこう、な。錐でとどめを刺してくちばしやら目玉やらわたやら取ったら身を沓脱石《くつぬぎいし》か石臼《いしうす》に叩《たた》きつける。そうすると身が柔らこうなるんじゃ。日頃の恨み憎しみをこめて力いっぱい、親の仇《かたき》を討つように」

彼は手早く錐と包丁で蛸を捌《さば》き、頭を摑《つか》んで言葉通り石臼にぶつけ始めた――

「嫌ーっ！」

「男もおなごも手を汚さねば美味《うま》いものは食えん！」

なびきとおしず、二人で悲鳴を上げていると、裏長屋の戸が開いてご隠居やら大工の女房のおくまやら、ご近所の人々が次々顔を出した――が、久蔵が蛸を振り回して娘たちを脅《おど》かしているだけだと知ると、皆すぐに引っ込んだ。

なびきは、皆に見捨てられたことでかえっていち早く我に返った。おしずがまだ身をよじって悲鳴を上げているせいもあるだろうか。不思議なことに人間、自分より騒いでいる他人を見るとそれほどかと疑問を抱き、冷静になる。

なびきは錐を取り、たらいの中に残った蛸を見る。蛸の目は人とも猫とも魚とも違って黒目が長四角で白目は金色、果たして何が見えるのか――

「――南無《なむ》三宝《さんぽう》！」

念仏を唱えて心を無にしながら錐と包丁を使う。何と、蛸はとどめを刺した後も身体《からだ》の色が白っぽく変わるだけで脚が動いて吸盤が吸いつくが、一生懸命石臼に叩きつけるとその抵抗も消えた。

「あっ意外といけた！　ひと思いにやっちゃったらそんなでもないですよおしずさん！」

なびきが息を弾ませていると、久蔵は粗塩の壺《つぼ》を取り上げた。

「蛸を叩きのめしたらひたすら粗塩を揉《も》み込んで洗ってぬめりを取る。塩をけちるな。湯がくのはその後じゃ」

「アタシもやんなきゃいけないの!?」

おしずはなおも悲鳴を上げる。

「折角《せっかく》三匹いるんですから」

「花嫁修業じゃ」

「どんな花嫁だよ！」

大騒ぎの甲斐《かい》あってこの日の献立は蛸の刺身、大根と蛸の煮物、蛸飯の蛸尽くし。

蛸の煮物は大根を先に煮ておき、蛸は固くならないように弱火で煮含める。取り除いたはらわたも煮物に入れてしまう。くちばしは干物にしておくと酒の肴《さかな》になるそうだ。

蛸飯は西国《さいごく》は明石浦《あかしうら》の漁師料理なのだそうだ。醤油と味醂《みりん》で味付けした出汁《だし》で一口大に切った蛸を軽く煮てから、研いだ米に煮汁を加え、蛸の身を載せて炊く。炊き上がったら全体を混ぜ、よそうときに細く刻んだ針生姜《はりしょうが》を添える。

それらをまず〝ご飯の神さま〟に供える――

〝ご飯の神さま〟は〝お告げの夢〟で菜や魚など食材を引き寄せて人に恵みを授ける。もう名前もわからないが、数十年前の大飢饉《だいききん》の際にご利益で人を助けた力ある神だ。いつか次の大飢饉が来るまでに、使った分だけ神通力を蓄えておかなければならなかった。

煮売り屋〝なびき〟の厨《くりや》にはこの〝神さま〟の特別な神棚があり、一日三食、食事を供える決まりがある。〝神さま〟に力を取り戻すために。久蔵となびきは供え番として起請《きしょう》文《もん》に誓いを立てて神棚に納めている。〝神さま〟用の折敷《おしき》があってそれに一食分の食事を並べて神棚の下に供え、手を合わせる。

このお供えの残りを店で客に出し、ささやかな〝神さま〟のご利益を授けながら皆の信心を集める。

お供えをして拝んでいると、数日に一度〝お告げの夢〟を見る。必ず当たる。

必ず当たるが——大飢饉の折には大変ありがたいものだったそうだが、天下泰平の今は〝神さま〟も気が抜けていて、含蓄《がんちく》があったりなかったり役に立ったり立たなかったりだった。

今朝の〝神さま〟の夢はといえば、蛸と〝神さま〟で百人一首のカルタ取りをしていた。

蛸は人ほども大きくて、しかも八本も脚があるのだからいかにも有利そうだが、〝神さま〟も負けてはいない。

女神で恐らく美女なのだがどうにも顔の辺りはいつも朧気《おぼろげ》にしか見えない。天女のような古風な衣をまとっているのだが、今日はカルタ取りのために襷《たすき》をかけて腕まくりしていた。

「あまつ――」

なびきは読み手なのだが、二、三文字読んだところで壮絶な攻防が繰り広げられてカルタの札が宙を舞い、最後まで読ませてもらえない。

凄《すさ》まじい死闘があったが、札が残り一枚というところになると、蛸と〝神さま〟は互いに相手に譲り――押しつけ合いを始めた。取り合うのではなく、押しつけ合う。

まるでどっちも勝ちたくないみたいに。

今日も煮売り屋〝なびき〟ではお値頃のご飯とささやかな神のご加護を近所の馴染《なじ》みの客に提供していた。江戸には掃《は》いて捨てるほどいる無精な独り身の男が飢え死にしないように、一日一食くらいはまともな飯を食わせてやるのがこのところの神の慈悲だった。

「おう、水蛸はでかくても水っぽいから刺身か干物って相場が決まってるが流石《さすが》久蔵じいさん、煮物も美味《うま》くできてら。固くもなくやわこくてホクホクだ。飯に入れて炊くとは恐れ入るぜ」

棒手振の辰は甲斐性《かいしょう》なしの筆頭だった。江戸で魚屋と言えば台所でおかみさんにもてる商売のはずなのに、十六にもなって野良犬のようにひねた目つきで、腹掛けに股引に申しわけ程度法被《はっぴ》を腰に巻いているという薄着でも体軀《たいく》が貧相で色気がない。本人も色気より食い気で、女と言えばいつも連れている三毛猫くらいしか縁がないのを苦にもしていなかった。

細身でも腹に穴が空いているようにするする飯をかっ込むので食べさせ甲斐はある。折敷に並べた蛸尽くし定食がみるみる消えていく。猫は烏賊《いか》だけでなく蛸を喰《く》わせても腰を抜かすらしいので、横の三毛は辰が自分で持ってきた魚のあらをしゃぶっていた。

「上方ではかやくご飯って言うんですって。江戸では青菜やら大根やら煮たのを炊いたご飯に後から混ぜるけど、かやくご飯は米に味のついた具を入れて炊き込む」

なびきは久蔵の代わりに説明した。醤油を入れて釜《かま》で炊くと〝お焦《こ》げ〟がすごくて美味《おい》しい代わりに後で釜を洗うのが大変だ。江戸名物、貝類と葱《ねぎ》が美味しい深川飯《ふかがわめし》も貝の味噌《みそ》汁《しる》を飯にぶっかけるのが伝統だが、飯と貝を一緒に炊き込むのも乙なものだ。

汁かけ飯は汁を温めておけば飯が冷めても熱々にしやすいという利点がある。

元から味のついた炊き込みご飯に味噌汁までかけると野暮だ。なので、今日は番茶を添えることにした。飯が冷めて固いとき、味に飽きたときには鉄瓶《てつびん》で沸かした番茶をかけてほぐして温め直し、軽く味も変える。

「うん、じいさんの飯は美味い」

辰はぺろりと平らげ、湯呑《ゆの》みの番茶をすすった。おかげさまで蛸飯は近所の職人やら駕籠舁きやら他の客にも好評で、もう売り切れそうだ。

「けど、なびきがたどたどしく一人で商売してた頃が懐かしいなあ。オレあの天ぷら飯また食いたいぞ」

辰がぽろりとこぼしたのを久蔵は聞き逃さなかった。

「天ぷら飯？」

「桜海老《さくらえび》をまとめて揚げたのを飯の上に載せて、つゆをかけたやつ」

「ほう、そんなことをしておったのか」

久蔵に知られると、なびきは身が縮む思いだ。久蔵が旅に出ている間、なびきが見様見《み》真似《まね》で店を切り盛りしていた頃のことは今から思えばままごとのようで恥ずかしかった。

「またやれよ天ぷら」

辰は簡単に言うが。

「でも、お店で天ぷら揚げたら火事を出すかもしれないし」

油を多く使う天ぷらは川のそばの屋台でしか出してはいけないというのが江戸の掟《おきて》だった——すっかり気が緩んで守っていない店が多いだけで。三日法度《はっと》などと言い、ご公儀はお触れを出したそばから忘れるなどと舐《な》めてもいた。

「気をつけておれば火事など出ん」

久蔵の言い方は乱暴だ。八百屋《やおや》お七《しち》ではあるまいし、誰《だれ》もわざと火事を出そうと思って生きているわけではない。

「しゃっきりせよ、なびき。わしもいつお迎えが来るかわからんのじゃから。念願の富士登山を終えてもはやこの世に思い残すことなし」

「お迎えなんてそんな」

「天ぷら飯でじいさん楽隠居させてやろうぜ。蛸は天ぷらにできねえのか？」

「水蛸は水っぽいから夏の真蛸の方がよかろうな。湯がいてから細かく切って衣を――」

なびきをよそに、辰と久蔵が勝手なことばかり言っていたときだ。

「よっ、久しぶり」

若い男が暖簾《のれん》をくぐって入ってきた。

二十代半《なか》ば、侠客風《きようかく》の髷《まげ》で右のほおの下辺りに大きなかさぶたを作った優男だ。黒の羽織に紺の小袖を着て、ドシッと重たげな色味に帯だけスッと目が醒《さ》めるような真っ赤なのを締めて伊達《だて》を気取っている。

「荒太《あらた》さん！」

なびきはつい大声を上げた。

「おう、ご無沙汰《ぶさた》してるぜ」

懐かしい顔だ。線は細いが目つきがいまいち冴《さ》えなくて三枚目寄りで愛嬌《あいきよう》がある。笑顔が人懐っこくて愛想のいい猫みたいに人の集まる飯屋の真ん中ににするっと入ってくる。人形みたいな整った美男子は気後れして近づきがたいが、彼は立ち姿が小粋《こいき》でも顔は隙《すき》だらけで声をかけやすい。

「生きてたのかよ、荒太。そろそろ一周忌ってとこじゃねえか。足は生えてるのか。今は昼間だぞ」

辰が軽く悪態をつくと、荒太は怒るでもなくおどけて右手を挙げた。

「おう、〝剃刀負《かみそりま》けの荒太〟、恥ずかしながら帰ってまいりやした！　相変わらずここはいい匂《にお》いだなあ。なびき坊も辰坊もすっかり大きくなっ……」

言いかけて荒太は首を傾《かし》げた。

「そうでもないな。おめえら育ち盛りなのに時が止まったようじゃねえか」

「失礼だな。背丈は五尺と九寸になったっつの」

辰が茶碗《ちゃわん》を置いて床几を立ち、荒太の横に並んで頭の上に手をかざす。

「ほら、荒太よりでかい」

「本当だ、そんな針金みてえな身体で。おめえここで飯食ってやせるたぁどうなってんだ」

「お前が逐電《ちくでん》してる間もこっちは真っ当に働いてたんだよ。今日の蛸だってオレが売ったんだ」

「逐電たぁ人聞きが悪い。ちょいと箱根《はこね》に野暮《やぼ》用でよ。ほら温泉饅頭《まんじゆう》。皆で食べてくんな」

荒太が竹の皮の包みを差し出した。全然旅装束《たびしょうぞく》ではないが、ひとっ風呂《ぶろ》浴びてきたのだろうか。

「今更そんな手土産《てみやげ》でごまかされるかよ」

と言いながら、辰は早くも饅頭を二つ取ってからなびきに包みを渡した。「ゆ」と焼き印の捺《お》された茶色っぽい丸い饅頭は、残り六個。どう分けようか思案していると。

「わしゃ饅頭なぞいらん。昼寝する。後片づけとそいつの相手はお前たちに任せた」

久蔵が頭に巻いた手拭《てぬぐ》いをほどき、すたすたと二階への階段を上がっていった。――饅頭の取り分は久蔵となびきとおしずで二つずつ、ではなくなった。かえってややこしい。店の客に配るには少し足りない。辰の足にまとわりついていた三毛も、騒がしいのが嫌なのか弁当を喰い尽くすと裏庭に出ていった。

「仲よさそうだけど知り合いなのかい？」

おしずが冷ややかに荒太を見る。軽薄な風情に警戒しているのだろう。荒太の方では驚いたようにおしずとなびきを見比べた。

「なっ、別嬪《べっぴん》さんじゃねえか。おお？　何でこんな場末に高嶺《たかね》の花が？　おくま姐《ねえ》さんはどうした、ついに腰でもやったのか。まさか久蔵じいさんのこれってわけでもあるめえ。隠し子？」

荒太は小指を立てた。

「失礼なやつだな、おしずはなびきの……何だっけ？」

「……知り合い？」

辰となびきで首を傾げていると、

「失礼はドッチだよ二人ともつれないねェ」

おしずは肩を落としたが、それ以外に何かあるのか。

「ええと、荒太さん。こちらは嫁に行って出戻ったり人生紆余曲折《うよきょくせつ》あってじかに人の役に立つ仕事を探してうちにたどり着いて給仕をやってるおしずさんです。おくまさんは今、夜だけ来てもらってます」

なびきがまとめたおしずの身の上はこうなった。

「いや確かにそうなんだけどさ。何も間違っちゃいないんだけど、モチット何かないの？」

本人は不服らしいが、おしずの人生に他人に喧伝《けんでん》すべきことなどあるのか。

「で、こっちは――」

「おっと、お嬢さん相手だ。自分で名乗らせてくんな」

と、荒太はおしずに向き直ると腰を落として右手の平を見せ、口上を垂れ始めた。

「――問われて名乗るもおこがましいが知らざあ言って聞かせやしょう。手前、生まれはともかく育ちは本所深川《ほんじよふかがわ》、何の因果か箱根八里を歩いて回り、空っ風に逆らって帰ってきやした神田紺屋町。十五の頃から悪餓鬼《わるがき》で泣かせた女は星の数、弱きを助け強きをくじく一匹狼《おおかみ》、人呼んで〝剃刀負けの荒太〟と発しやす。つまらねえ破落戸《ごろつき》でやすが姐さん、以後お見知り置きの上ずずいとよろしくお引き回しのほどおたの申しやす」

姿勢と滑舌はいいと思う。最後の方はもう少し夕メるとそれらしいのではないか。

「〝生まれはともかく〟って締まらねえな」

「〝剃刀負け〟ッて変な二つ名……その顔の傷、喧嘩《けんか》とかじゃなくて剃刀負けなの？」

早速、辰とおしずに突っ込まれている。

「コレってコッチはどうすりゃァいいの？」

「わたしたち堅気《かたぎ》だから知らないなら〝知らない〟でいいんです」

「そういうモンなの？」

仁義というのは俠客、渡世人同士の作法であって通じなければそれまでなのだ。

なびきが彼を紹介する言葉は全然違う。

「ということでうちのツケを二年分、踏み倒して逃げた煎餅《せんべい》売りの荒太さんです」

「ニッ！」

おしずが目を剝《む》いた。

洒脱《しゃだつ》な身なりと暢気な顔の落差で油断させて軽々と人の懐《ふところ》に飛び込んでくる荒太だったが、情につけ込んで甘える手管《てくだ》がすごい。二枚目ではないからと隙を見せると何かの拍子に「あばたもえくぼ」の域に達したとき、この決め手のない顔が絶世の美男に見えて商売に疲れた玄人女《くろうと》はコロッと落ちて有り金を貢《みつ》いでしまう、らしい——又聞きの又聞きだが。美人は三日で飽きると言うが元から輝くような美形では使えない妖術《ようじゅつ》だ。男の久蔵が店主のこの店すらもいいように喰い荒らされた。好青年に見えても下町人情が生んだ大妖怪だった。

「そりゃないぜなびき坊。別に踏み倒すつもりじゃなかったんだ、不義理はそうだからこうして手土産を」

「オレも四百文貸したの忘れてねえからな。饅頭の一つ二つでチャラになると思ったら大間違いだ」

言いわけをする荒太の横で、辰はしっかり温泉饅頭を一個平らげていた。

江戸ではつけ払いは大晦日《おおみそか》に一年分、いっぺんに回収する。大晦日に回収できなかったものは不問となってしまう。

それで一年分は不問にするとして、その後もその相手に「つけ払い」を許すかどうかはまた別だ。店も客を選ぶ。

「……一年分踏み倒された段でもうコイツ出入り禁止じゃないの？」

もはやおしずが荒太を見る視線には明白に軽蔑《けいべつ》が含まれていた。見るからに宵越《よいご》しの銭を持たない辰に金を借りているというのもただごとではなかった。

「次の年、ツケの回収を手伝ってくれるって言ってそれきり夜逃げしちゃったんですよ。わたしとおじいちゃんで家を回ってツケを回収するって大変だからと思ったらこの有様」

「わざとじゃねえんだ、急に江戸を出ることになっちまって。払う気はあったんだって。今年のツケの回収手伝うぜ」

「むしのいいこと言ってら」

荒太は手を合わせ、愛想笑いをしたが、もはや誰一人その場の言葉尻《ことばじり》や態度でごまかされる段階ではなかった。

「なるほど、ソレで久蔵じいさんは温泉饅頭も食べずに……そういうことならアタシに任せときな」

おしずは声を低め、壁に立てかけたほうきを手にした。両手で腰だめにほうきをかまえる姿はなかなか様になっている。この技で遊び人の前夫をぶちのめして出戻ってきたとか。

徒手空拳《としゆくうけん》で同心の小者《こもの》を投げ飛ばしたこともあった。

「〝小石川《こいしかわ》の静御前《しずかごぜん》〟と謳《うた》われた薙刀の冴《さ》え、見せてやろうじゃないか。女と侮《あなど》ったら大間違い。ウチの師匠は宝蔵院《ほうぞういん》流の達人、世が世なら宮本武蔵《みやもとむさし》と立ち合っていたこのおしずさんを舐めるンじゃないよ」

「ま、待った待った待った、手荒い真似は勘弁だ。こいつを見てくれ」

荒太は懐から紐《ひも》つきの巾着《きんちゃく》を取り出すと、小判を一枚引っ張り出した――

「おい、荒太の分際で景気がいいぞ、初雪が降るぜ」

「箱根で何やってそんなに稼いだんだ」

下町には珍しい黄金の輝きに店中がどよめいた。

「泥棒なんかしちゃいないぜ、ちょっとした用心棒の真似ごとよ」

荒太は偉そうだが、泥棒ならもっと大きく稼いでほしいところだ。五倍くらい。

「ソイツでツケを払うッてわけかい？　心を入れ替えてやり直す？」

おしずが目を細めた。小判一両なら一年分だが――

「いや、こいつは種銭だ。今晩、賭場《とば》に行く！」

荒太は悪びれもせず堂々と言い張り、小判を巾着に戻した。

「は？」

「〝飯の神さま〟のご利益がありゃ、賭場でこれが三倍になるはずだ！　そうなりゃ二年分のツケを全部払ってお釣りが来る！　一挙両得ってやつだ！　だからなびき坊、あっしに昼飯を食わせてくれ！　後生だから！　今すぐご加護が要るんだよ！　後で二両返すから！　完璧《かんぺき》な計算だろ！」

なびきに両手を合わせて頭を下げる。手を擦《こす》り合わせるうち、それが揉み手になった。

荒太が殊勝な人間ならつけが二年分も貯《た》まるはずはなかったし、自分より年下の辰から四百文も借りるわけがなかった。

――〝ご飯の神さま〟は撤饌《てっせん》でもって人に幸運をもたらす。

となると真っ先に飛びついてくるのはこういう人間だった。〝神さま〟の力で賽《さい》の目を操れると思っている人。富くじを買う前に来る人もいる。

久蔵もなびきも博打《ばくち》をしないので〝神さま〟のご加護で丁半博打が当たるかというと、よくわからないというのが本音だ。なびきは毎日〝神さま〟のご加護に与《あずか》っているのに辻占《つじうら》煎餅で凶を引くことがある。そんなものなのだろう。

しかし博徒の常連はわりといるので、そこそこ効くものなのだろう――博識な裏のご隠居によると、博打というのは傍目八目《おかめはちもく》、見るからに負けが込んでいても本人だけは勝っていると言い張るので幸運の何とかの効果を証《あか》すのはとても難しいらしいが。

博徒の客が〝神さま〟のご加護を信じすぎて勝ち目のない大きな勝負にぶっ込んでしまうのは、久蔵やなびきの知ったことではなかった。そういう人は〝神さま〟のご加護がなくてもいつかどこかで大きな勝負にぶっ込んでしまう。やる人はやるし、やらない人はやらない。

身ぐるみ剝《は》がれて尻の毛までむしられた博徒が、今日食う飯がないと泣きついてきた場合は久蔵の機嫌でおごってやったりする。持ちつ持たれつ、飯屋は商売が半分、人情が半分。施すときは相手の意地のために、三倍にして恩を返せ、お前のためじゃなくて極楽往生の功徳《くどく》を積んでいる、などの方便を用意しておくべきらしい。

だが荒太は温泉饅頭を買ってきた。箱根から神田まで余裕のある旅路だったのだろう。毎日山ほど食べていてもひょろひょろの辰に比べると、もう背も伸びきって羽織の肩がガシッと角張って頼もしい。ほおに張りがあって全然食うに困ってなさそうだ。

旅帰りのわりに三度笠《さんどがさ》や合羽《カッパ》など長く歩く装束ではない――何のことはない、賭場に行く仕度で身なりを整えたのだった。多分、風呂で身体を洗うと授かったツキが落ちると思い込んで、ここに来る前に風呂屋に行って――暗い色の着物に赤い帯は「腹切帯」と言ってかつては流行《はや》りだったらしいが、博徒が締めていると全然意味が違って見える。

なびきは床几に座って一つ温泉饅頭をかじってみたが、小麦粉を酒粕《さけかす》で発酵させた皮で黒糖の小豆餡《あずきあん》を包んで蒸して焼き印を捺したものだ。一個八文くらいが相場だろうか。八個かける八文で六十四文。温泉の宿場で吹っかけられたとして八十文。三十文の中食《ちゅうじき》、三食に少し足りない。

素朴な味わいでまあまあ美味しいおやつだがなびきもこんなもので恩義を感じるほど子供ではなく、辰も四百文の借金を忘れない。蛸尽くし定食を食べた後には丁度いい甘味だ。番茶とも合う。

「……なびきさん、饅頭食べてる場合？　この博打クズ、江戸の正義のために成敗しちまった方がいいンじゃないのかい？」

おしずがほうきをかまえたまま呆《あき》れていた。彼女は荒太を人間扱いすらしていなかった。

「うちが人情飯屋だから、で許していい範囲を超えてるのはそうですねえ。おじいちゃんがいないと女ばっかりでたかり放題と思われたんじゃ商売が成り立たないし、宝蔵院流の槍《やり》の錆《さび》にしちゃうのも手かも——あれ、おしずさんの得物《えもの》は薙刀じゃ？」

「宝蔵院流に薙刀術もあるんだよ」

「そんなあ」

荒太は情けなく表情を崩し、わざとらしくなびきの前に屈《かが》み込む。

「なびき坊、こまいときには荒太兄ちゃんの嫁になるって言ってたじゃねえか」

「言ってないです」

なびきはここで隠し技を使うことにした——さっき、荒太が口上を述べている間に味噌の壺《つぼ》の横から引っ張り出して着物の陰に隠しておいた。

「えい」

なびきが座ったまま掲げたのはお古の銅の柄鏡《えかがみ》だ。女の子には必要だと裏の長屋のおかみさんが引っ越すときにくれた。

「ぎゃっ」

それで荒太は身を屈め、駕籠舁きの鶴三《つるぞう》が座ったままの床几の後ろに隠れた。

「よ、よせやい、卑怯《ひきょう》だぞ」

「卑怯も何もこんなもんで逃げ隠れするお前が変なんだよ。猿回しの猿でも怖がらねぇぞ」

なびきの代わりに辰が答えた。おしずが振り返って不思議そうに柄鏡を見る。裏に梅の絵が描《か》いてあるくらいで大したものではない。

「何コレ、鏡？　コイツ鏡が怖いの？」

「らしいですよ。理由までは知りませんけど。鏡が怖くて手探りで髭《ひげ》を剃《そ》ってるから剃刀負けするんですって」

店の他の客は誰も怖がったりしていない。なびきは荒太が来たときのためにいつも密《ひそ》かに味噌壺の横に置くようにしていた。

「女の人の部屋に泊まるとき、一番に鏡に布をかけて隠すとか。鏡は魔物の真実の姿を暴いて魔除《まよ》けになると言うから本当におばけなんじゃないですか？」

「そりャァ聞き捨てならないね」

おしずの声が低まった。

「なびき坊、落ち着け、もっと損得を考えろ。ここで一両取るより二両にした方がおめえにも得だぞ」

荒太は床几の裏から説得力のないことを言った。

「損得考えろはこっちの台詞《せりふ》ですよ。荒太さんこそもっとわたしたちが気持ちよく許したくなるようなことを言って」

なびきが突き放すと、荒太は今度は辰にすがった。

「た、辰坊よ、三倍になったらおめえの四百文も返せるんだぞ！　その鏡どけさせろ！」

「オレのことは気にすんな。今回は見逃して忘れた頃に取り立ててやらあ。この饅頭は利子ってことで。もっと余裕のあるときにな」

辰は愛想よく笑って二個目の饅頭をかじった。

「辰坊、おめえ兄貴分から利子を取るのか⁉」

「兄貴分は金を貸せとか言ってこねえんだよオレに貸せよ。こんなもんが怖いとか文鳥かお前は」

――文鳥は鏡が怖いのか、なびきは今聞いて初めて知った。

「辰ちゃんにすら期待されてないとか。何だかわたしがいじめてるみたいじゃないですか」

なびきは鏡を裏向け、膝《ひざ》に置いた。

「ほら、しまいましたから。荒太さん、何かもう一押しないんですかー」

「じゃ、じゃあ」

荒太は立ち上がると、人さし指を立てた。

「こうなったら勝負だ！　正々堂々と勝負で決めよう！」

「フウン。ソチラの得物は？」

誰がどうと言っていないのに当然のようにおしずが受けて立つ返事をした。

「用心棒とか言ってたけど刀使うの？　刀で槍に勝つには三倍の技量が必要だよ？」

おしずは薙刀使いではないのか。

「武芸じゃねえ。これよ」

と、荒太はそのまま人さし指で天井を指す。

「虫拳《むしけん》だ！　三本勝負！　先に二本取った方が勝ち！」

「……ムシケン？」

おしずは知らないのか首を傾げた。なびきが説明する。

「ここいらの子供の遊びですよ。掛け声で合図して、右手の指一本立ててみせるんです。親指が蛙《かえる》で人さし指が蛇、小指が蛞蝓《なめくじ》」

説明しながらそれぞれの指を立てる。

「蛇は蛙に勝って、蛞蝓は蛇に勝って、蛙は蛞蝓に勝つ――〝三すくみ〟の拳遊びです。辰ちゃんやってみます？」

「おお、やるか」

なびきと辰と二人で掛け声をかけながら拳を振る。

「虫拳、勝負で！　ずずいとな！」

掛け声に合わせて拳を振って出す――なびきは人さし指、辰は親指。

「はい、蛇でわたしの勝ち。これで鬼ごっこの鬼を決めたりするんです」

「なびき強いんだよな」

「どの指出すかで勝ち負けが決まるッてことか」

おしずはうなずき、親指、人さし指、小指と順番に立てていた。

「同じのを出したら〝あいこでしょ〟でもう一回やる」

「くじ引きみたいなもんだね。三分の一で勝つ？」

「相手がいるんだから九分の三ですよ」

「ソレッて三分の一じゃないか」

全然違う。

「これで負けるようなら今日のあっしにはツキがねえ、潔く諦《あきら》めようじゃねえか」

既に全然潔くない荒太が偉そうに言う。

だがおしずはほうきをかまえたままだった。

「その勝負、アタシが勝ったらどんないいことがあるわけ？」

「……いいこと？」

予想していなかったのか、荒太は目をぱちくりさせた。

「アンタが勝ったらご飯をオゴる、アタシが勝っても何もナシなら宝蔵院流で解決した方が早くない？」

「まあそりゃそうだな。この間おしずの親父《おやじ》さんが持ってきた羊羹《ようかん》、この饅頭よりずっと値が張ってて美味かった」

「父さんのことは言うな、魚屋」

名医として一代で身を立てたおしずの父は、おしずがやらかすたびに高価な銘店の羊羹を配って歩くのだった——荒太がほうきで成敗されたら彼にも詫《わ》び羊羹が届くのだろうか。

「え、ええと？　あっしにどうしろって？」

うろたえる荒太に、おしずは指を突きつけた。

「〃アタシが勝ったらアンタは一両でこの店のツケ一年分を払い、金輪際博打《こんりんざい》をやめて綺《き》麗《れい》サッパリ足を洗い、お天道さまに恥ずかしくない人生を送る〃——これくらい約束するなら虫拳勝負、受けてやってもいいよ」

にんまりと意地の悪い笑みを浮かべて。

——それは欲張りすぎでは。

思ったがなびきは無言で二個目の饅頭をかじった。

おしずが焦る気持ちはわかる。

おしずは久蔵に嫌われていた。——正確には、お互い腫《は》れ物に触るようだった。

久蔵の留守中に転がり込んできたおしずは、申し分のない看板娘だった。機転が利き、計算が速く、手際がいい。

——昼だけは。

なびきが留守を守っている間、煮売り屋〃なびき〃は昼に中食を出すばかりの店だった。

なびき一人で店を切り盛りするとそこで力尽きてしまうのだった。

しかし煮売り屋〝なびき〟は正確には煮売り居酒屋〝なびき〟だった――

久蔵が帰ってくると酒を仕入れて夜も店を開け、軽い肴と薄めた酒で近所の飲んべえを夜中まで世話して愚痴を聞いてやる。そういう暮らしに戻った。

途端、酔っぱらいが無造作におしずの尻を触るようになった。昼はそうでもないのに夜になるとたがが外れる。

おしずはこの通り、勝ち気で武芸の技に自信があって――べたべた触ってくる男を投げ飛ばしたり殴ったり、すぐに手が出る。

それで一晩に三人もの客を追い出して、逆に久蔵に怒鳴られた。

「客に手を上げるやつがあるか！」

「アイツらが助平なのが悪いンじゃないか！」

それはそうだ。いくらおしずが出戻りでも尻を触っていいわけはない――のだが、なびきは二人の口論に参加することができなかった。

「なびきに酌をさせてもこんなことにはならんのに！」

久蔵が言ってはいけないことを言ってしまったので。

――なびきは十四でおしずと二つしか違わず、もう嫁に行ける歳《とし》なのになぜだか客に尻を撫《な》でられたことなどなかった。

なびきは四歳の頃からこの店の子でずっと手伝いをしていたが、この十年変わらず客から煎餅やら生姜糖やらおやつをもらって「かわいいなびきちゃん、一生懸命やってるなあ。昨日の縁日には行ったか？」などと声をかけられていた。

久蔵がこう言った瞬間、なびきはそれがいいことかどうかはたと考え込んでしまった。なびきも酔客に身体を触られて卑猥《ひわい》な冗談を言われてからかわれたいわけではないが、じゃあおしずとの扱いの差は何だと掘り下げて考えると、開けてはいけない玉手箱に突き当たるような気がする。言葉にするとものすごく傷つきそうな。一度そちらに足を踏み外すと戻れないような。

この繊細な機微を男の久蔵にわかってもらうのは難しい。頑固一徹で女っ気がなくても何も苦にしていないように見える久蔵には。

理由を解明したところでおしずになびきのようになれというのは無理だった。人間には持って生まれた天分というものがある。そう、天分だから仕方がないということにしておこう。

ということで煮売り屋〝なびき〟は昼間はなびきとおしずが給仕をし、夜は裏の長屋のおくまに手伝いに来てもらっている。おくまは四十がらみで三人の子持ち、一番下が十六。恰幅《かっぷく》がよくてたまには無遠慮に触られたり妙な冗談を言われたりするが、亀《かめ》の甲より年の功なのかちょっとつねって済ませたり笑っていなす術《すべ》に長《た》けていた。

ややこしいことをしなくても、昼もおくまに任せていいのではないか。

久蔵がそう気づいてしまったらおしずは一巻の終わりだ。

おしずはおしずで焦りがあった。ここで荒太から一両取り立てて真人間にするくらいの手柄がほしい。煮売り屋〝なびき〟の看板娘として必要な人間だと胸を張りたい——不純な動機で満ち満ちているのをなびきは感じ取っていたが、なら、何も言うまいと思った。

「ば、博打をやめるなんて。それじゃあっしは明日から何をしておまんま食ってけばいいんだ」

荒太が情けない声を上げた。

「額に汗して働け。煎餅屋なンだろう?」

「オレが気づいた頃にはこいつもう博打にどっぷりだったぜ。煎餅なんかいつ売ってた?」

「七、八年前、深川の常磐津《ときわず》のお師匠さんにお金借りて屋台引いてたって聞いてますよ。辰巳《たつみ》芸者? 深川で遊んでたらお師匠さんに筒抜けだからちょっと離れた神田で遊ぶようになったって」

なびきは記憶を手繰《たぐ》った。その頃は荒太は「気のいいお兄さん」でそれこそなびきに駄菓子をくれたのだ。

「ッてことは何かいコイツ常磐津のお師匠サンの情夫《イロ》なのかい?」

「お師匠《つしょ》さんは親切な人で。一発当てたら恩返ししなきゃって思ってるんだよあっしも」

また、荒太は喋《しゃべ》れば喋るだけボロが出た。

「当てなくても働いて恩返ししろロクデナシのコンコンチキ! いいところ一つもないじ

ゃないか、何が何でも一両かっぱいで根性叩き直す！」

「あーっ畜生、じゃあそれで勝負でいいよ！　何でこんなことになっちまったんだ！」

荒太は頭を抱えたが、日頃の行いだろう。

途端、横の床几に座っていた駕籠舁きの鶴三が声を上げた。

「おい！　どっちが勝つのに賭《か》ける？」

「おしずちゃんに十六文！」

「じゃおいらもおしずちゃんかな！」

店の客たち五、六人が食べ終えた茶碗に小銭を入れ始めた。博打はご法度、同心にでも見つかったら騒ぎになる、なんて堅いことを言う人は誰もいない――おしずの茶碗ばかりに銭が入っているように見える。

「荒太、手前《てめえ》勝ったら承知しねえぞ！」

「うるせえ！　どうせならあっしが勝つ方に賭けろ！」

二重の勝負が成立。客の皆で床几を壁に寄せて二人の対決の場を作った。

荒太は毒づきながら両腕を逆さに組んでひっくり返し、握った手の隙間から向こうを見たりしていた。虫拳に勝つまじないだ。おしずは余裕たっぷりにほうきを壁に立てかけ、指をポキポキ鳴らした。

「野郎ども、大船に乗ったつもりでこのおしずさんに任せときな」

「よっ、おしずちゃん看板娘！」

「荒太の野郎ぶちのめしてやれ！」

駕籠舁きの相棒の亀吉《かめきち》、桶職人の松次《まつじ》などが野次を飛ばす。

「あっしばっかり悪者じゃねえか！　こうなりゃ男の意地にかけて負けられねえ」

こうして互いに一歩も引けない運命の勝負が始まった。

「虫拳、勝負で！　ずずいとな！」

荒太とおしず、二人、掛け声をかけて拳を突き出す。

「よし一勝！」

おしずが左手を挙げた。

初回、おしずは〝蛞蝓〟の小指を出した。荒太の方は〝蛇〟の人さし指。荒太は舌打ちした。

「おっと、いきなり一本取られちまった」

「大人しく負けとけ、荒太！」

「うるせえ！」

野次られて荒太は吐き捨て、改めて両腕を逆さに組んでまじないを始めた。

――おしずは虫拳をくじ引きと言ったが、実のところ虫拳は純粋な運試しとは言いがたい。

当たり前の〝蛙〟の親指、〝蛇〟の人さし指に比べると、〝蛞蝓〟の小指は動作として出しづらい。何せ下品な仕草だから普段から小指は動かさないようにしている人もいる。

〝蛞蝓〟が出しづらいので〝蛙〟対〝蛇〟になりがちで、そうなると大体は人さし指を出しておけば勝つということになる。

人さし指同士で勝負がつかないとなると、どっちがいち早く小指に切り替えて〝蛞蝓〟を出せるか、相手の〝蛞蝓〟を意識して〝蛙〟が出せるか――

それなりに技の読み合い、駆け引きがある。「あいこでしょ」と短く一言言う間にそんなこと考えられるか、この速さではがむしゃらに出すしかないというところまで含めて。

虫拳から戦略が消えてくじ引きになるのは三人勝負、四人勝負からで一対一ならそれなりの作戦がある。

いきなりおしずが小指の〝蛞蝓〟を出したのは初めてだからできたことだ。初心者ならではの勝負度胸、あるいは勢い。「あいこ」で咄嗟《とっさ》に〝蛞蝓〟を出せるかというと難しいだろう。

「虫拳、勝負で！　ずずいとな！」

それが証拠に、二戦目は荒太が〝蛇〟の人さし指でおしずの〝蛙〟の親指に勝った。荒太はそのまま拳《こぶし》を虚空に突き上げ、観客の顰蹙《ひんしゅく》を買った。

「調子に乗るな荒太！」

「大丈夫だおしずちゃん、後一本！」

「一敗くらい取り返せる！」

皆、好きなことを言っている。

――荒太が博打をやめるなんて約束が守られるはずがない。というか彼が博打をやめてもヒモ一本になるだけで別段、今と変わらないのではないか。これまでも何もしなくてもそれなりのおまんまを食べて図体だけは一人前に育ったのではないか。

どうにもなびきはこの勝負にのめり込めなかった。おしずが勝って一両取ってくれる方がいいのに決まっているが、遺恨が残りそうだ。約束なんか無駄に決まっている。元々荒太は深川から神田に遊びに来ているだけなのだから、神田が駄目なら浅草《あさくさ》やら両国《りょうごく》やらに逃げるだけだ。

かと言って荒太が勝つと無限に増長しそうでそれもどうかと。

――なるほど、夢のお告げはこういうことだったのだ。勝ちの押しつけ合い。どっちにもいまいち肩入れできない。もっとすっきりと応援できる相手でもいればいいのだが。この状況を打開する冴えたやり方でもあれば――

そんなものがあるわけがない。

なびきは勝負を見守っているのも落ち着かないので外でも掃きに行こうかと思った。往来はこんな騒ぎなど知らない人たちでいっぱいで――

なびきは心の臓を掴まれたような気になった。

その瞬間に全《すべ》ての前提がひっくり返り、勝利の道筋すら変わった。

――なびきが店のために応援するべき、勝たせるべき相手がいた。

将棋盤《しょうぎばん》ごと勝負がぐるりぐるりと回って、止まった。

ここで全てがご破算。

「おしずさん！」

なびきはさっと立ち上がって小声でおしずに耳打ちする。

「何だ？　必勝の策を授けてる？」

「別に勢いで押し切れるぜ」

「いいのか荒太」

駕籠舁きの鶴三につつかれ、荒太は鼻先をこすった。

「へっ、なびき坊に千里眼の力があるでなし。娘同士、相談くらいさせてやらあ。こちとら大人の余裕ってもんよ。二人がかりの神算鬼謀《しんさんきぼう》、荒太兄さんが見事に快刀乱麻を断ってやろうじゃねえか」

挑戦的に笑った。

——荒太の心は読めなくはない。

だがなびきが土俵に上がる気になったのはそんなことではない。こうなったら一刻も早く勝負をつけなければ。

「……本当にソレでいけるわけ？」

おしずは目を細めたが、恐らく策そのものを疑っている。

「わたしを信じてください」

なびきはこう言うしかない。

「店を守るためなんです。わたしたちの運命がおしずさんにかかっているんですよ」

長々と話し合っている暇もない。

なびきは心をこめておしずの背中を押した。

人事を尽くして天命を待つ。今がそのときだ。

なびきは神棚に向かって柏手《かしわで》を打ち、目をつむる。〝神さま〟、今こそご加護を――

「虫拳、勝負で！　ずずいとな！」

おしずと荒太の声が響いた。

「――あいこでしょ！」

――やった！

なびきはぎゅっと自分の手を握る。

後は奇蹟《きせき》を待つよりない。荒太が上手くやってくれると信じてはいるが――

「――あいこでしょ！」

「あーっ！」

「勝った！」

悲鳴と喜びの声とが響き、店中が沸いた。

「てめっ勝ちやがった！　何してくれてんだ、荒太！」

桶職人の松次が叫んだ。

「〝神さま〟のご加護があっしにあったってことだろ！　つべこべ言うな！　胴元！　儲《もう》

けさせてやったんだから四割あっしに寄越《よこ》せ！」

おしずはまじまじと自分の手を見ていた。親指の〝蛙〟で負けていた。

「そんな……なびきさん、どうして⁉　策が外れたのかい⁉」

なびきは目を逸《そ》らした。おしずに疑われるのはつらかった。

——勢いで、勝負と勝負の合間を開けなければ荒太は何も考えずに拳を出す。何を出すかは三分の一だが、恐らく人さし指の〝蛇〟が多い。

だがこちらが話し合っているのを見れば、向こうも冷静になる。

荒太は人さし指の〝蛇〟を三回、なんて芸のないことでいいのか？　勝負に出るならここではないのか？　と考え込む。

〝蛇〟以外となると、親指の〝蛙〟か小指の〝蛞蝓〟——

——おしずはここまで小指の〝蛞蝓〟、親指の〝蛙〟と来て恐らく次はこれまで出していない人さし指の〝蛇〟。三本勝負で全部の種類を使うという掟《おきて》はないが、おしずの負けず嫌いの性格ではありえる。

なびきはそれを止める忠告をしているのではないか——

実際、なびきはこう耳打ちした。

「次は小指で」

荒太の人さし指を封じたのだから、おしずが小指の〝蛞蝓〟を出せば親指の〝蛙〟に一発で負ける可能性が出てくる。悪くても小指の〝蛞蝓〟同士のあいこ。

一回あいこが出たら、次は乱戦だ。いよいよ頭の中から策は消えて、掛け声に合わせて拳を出すばかり。

小指を出す隙はなくなるから、どちらかが人さし指の〝蛇〟で勝つまでやるしかない。一発負けか、あいこで荒太に競り勝ってもらう。

これがなびきの策だった。

「作戦が上手《うま》くいかなかっただけなンだよね？　──まさかわざとアタシを引っかけたのかい？　なびきさん、何とか言っとくれ──」

おしずの悲しげな声がつらい。なびきはおひつから蛸飯を茶碗によそう──二つ。

おひつはすっかり空になり、残念ながら本日の幸運はこれでお終い──

「何だか盛り上がってるなあ！　何の騒ぎだ！　おお？　荒太？　珍しいなこりゃ。生きてたのか。ついに女に刺されてくたばったのかと思ってたぜ」

そこに、聞きたくなかったがらっぱちの大声。見なくてもわかった。

小者の大寅《おおとら》だ。小者というがこの辺では一番身体が大きくて一番の乱暴者。彼は自分の頬骨《ほおぼね》の出たいかつい顔が男らしいと思っていたし、身体が大きく見える黄色い小袖を好んで着て、何も用事がないのにいつも袴《はかま》の股立ちを取っていた。

「あ、ど、ども、長らく不義理してやした、大寅の旦那《だんな》。へえ、その」

途端に勝利ではしゃいでいた荒太は急に力のない声を出し、懐を押さえた──恐らく首にかけた紐をほどいて、小判入りの巾着を懐から下帯の中に移動させた。無頼を気取って無法の世界で生きるからにはそれくらいの技がなければ。

駕籠舁きの鶴三も亀吉も桶職人の松次もさっと身を縮こめた。賭け金の小銭の茶碗は伏せられたまま、床几の上にある。

「何だよ。急に皆静まり返っちまって。おれだけ仲間はずれか？　何か盛り上がってたんじゃねえのか？」

「大寅さん、精が出ますねえ！　今日はおじいちゃん特製の蛸飯、もう冷めちゃってるからあつあつの番茶をかけてお茶漬けでどうぞ！」

不審がる大寅の気を引こうと、なびきは明るい声を上げて満面の笑みを作った。

――先ほどなびきは、暖簾《のれん》の向こうに大寅の姿を見た。はす向かいの煙草屋《たばこや》でひとくさり絡んでからこちらに来ると予測した。

江戸の治安を守るのは武家である同心だが、いちいち同心が動くと大袈裟《おおげさ》だ。人殺しや火付けならともかく、こそ泥だの酔っぱらいの喧嘩だのをお白洲《しらす》に引き出して入れ墨刑だの流刑だのに処してもらうのも寝覚めが悪い。小伝馬町《こでんまちょう》の牢屋《ろうや》は恐ろしいところで飯が足りず風呂に入れなくて病になるのは当たり前、囚人が新入りを殴り殺しても見張りのお役人は知らんぷりだとか。

ちょっとした泥棒や喧嘩程度の揉めごとは、同心にくっついている小者に始末してもらう。小者が殴って説教したり罰金を払わせて丸く収めたり、それで世の中は回っている。

大寅のような同心の小者にはほとんど俸給が出ないので、彼らは縄張りの商売人にたかって生きている。飯屋に対しては「食い逃げやたちの悪い酔っぱらいを捕まえてやるから」と甘い言葉をささやいて月々、小銭をむしっていく――ご公儀の名を振りかざすチンピラだ。しかしお堅い武家が自ら悪人のいそうな悪所に赴いて情報収集したりできないので、彼らのような融通の利く「必要悪」を随時利用している。

おしずが荒太から一両もの小判を巻き上げて見せびらかしていたら、やって来た大寅が即座に上前をはねただろう。若い娘と昼日中から金額の大きい賭博などどこからどう見ても風紀紊乱《びんらん》。罰として没収されても文句など言えない。客が賭けた小銭もついでに没収。無論、大寅は黙って全部自分の懐に入れて、同心に報告などしない。

そうなれば話はややこしくなる。

荒太はつけを払った気になるがこちらは大寅に取られて丸損。割に合わない。いっそなら荒太に一両、持たせたまま自分で自分の身を守ってもらった方がいい。荒太から大寅がじかにむしっても知るものか。

大寅にはいつも通り、売上から何割か渡す。その上で荒太に蛸飯をおごっても、その方がずっと安く済む。

義理堅い荒太は心を入れ替え、手土産を持ってこれまでの行状を詫びたのだから応《こた》えてやるのが人情飯屋というもの。筋は通っている。この後、賭場で勝つかどうかなど神のみぞ知る、だ。

辰がいいことを言った。金を返してもらうなんてもっと余裕のあるときがいい――余裕は、荒太もそうだが受け取るこちらにも必要だ。今、一両ものつけを受け取る余裕はない。

どのみち、こんな虫拳勝負なんかで荒太の人生がそうそう変わるわけはないのだ。

おしずは「威張ってるだけの大寅なんか殴り飛ばしてしまえばいい」とたかをくくっているが、仮にも同心子飼いの大寅に何度も恥をかかせたら同心本人が文句を言いに来るかもしれないし、あるいは大寅がクビになってもっと乱暴で融通の利かない小者が後釜《あとがま》に座るかもしれないし――大寅を退治しても飯屋にたかる小者がいなくなるわけではないのだ。

ある意味、三すくみだ。おしずは宝蔵院流で荒太に勝つが、大寅は同心の威を借りておしずに勝つ。荒太は無頼で大寅の目から逃れる。

世の中、八方丸く収めるには「今まで通り」が一番よかった。

おしずは何か言いたげだったが、なびきは無視して大寅を座敷に座らせた。大寅が帰った後でまとめて説明しようと思った。

「さあさあ大寅さん、水蛸は刺身が一番ですけど、おじいちゃんの技で煮物も上手くできてるんです。足が八本なんて末広がりで縁起がいい。食後には荒太さんの箱根土産の温泉饅頭まであるんですよ」

蛸飯の茶碗と、皿に刺身や煮物をよそって折敷に並べ、大寅に差し出す。ついでに荒太にも。

「――まさか今日の勝負運は全部なびき坊が使っちまった？」

荒太は薄寒そうに大寅を横目で見ながら折敷を受け取った。彼の考えた通りになったはずなのに少しも嬉《うれ》しそうでない。

「わたしのは運じゃないから荒太さん次第ですよ。三倍にするんでしょう？　頑張ってください」

なびきは晴れやかに笑った。

二話　水茶屋商売

1

近頃、日に日に涼しくなって蚊がいなくなり、往来の金魚売りや白玉売りが焼き芋売りと汁粉《しるこ》売りに商売替えを始めた。下町の長屋でもあちこちに菊の鉢植えが飾られるようになった。

煮売り屋の料理も温かい汁物や煮物が喜ばれるようになった。魚に脂が乗って、野菜もかぼちゃや薩摩芋《さつまいも》など味の濃いものが増えた。ここから冬までに風邪《かぜ》など引かないようご近所の皆さんを太らせるのが煮売り屋の急務だ。

さて結局、荒太は負けると言うほど負けもせず勝つと言うほど勝ちもせず、つけはそのままダラダラと煮売り屋〝なびき〟に飲みに来るようになった。大体予想通りだった。流石《さすが》に現金払いするようになったが。羽織では寒いのか濃灰《のうかい》の長合羽《ながガッパ》を着て、織部緑《おりべみどり》の裁付袴《たつつけばかま》を穿《は》くようになった。色の取り合わせはよくわからないが黒っぽい灰色に紺に緑で、着たきり雀《すずめ》の皆とはひと味もふた味も違うと見せつけるようだ。

「アンタ本当にいつも違うとこ剃刀《かみそりま》負けしてるンだね」

おしずは荒太の剃刀負けを見咎《みとが》めた。今日はあごの真ん中だった。皮一枚、剃刀で剝《む》きすぎてしまう傷は独特で喧嘩《けんか》でこうはならない。

「おう、ヒゲがざらついてるのが気持ち悪くて深追いしちまうのよ。月代《さかやき》の伸びてるのも我慢ならねえ。綺麗《きれい》好きが性分でよ」

この日は夕方頃《ごろ》にやって来て、鰺《あじ》の開きで酒を飲んで世間話をしていた。久蔵が夏に長く留守にしていたこと、おしずがこの店で働き始めたきっかけなど話していると。

「なびき坊の天ぷら飯、あっしも食ってみたいなあ」

「お店《たな》で天ぷらはできませんよ」

「別に、近頃どこでもやってるけどなあ。鍛冶町《かじちょう》の蕎麦屋《そばや》が座敷でなかなかの天ぷら出してるって」

「ズルだと思います」

なびきはかたくなに突っぱねた。天ぷらが原因で大火を出すようなことになったら神君家康《いえやす》公に申しわけが立たない。

元々、なびきがこの店の子になったのは十年前の大火で芝《しば》から神田まで江戸の三分の一が焼け野原になったとき、逃げる途中で家族とはぐれて久蔵に拾われたからだった。二親と二つ三つ年上の兄と――兄は〝サキチ〟か〝タキチ〟か〝タイチ〟という名だが二親の方はわからない。

長らく人捜しの貼《は》り紙を貼って家族を捜していたが、ついに先月やめた。

火はなびきから人生を全部奪った——たった四歳の子の人生の全部でその後に与えられたものの方がずっと多いとはいえ、いつまでも胸に苦い痛みが残る。

だが荒太は引き下がらなかった。

「じゃ屋台はどうだ？　二両くらいでこさえるぜ」

「屋台？」

「屋台なら燃えちまっても惜しくねえだろ」

横で聞いていた辰が首を傾《かし》げる。

「ちびのなびきが、天秤棒《てんびんぼう》くらいならともかく屋台持って歩くのは無理だろ。天ぷら鍋《なべ》と油だけでも重いのに。この店の前に出したら隣の荒物屋がうるせえし。荒太が屋台引いてなびきが天ぷら揚げるのか？」

「違《ちげ》えよ。屋台を置きっ放しにしてもいいところがあるんじゃねえかって目算なんだ。川《かわ》縁《べり》の火除地《ひよけち》なんだけどな」

江戸の町は明暦《めいれき》大火で痛い目を見た。無計画に建物を作り、大火の際に逃げ場がなく十万人もの犠牲者を出した。

それ以降は、町を小さく区切ってあちこちに火除地を設けるようになった。要は空き地だ。燃えるものが何もなければ火は食い止められるし、人が通ってよそに逃げることも、火消したちが道具を広げて消火作業を行うこともできる。

火事ではないときは土地が空いているので雑に屋台などが出ている。火事が出たら火消したちに木っ端微塵《こっぱみじん》に踏み潰《つぶ》される、そのつもりで元々安っぽい造りにしてある。

天ぷらはそうした川縁の屋台で売るものだった。串《くし》に刺して一串八文、海老《えび》やら鱚《きす》やら小柱《こばしら》やら。天ぷらだけでは腹いっぱいにならないので天ぷら屋台の横に蕎麦の屋台がいて、かけ蕎麦に揚げ立ての天ぷらを載せて食べたりする。

が、屋台は男が扱うものだ。

「屋台で天ぷら揚げて、ご飯も持って運ぶと重いんじゃないですか？」

大体、道端にしゃがみ込んで飯を食うのはいかがなものか――

「それが丁度いいとこがあるんだよ。豊島町《としまちょう》の水茶屋だ！」

荒太は得意げににかっと笑った。

「水茶屋の竈《かまど》で飯を炊いて茶碗《ちゃわん》に盛って、屋台で天ぷらだけ揚げるんだよ。持ち運ぶのは天ぷらの油だけで、夜は水茶屋の店の中に屋台をしまっておけばそんなに力仕事はいらない。天ぷらやって火事が出ても燃えるのは屋台だけだ」

「み、水茶屋って……」

なびきは顔が引き攣《つ》った。

――江戸には煎茶《せんちゃ》などを道端で飲ませる店が山ほどある。菓子を食わせたりもする。寺の前に多い。

が、谷中《やなか》の笠森稲荷《かさもりいなり》に鍵屋《かぎや》お仙《せん》が登場してこの言葉は意味が変わった。浮世絵の題材にされるほどの美少女が茶屋の店先に立つようになり、噂《うわさ》を聞いた男が山ほど来た――水茶屋だけでなく楊枝屋《ようじや》、煙草屋《たばこや》、煎餅屋《せんべいや》、どこもかしこも若い看板娘を売りにするようになり、素人美女の番付本まで出た。

が、やはり一番は水茶屋だ。

「かわいい娘っ子を愛《め》でに来た旦那《だんな》衆に、齢《よわい》十四のかわいいなびき坊が天ぷらを揚げて食わせる！　野郎は娘っ子見に来るのにむさい親父《おやじ》が料理してたんじゃがっかりだ。料理すんのも娘っ子の方がいいのに決まってる。上手《うま》く当たりゃいい商売だぞこれは」

荒太は自分の話に舞い上がって、なびきが絶句しているのにまるで気づいていない様子だった——見かねて辰が荒太の脇腹《わきばら》を肘《ひじ》で小突いた。

「お前、なびきに茶《ちゃ》汲み女やれって言うのかよ」

「言ってねえよ」

〝茶汲み女〟〝飯盛女《めしもり》〟〝湯女《ゆな》〟、全部娼婦《しょうふ》の隠語だった。

「〝花棒《はなぼう》〟は父一人娘一人でやってる菓子屋でお絹《きぬ》ちゃんは、そう、お客の話を聞くだけ！お触りなしだし、いかがわしい店じゃねえんだって！」

「さては荒太、水茶屋にも借金あんだな」

「あっしは〝花棒〟のおやっさんを助けてやりたい一心なんだよ」

どうだか。

しかし断ってくれると思った久蔵は、

「いいのではないか」

意外にもうなずいた。

「わしも六十を過ぎたら楽隠居したいのになびきがまだ無理と甘えよる。屋台で修業するのも手じゃ。屋台に持ち込める材料は少ないから数を作らんでいいし、嫌になったら畳んでしまえばよい。よその厨房《ちゅうぼう》で飯だけ炊くというのも面白い。蕎麦屋などはそれで天ぷらだけ揚げさせているのだからな。いろいろやれ」

「わ、わたし甘えてますか」

「火事が怖くて飯屋が勤まるか。べそべそ泣き言を言うとらんで屋台の二、三軒燃やす勢いで揚げろ。飯屋が平穏無事で人を傷つけん商売と思っておったら大間違いじゃ。芸を磨け芸を」

久蔵は傲然《ごうぜん》と言い放ち、なびきは縮こまるしかなかった。未熟者なのは反論できない。

「お前も行くんじゃぞ、おしず」

「エ」

久蔵があごをしゃくってそう言い、他人《ひと》ごとの顔をしていたおしずも立ちすくんだ。

「水茶屋ならお前の方がよかろうが。うちはおくまに手伝ってもらう」

横で聞いていてなびきはおや、と思った。どうも久蔵の無茶な言いようは、なびきとおしずで違うようだった――

2

翌日、午後には荒太がなびきの新しい城である屋台を持ってきた。三味線《しゃみせん》の口真似《くちまね》をしながら見せたそれは障子《しょうじ》を張った小さな小屋のようで、紙の看板にやけにキリッとした綺《き》麗《れい》な字で「天麩羅《てんぷら》」と――

「……お前これ煎餅屋だった頃の屋台じゃねえか！」

辰が指さした。――商品台が客の方を向いて傾いていた。そういえば前はこの看板が「せんべい」だったような気がする。内側に置かれた炭の焜炉《こんろ》は煎餅を焼くためのものか。

荒太は悪びれもしなかった。

「すげえだろ、損料屋に預けたのそのまま残ってた」

「威張るなバカチン！　煎餅売らずに屋台売ってんじゃねえよ！　天ぷら揚げる鍋がついてねえぞ！」

「天ぷら鍋も〝花棒〟にあるから大丈夫だって。あっしと師匠の思い出の屋台、おめえの役に立ててくれ、なびき坊！」

「お前が使え！」

思うところなくはないが、こうしてなびきは荒太の取りなしで豊島町の水茶屋〝花棒〟に挨拶《あいさつ》しに行くことになった。

道中、屋台は荒太が担ぐ。商品棚は外れるようになっていて、裏に担ぎ棒がついていて意外と軽そうに運ぶ。あるいは荒太が若いから力があるのかもしれないが。焜炉はおしずが持ち、なびきは油の壺《つぼ》と少しばかりの食材を持つ役だった。

まず北に向かい、神田川《かんだがわ》の土手沿いに東を目指す。和泉橋《いずみばし》。そろそろ川風が冷たく、川を行き来する猪牙舟《ちょきぶね》も寂しく見える。その辺は柳原《やなぎわら》土手と言うだけあって、柳が立ち並んでいるが寒々しくて多分夜は怖い。追《お》い剝《は》ぎが出そうだ。

川縁にすすきが銀色に実っていて江戸らしからぬ風情《ふぜい》はあるが、土手はとにかく人に出会わない。神田はただでさえ何と言って何があるわけではなく地味だが、大通りでもないこの辺に用事のある人なんか全然いないのだろう。武家屋敷が少しあり、その向こうに稲荷の社があったが「この辺には狐《きつね》が化けて出る」という目印みたいでぞっとしない。

——こんな通りに茶屋なんかあったとして人が来るものなのかしら。

「水茶屋って浅草にあるんだと思ってました」

「そうだなあ、浅草辺りが多いな。二十軒茶屋《にじっけんぢゃや》とか」

「あんまり浅草に近づくなって」

「嫁入り前の娘はなぁ」

荒太は浅草にもよく行くのだろう。

寺参りの行き帰りに近くで茶を飲んで菓子をつまむということで、浅草寺《せんそうじ》近隣には元々茶屋が多いそうだ。浅草は神田の隣なのだが、その向こうは吉原遊郭《よしわらゆうかく》で「堅気《かたぎ》の娘の行くところではない」と久蔵にも客の皆にも釘《くぎ》を刺されてなびきは浅草のこともよく知らないが——

浅草には日本橋の豪商とは違うよくわからない桁違《けたちが》いの大金持ちがいるそうだ。日本橋は水運でいろいろな品物が商われているが、浅草の商売は何だか難しくて皆、途中で話をやめてしまう。浅草も隅田川《すみだがわ》沿いで水運の町なのは確かなのだが。浅草の金持ちの話をするとき、心なしか皆、口汚いような気がする。

目当ての店のある豊島町は煮売り屋〝なびき〟から見て北東で新シ橋《あたらばし》のそば、浅草より大分手前だ。その辺も神田なのだが、なびきが普段全く行かない場所だ。干菓子の白雪糕《はくせっこう》の店があるらしい。

「〝花棒〟は元々夫婦でやってる煎餅屋で、煎餅出して茶飲ませて。花棒煎餅っておやっさんが考えたのが甘くて美味《うま》いって深川でも有名だったんだ」

道々、荒太が説明した。

「店は神田なのに深川まで評判が届くってすごいですね」

「ああ、駄菓子でも大したもんだったぜ」

隅田川の向こうで噂《うわさ》になるなんて、純粋に感嘆する。

「で、まあ一応あっしも煎餅屋名乗るからには多少は修業なりしようかなとおやっさんと話したりしてたんだけどよ。そのうちおかみさんが病で亡くなって、父一人子一人でやってたら一人娘のお絹ちゃんがどこぞの絵師に気に入られて。読売《よみうり》に載ったりして評判になって」

「煎餅と天ぷらご飯って合うんでしょうか？」

「今は煎餅出してないから大丈夫だよ」

「ジャア茶だけ？　ソレで商売やっていけンの？」

「まあ行ってみたらわかるって」

土手の景色に飽きた頃、水茶屋〝花棒〟の看板が見えた。橋のたもとになると流石にそこそこの表見世《おもてみせ》が軒を連ねていて、その中の一軒がそうだった。

特に仕切りなどはなく道端に床几《しょうぎ》より大きな縁台が置かれ、侍が一人、腰を下ろしていた――頭を手拭《てぬぐ》いで隠して、着流しに羽織で袴も大小もなかったがなびきは武家だと思った。背中が途中から二つに割れている打裂《ぶっさき》羽織は、裂けたところから帯刀した鞘《さや》の先を出す武家ならではの着物だ。

侍の隣に座って親しげに話していた娘が、屋台をちらりと見るとピョンと立ち上がった。

「荒太さん！　本当に屋台持ってきたんだ」

「おうよ。嘘《うそ》はつかねえよ」

荒太が適当なところに屋台を下ろした。

「あれえ、荒太さんの屋台でありんす」

座敷からもう一人出てきた。店は小上がりの座敷も少しあり、茶釜《ちゃがま》が置いてあった。ずっと煮出しっ放しでそこから汲んで出すのだろうか。

「そっちが女の子の天ぷら屋さん？」

なびきは娘二人に覗《のぞ》き込まれた。

いずれ菖蒲《あやめ》か杜若《かきつばた》、とはこういうのだろうか。金銀の櫛《くし》やら笄《こうがい》やら簪《かんざし》やらいろいろ差した複雑な髷《まげ》を結った娘は、ただでさえ目鼻がくっきりとした艶《あで》やかな美形なのに薄化粧で大人びた色香を漂わせて、とても煎餅屋とは思えない。爪《つめ》まで赤く染めている。何やら甘ったるい匂《にお》いまでして、なびきは女なのに気後れする。同じ人間とも思えない。水茶屋の娘でこれならこの世のどこかにいる花魁《おいらん》とは天女か。

幼げな方も目が切れ長で鼻が高い。顔の作りは似ているが年長の方は甘ったるくて優しげで年少の方は凛《りん》としてお人形のような血の気の薄い美少女と、印象が違うのが互いに引き立て合うのだろう。神田一の美少女二人組と謳《うた》われるに相応《ふさわ》しい。髷を結うだけで相当の手間がかかっているはずだ。寝るときは頭のどこを枕《まくら》に置くのだろう。

二人とも小袖《こそで》は薄桃色や縹《はなだ》で地味だが揃《そろ》いの大きな縮緬《ちりめん》の前垂れは黒に鮮やかな大輪の菊の花の柄、それも綿で厚みを出した肉入りの刺繍《ししゅう》だ。なびきは醤油《しょうゆ》のしみが目立たない茶色の前垂れをずっと着回しているのが恥ずかしくなった。

「あたいがお絹でそっちが手伝いに来てくれてる従姉妹《いとこ》のおかよ」

年長で薄桃の小袖の方が自分を指さして名乗った。

「ど、どうも、紺屋町の煮売り屋のなびきです。そっちが給仕のおしずさん」

「荒太さんのことだから夜鷹《よたか》みたいなの連れてくるのかと思ったら、こんなにちっちゃい女の子とか」

面白げに見下ろされるとなびきはいたたまれない。

「これでも十四なんです」

「え、わっちと同じ？」

「わっち……」

普段聞かない言葉でなびきは硬直してしまった。お絹がおかよのこめかみを指で小突いた。

「おかよは花魁かぶれで廓詞《くるわことば》を使いたがるんだよ。やめてって言ってるんだけど、お客さんが面白がっちゃって」

「わっち、水茶屋から傾城《けいせい》を目指すのでありんす」

おかよはつんととりすましているのが面白いが、男からすればませたことを言うのもたまらない、のだろうか。ちょっと常識外れなぐらいの方がかわいいのだろうか。

「茶屋って八ツ時は忙しいかとおもったんですが」

「うちは昼過ぎるとこんなもんだよ」

侍は気を利かせたのか、いつの間にか縁台から姿を消していた。

「今日はちょっと挨拶代わりに。ええと、天ぷら鍋貸してもらえますか」

なびきが今日持ってきたのは、刻んだ薩摩芋に小麦粉の衣をつけたもの。

薩摩芋はどちらかというと、魚介の天ぷら種が足りないときに嵩《かさ》増しするのに丁度よかった。安くてお腹《なか》に溜《た》まる。それに。

「イモの天ぷら！　アタシ大好き！」

なぜかおしずがはしゃいだ声を上げた。

——薩摩芋は女に受けがよく、甘くておやつにもなる。

茶釜の火をもらって炭を燃やし、借りた天ぷら鍋で薩摩芋を揚げてみる。荒太が自分の背丈に合わせて作った屋台はなびきには台が高すぎて逆さにした桶《おけ》を踏み台にする必要があったが、まあまあ使えなくはなかった。試してよかった。大の男には狭いのだろうがなびきには余裕がありすぎた。

芋の天ぷらは揚げ立てを半紙を敷いた皿に取り、半分に塩をかけて、残り半分には砂糖をぱらぱらかけてみた。箸《はし》を使うのもまどろっこしくて、お絹とおかよ、それにおしずまではしゃいで指で摘《つ》まんでいた。

「揚げ立て、美味《おい》しい！　……太っちゃう。なびきちゃん、これは駄目だよ。ご法度《はっと》です」

「やっぱり塩でありんすねえ」

「揚げただけでこんなに美味しいなんてサツマイモはありがたすぎるよ」

薩摩芋は八代将軍吉宗《よしむね》公の頃に蘭学者・青木《あおき》昆陽《こんよう》が救荒作物として全国に広めた。安くて甘くて腹に溜まり、滋養があって飯の代わりになるといいことずくめ。「九里（栗《くり》）より美味い十三里」の売り文句とともに焼き芋の屋台が町のあちこちに出現し、木戸番で片手間に売っていることすらある。薩摩芋料理だけを集めた『甘藷百珍《いもひゃくちん》』なんて本まで出た。

「あ、お父《と》っつぁん」

お絹が少し身を引いた。

お絹が振り向いた先に釣り竿《ざお》と魚籠《びく》を持った大男がいた。神田川で釣りをしていたのだろうか。

なびきなど屋台ごと踏み潰しそうな図体で頭に鉢巻きを締めて、色褪《あ》せた縹の法被《はっぴ》に裁付袴を穿いている。お絹の父ということは四十くらいなのだろうか。とにかく身体が大きくて何も知らなければ山賊《さんぞく》の頭目と言われても信じる。食べ物屋ということで月代は綺麗にしているが顔が平べったくて大きくてゲジゲジ眉《まゆ》で、使い古しの土鍋が化けて出たようなご面相だ。なびきは吹き出しそうになった。

「お芋の天ぷら、美味しいですよ」

なびきは何とか愛想笑いに見えるよう取り繕い、皿を差し出す。

土鍋の大男は釣り竿を置くと、うっそりとやって来て太い指で皿から天ぷらを摘まみ、口に放《ほう》り込んだ。

「……甘いな」

「それお砂糖かけたので……」

「甘すぎる」

短く吐き捨てて店の方に去っていった。

「お絹ちゃんに似てないねえ。チョットおっかない」

おしずは圧倒されたのか戦々恐々だった。

「おやっさん、ここのご主人の大吉《だいきち》さんだよ。客商売だってのに愛想がなくってね。悪い人じゃねえんだが」

と、愛想のありすぎる荒太が代わりに紹介した。あの土鍋のおばけとお絹のような美少女が親子というのも凄《すさ》まじい。

「口下手な男の人ってあんなものですよ。うちのおじいちゃんも愛想で売ってる人じゃないし」

なびきは偏屈な男には慣れていた——家の中で働く居職《いじょく》の職人で決まりきったものばかり作っている独身の男は「問屋などの商売相手としか口を利かない」ということも珍しくはなく、料理が日替わりの煮売り屋〝なびき〟では声すら発さず「ご飯のお代わりがいるかいらないか」「酒をつけるかつけないか」だけ身振りで示す人もたまにはいた。静かなのが好きな人と、自分で喋《しゃべ》るのが面倒くさいが他人の話すのは聞きたい人、二種類いた。

なびきが気になることは他にあった。

釣り竿だ。鮮やかな朱塗りでいい感じに節くれ立ってただものではない風格を放っていた。さりげないが、朱塗りなんてお高いのではないだろうか。毛針というのか鳥の羽根の細工もくっつけていた。三毛が喜びそうだ。裏のご隠居の釣り道具はただ竹を削って継いだものでもっと地味だ。

——神田川なんかであんなものを振り回して何が釣れるのかしら。

魚のことだ。後で辰に聞いてみようと思った。

と、おしずがしゃっくりを出した。芋がのどに詰まったのか。

「大変」

お絹が座敷の茶釜から茶を汲み、茶碗をおしずに手渡す。おしずはぐいとそれをあおって——

「ナ、何このお茶」

かえって目を白黒させた。

「ああ、うちのお茶すごいでしょ」

お絹がはにかんだ。

「狐に化かされて飲む馬の小便みたいだよ。目は醒《さ》めた」

おしずはすごいことを言う。ここは仮にも茶屋ではないのか。

「おかよの家が茶問屋で、そこで一番安い茶葉なの。一日中煮出してるから」

お絹は笑って、座敷の方から小皿を取ってきた。

「口直しにどうぞ」

茶色っぽい塊が皿に載っていた。おしずは恐る恐る指で摘まんで口に入れ——

「エ。何コレ美味しい」

みるみる顔が明るくなる。なびきも少しかじってみた。

滋味のある甘さと香ばしい風味が口の中に広がった。

「胡桃《くるみ》の餡《あん》がけですか？」

「そう」

炒《い》った胡桃に黒砂糖の蜜《みつ》を絡めたものだろう。ほんのり塩気があるのが甘味に奥行きを持たせる。駄菓子のたぐいだが後を引く。茶店は大体、炒り豆を茶請けにするらしいが甘い胡桃の方が渋い茶に合うのではないか。

「アタシこっちは五年分ほしい」

「折角《せっかく》お茶請けが美味しいんだから、お茶もいいのを出せばいいんじゃないんですか？」

「うーん、そんなに単純じゃないんだ」

お絹は笑みを浮かべていたが、褒められて嬉《うれ》しいという風情ではなかった。

3

「ご要望の通り、海老《えび》仕入れてきたぜ」

辰が翌朝持ってきた桜海老は、以前に天ぷらご飯を出したときのより少し大きかった。大は小を兼ねるのでこれでいい。辰にそのまま〝花棒〟まで運んでもらうことにした。

四ツ時に皆で〝花棒〟に行くと――既に縁台に客がいて隣に座ったおかよと話し込んでいた。なびきは慌てた。

「お、遅かったですか⁉」

「ああ、いいのいいの」

と、座敷に座ったままのお絹が手を振った。

「なびきさんはゆっくり仕度してくれれば」

「ぬしさま、今日はそちらのなびきさんが天ぷらを揚げてくれるんざんす」

おかよは豪奢《ごうしゃ》な羽子板を手に、羽織に二本差しの武士にしなだれかかっていた。三十くらいなのか、のっぺりした顔の武士はおかよと並ぶと親子のようだった。

武士はなびきにも手を振った。

「ああ、天ぷら、いいなあ。慌てずにゆっくり揚げなさい」

なびきは戦々恐々として焜炉に火を入れ、天ぷらの仕度をする――ご飯はもう炊けていた。

押絵の羽子板は以前、日本橋の大店《おおだな》で目にした真っ赤な振り袖を着た姫君の意匠のごてごてした細工で、なびきものどから手が出るほどほしかったはずだがなぜか羨《うらや》ましいと思えなかった。

お武家さまからあんな高価なものをもらって怖くないのかしら――なびきも近頃は高価な菓子をもらうことがあったがどれもこれも人生の一大事だった。

「なびき坊、そんなに急ぐない。早くできると恨まれるぜ」

なぜか荒太がにやにやしていた。

そうは言われても客を待たせるなんて。なびきは手早く小麦粉で緩い衣を作り、桜海老をひと摑《つか》み、衣でまとめて油に沈め、かき揚げにする。

今日は薩摩芋とかぼちゃの切ったのも揚げて、全部ご飯に載せて上から天つゆをかけて、なびきの天ぷらご飯の出来上がり——

他に客がいないのでなびきが自分で折敷《おしき》に載せて運ぶ。

「もっとゆっくりでいいのに」

——なぜか客ににらまれた。

おかよが折敷を受け取って縁台に置き、茶碗と箸を取る。

そこで信じられないことが起きた。

「はい、あーん」

おかよが箸で海老のかき揚げを摘まんで、客に差し出す。妙に小指を立てる、変な箸使いだ。

「おかよちゃん、これはちと熱い」

「あ。揚げ立てでありんすから」

おかよは口をすぼめてかき揚げにフーフーと息を吹きかけた。武士は鼻の下を伸ばしている。

——天ぷらとご飯を別々に食べたら意味がない。

ではなくて。見ておれなくなってなびきは屋台の裏にしゃがんだ。

色は売っていない。確かに色は売っていないが。

「……すげーな。武家のくせに小娘に飯食わせてもらってら」

　横にいた辰が小声でつぶやき、荒太がへらへら笑う。

「浅葱裏《あさぎうら》だから、国元に嫁さん置いて一人で江戸に来てっから寂しいのよ」

「いやそれにしたってあの餓鬼、いくつだよ。オレより下だろ」

　辰も薄寒そうだった。

〝浅葱裏〟とは吉原で使われる隠語、参勤交代で江戸に来た勤番武士、田舎者で野暮だと嫌われているらしい。

　荒太は手を振る。

「いやいや、ここは色売ってない真面目《まじめ》な茶屋だから。あれはおかよちゃんの〝気遣い〟」

「何が気遣いだよ」

「多分あの御仁、羽子板と別に百文くらい弾んでんだぜ」

「ひゃっ」

　辰がしゃっくりみたいな声を上げた。

　――天ぷらご飯は前に出したときは一人前あたり三十文だった。今日、ここで出すにあたって五十文ということになった。立ち食い蕎麦なら三杯は食える。夜鷹の安いのはかけ蕎麦一杯くらいだという。

「色売ってないのに何でそんな大金。気が知れねえ」

「聞いたかなびき坊。辰坊は何だかんだ言って魚屋だぜ」

「どういう意味だよ」

「こいつ、昨日後家さんに晩飯誘われてた。その前は八百屋《やおや》のおかみさんにおはぎもらってた。口利いてくれる女に不自由してないんだよ」

荒太が辰の頭を小突いた。

――魚屋は各家の台所を回って魚を売る。商売のために猫撫《ねこな》で声で一家の主婦をたらし込む者もおり、頼まれれば障子戸の滑りの悪いのを直したりもして、女と口を利く機会が多い。粋《いき》でいなせを身上として他の食べ物屋より格好をつけている。

「後家ったって昨日のお蔦《つた》は五十だぜ、おっ母《かあ》かばあちゃんってとこだぜ？　鮨《すし》買ったら思ったより多くて暇ならお前が半分食えって呼び止められただけで。おはぎだって余ってたんだよ。メシ残したら勿体《もったい》ないだろ。食べさせてもらったわけじゃねえ」

辰は反論したが、

「わかってねえな、年増《としま》にもてるやつは若い女にもてるんだよ！　ぼーっと歩いてて女の方から声かけられてメシまでおごられるってのは大したもんなんだぞ！　並みの男は小遣い弾むくらいでなきゃ女と口は利けない！　気ぃつけろよなびき坊、こいつ狙《ねら》ってる女は他にもいる！」

荒太は引き下がらなかった。――何に気をつけるんだか。なびきが思うに、辰は背丈のわりに手足が細いので大人の女の人はご飯を食べさせて世話を焼きたくなるのだろう。

「いいか。吉原に行くほど金はない、岡場所《おかばしょ》に行くほど度胸はない、水茶屋なら百文出しても格安で上手いこと女の方が惚れてくれたら何とかなるってのが男の根性なのよ。そんな男をなるべくじかに触らず上手いこと転がして小遣いだけもらうのが女の根性だ。即ち、男も女もお互いにムシのいい綱引き！　いきなり色売る店じゃできねえ駆け引きが水茶屋の肝だ。客の心動かすために何でもする！」

そう偉そうに語る荒太は取り柄なんかない顔で玄人《くろうと》女から小遣いをもらっている、と思うと綺羅綺羅《きらきら》しい美少女のおかよが百文二百文もらうのは何も不思議ではなかった。荒太こそどんな妖術《ようじゅつ》を使っているのか。いや詳しく知りたくはないが。

「岡場所も看板は〝茶屋〟とかだろ？　色茶屋か水茶屋かどうやって見分けるんだよ」

「カマトトぶりやがって。隠し女郎はすれてやがるから顔見りゃわかるが、岡場所は根津《ねづ》とか深川とか場所がそれっぽい。それと前垂れよ。色売ってない茶屋の娘はでかくて綺麗な前垂れしてる。ありゃ野暮な客が股《また》に手突っ込んでくるのを防いでんだよ。ここじゃお触りはなしだから男から触ったら半殺しな」

――岡場所とは恐ろしいところだ。横で聞いていて、なびきは色気も素っ気もない茶色の前垂れを大事にしようと思った。

「半殺しとかおっかねえな、くわばらくわばら」

「暢気《のんき》にしてんなよ辰坊、半殺しってのはあっしとおめえでやるんだぞ」

荒太に肘でつつかれて、辰はきょとんとした。

「オレもかよ」

「折角男手がいるんだからな。女が嫌の応の言って引き下がる男はいねえよ。その分、駄賃やる。おしず坊の薙刀《なぎなた》になんざ頼るなよ。魚屋で鉄火名乗るからには喧嘩くらいできるようになっとけ」

「まあオレもいっぱしの男だ、助平男の退治くらいするけどよ。お前本当に女衒《ぜげん》だったんだな」

「そりゃもっとあくどい商売だぜ。あっしはしがらみもなく、前向きに働く娘っ子を陰ひなたなく支えてるんだ」

荒太は蛸《たこ》のように摑みどころのない男だった。

しかしこの商売、何が一番きついかというと。

武士が帰った後、茶碗に天つゆで汚れたご飯が半分ほど残っていた。――「あーん」と天ぷらだけ食べさせてもらったらこうなる。ここは全然、中食《ちゅうじき》を食べる店ではなかった。

「――なびきちゃん、合図を決めよう」

お絹が真面目な顔で話しかけてきた。

「お客が五十文きっかり出したらさっと右手を上げるから天ぷらご飯もさっと出して。七十文以上ならこう、指を折って上げるからゆっくり出して。百文以上の上客のときは左手。四半刻《しはんとき》以上かけて」

――まさかの時間指定。しかしこの店には尺時計がなかった。持ってくればよかった。

その後もぽつりぽつり客は来た。皆、お絹やおかよと長話をするのが目的なので、先客がいると行列を作ったりせず他の店で時間を潰して出直す。橋のたもとだから通る人は多いのだが、誰《だれ》も彼も忙しそうな武家や中間《ちゅうげん》で「ふらっと中食でも」という感じではなく、元々贔屓《ひいき》の客ばかりだ。

お絹もおかよも五十文の客に「あーん」はしなかったので、五十文の客は比較的天ぷらご飯を完食する者が多かった。が、「あーん」をすると確実にご飯が残った。

他にも問題はあった。

「あの子は、新しく入ったのか？」

おしずに目をつける客がいた。何せなびきからして暇を持て余しているのでおしずはご飯をよそうとき以外はすることがなく屋台の横に突っ立っているだけだ。だがお絹やおかよのような凝った結い髪も派手な前垂れもないのに。

「何、兄さん。浮気？」

「いやいや、そういうわけじゃ。……ないけど、気になるんだよなあ。ちょっとお喋りできないかなあ」

お絹に猫撫で声で八十文渡す若侍が現れてしまったため、おしずは彼と「お話」をすることになった。おしずと同じくらいの年の頃、紫の羽織で通人ぶっているが元服し立てなのでは。

「お話だけ、お触りはなしだから。触られたら荒太さんに言いつけてぶん殴ってもらっていいから」

お絹が手を合わせて頼み込んだ。——荒太に頼むまでもなくおしずは自分でぶん殴る。渋々、おしずは若侍の隣に座った。

何を話していたかまでは屋台からは聞こえなかったが、最終的におしずはもう二十文追加でもらっていた。

「……こんなチョロくていいの？」

やり遂げたおしずの顔には達成感より戸惑いがあった。「食べ終わってもだらだらとそのまま世間話をしたり仕事の愚痴を垂れるのを聞いたり」は煮売り屋〝なびき〟ではもてなしのうちで金など取っていなかった。

「アタシ〝あーん〟ってやらなかったけど」

「いいのいいの、あれは心配りだから」

お絹がおしずの肩を叩《たた》いて励ました。

「今日は初日だから。おしずちゃんがもらったのは〝若さへのご褒美〟」

「……何か怖いよ」

「ここでお大尽見つけて嫁に行くくらいのつもりでいて」

伝説の看板娘、笠森お仙は二十の頃に土地持ち小金持ちの御家人に嫁いで引退したそうだ。「お大尽を捕まえて玉の輿《こし》」が看板娘の王道だった。

「ココ、そんなお大尽来るの？」

「この間来た薬種問屋の坊ちゃんはなかなかだったよ」

――おしずは金持ちだが放蕩者《ほうとうもの》の薬種問屋の夫をほうきで殴り倒して出戻ってきたとは言いづらい雰囲気だった。

「……アタシ、化粧した方がいいかな」

口を押さえるおしずに、お絹が懐中鏡を差し出した。紙入れのように三つ折りになっていて外側も凝った花柄で洒落《しやれ》ている。

「おしずさんは色白で肌に赤みが差しやすいから白粉《おしろい》選ぶの難しい。小町紅《こまちべに》なら貸してあげられるけど白粉は風呂上がりに塗るから――」

懐中鏡を持っているなんて流石だ。なびきの持っているのは例の柄鏡と鏡台でどちらも裏のおかみさんのお古。なびきもお絹に化粧のコツを教わるべきなのか――

なびきが身を乗り出したとき、屋台の陰でギャッと荒太が声を上げてひっくり返っていた。

「あれ鏡か？　あんな小さいのも駄目なのか。お前、本当に妖怪変化《ようかいへんげ》なんじゃないのか」

辰が助けもせず呆《あき》れていた。

「女は何だってこう、あれを見たがるんだ」

荒太は転がったまま顔を押さえてうめいていた。

「お前みたいな男、手前の顔が好きでたまらないもんかと思ったらそうでもないんだな。うちの兄貴なんかあの小さい鏡持ってしょっちゅう手前の顔見てたぜ」

「よしてくれ寒気がすらあ。死ねって言われてるような気がするんだよ。……駄目だ、く然なかった。


らくらする。頭が痛《いて》え」

「女の霊でも憑《つ》いてんじゃねえか。恨み買ってんだろ」

「女に祟《たた》り殺されるなら望むところなんだけどよ」

　男どもは気楽でいいとして。なびきは自分もお客に声をかけられたらどうしようか、少し緊張したがそれはなぜか全然なかった。

　思いがけない面白いこともあった。

　立派な黄八丈の羽織で、どこの大店の旦那《だんな》と思ったら面取りする前の芋みたいな顔は大寅だった――なびき以外の全員が屋台の陰に隠れた。

　しかも大寅は、百文出した。彼はなびきが屋台にいるのに気づくと目をみはったが、すぐにお絹相手ににやけ顔になった。

「あの野郎、オレたちにたかった銭で水茶屋に来てんじゃねえか。あの羽織どうしたんだ。金出して借りてんのか？　まさかここ来るためだけに買ったのか？　あいつ半殺しにするには策が必要だろ」

「な？　江戸は男の方が多いんだから人並みの男が人並みにしてても女と話す用事はないんだよ。あの百文は口止め料込みとみた。――黄色の小袖に黄色の羽織合わせるやつがあるかよ浅葱裏の方がマシだな」

「アタシらには偉そうなのに鼻の下伸ばしちゃって。もしかしてココにいたらいろんな人の弱み握れちゃったりする?」

代わりに屋台の後ろからささやき声が聞こえてきてなびきは笑いそうだった。天ぷらご飯を出すのに、いつもよりしゃなりしゃなりとすり足で上品に動くよう心がけた。

代わりに大寅は百文出した客の中で唯一、飯まで完食した。とっくに冷めて固まっていた飯に例の不味《まず》い茶をかけて強引に呑《の》み込んで帰った。本当に口止め料だったのかもしれない。

日暮れ近くまでゆるゆると店を開けていたが、中食で売り切れると思った天ぷらの材料は大分余った——揚げて持って帰って煮売り屋〝なびき〟の夜営業で出せばいいのだが、お絹は余った分の材料費まで持ってくれて、差し引き、なびきの取り分はいつもの売上より多いほどだった。

それで荒太と辰にまで小遣い程度とはいえ用心棒代が出る。辰は今日は桜海老を売った後は野次馬根性で暇を潰していただけのつもりだったのにまさか銭がもらえるとは。

「二百文出してくれた人がいるから」

「こんなに残ったのに若い女が天ぷらに息吹きかけただけで儲《もう》かるのかよ。真面目に働くのが馬鹿みてえだ」

辰は目を剝《む》いていた。いつぞや天ぷらご飯が完売したときとあまりにも違いすぎた。これと別におかよは羽子板までもらっている。おかよははしゃいで羽子板を抱えてさっさと帰ってしまった。

「なびきとおしずも簪差して花柄の前垂れかけてフーフーしろよ。それで金になるならいいじゃねえか」

「辰、自分でやらないからッて好きなコト言ってンじゃないよ」

「お触りなしなんだろ？　天ぷらに息吹きかけただけで何が減るわけでもなし。愛に飢えた憐《あわ》れな男の口まで天ぷら持ってってやる商売、観音《かんのん》さまの慈悲だぜ。女に生まれるだけでこんなに稼げるとか世の中ブッ壊れてるぜ」

――女に生まれたのに特に指名がなかったなびきはどう答えていいかわからない。

「……明日はご飯なしで天ぷらだけにしよう。天ぷらフーフーするのは皆喜んでたから。何なら海老とか入ってなくてもお芋だけでもいいよ、あれ」

お絹が申しわけなさそうになびきに手を合わせた。

「十日、いや五日やってくれれば団扇《うちわ》ができるから」

「団扇？」

「あたいとおかよの浮世絵団扇、下絵はできてんのに版元が夜逃げしちゃって。どうしようか困ってるところに荒太さんが天ぷら屋はどうかって言ってくれたの」

お絹の言いようで、荒太が本当に人助けしていたのに驚いた。

「もう肌寒いのに団扇？」

「安くでできるんだよ。……寒いのに団扇で煽《あお》いであげるっていうのも拙《まず》いか」

男を団扇で煽いでやって、それでいくら取るのか。なびきが当惑する間もお絹はぶつぶつつぶやいている。

「そう思うと天ぷらの方が温かくていいのかなあ。水茶屋って元々暑い季節の商売だから寒くなってからどうこうしようっていうのがそもそもの間違いなんだけど。寒いとどうしてもくっつきたがってお触りされちゃう。座敷に上げて火鉢に当たらせろって話になっちゃう」

茶屋は葦簀《よしず》張りで道行く人の目から客席を隠すのかと思っていたが、ここがそうしていないのはどうやら隠すと触られるかららしい。

「でもまた来年、なんて言ってたらあたい十八になっちゃうし。半年も間空けたらお客に忘れられちゃう。皆、暇じゃないんだし」

「借金でもあるんですか？」

「ないけど、できてから慌てたんじゃ遅いよ」

「……ここ、元はお菓子屋なんですよね？」

なびきは不思議だった。

茶屋に必要なのは熱い茶とお茶請けだ。

茶が不味いとか団扇ができていないとか妙な話ばかりだ。

「お菓子はね、暑いときはよそから買うんだけど寒いと駄目なんだよね。冷めちゃう。お客はどうせ何でもいいんだし」

「ここではお菓子、作らないんですか？」

「お父っつぁんが気が向かないんだよね」

「何ならわたし、温かいもの作りましょうか？　お汁粉くらいなら——」

と。

のしのしと土手の方から釣り竿を持った大きな影がやって来た。昨日の土鍋男。大吉か。日暮れ近いといよいよ山賊じみていてぎょっとするが、単なる煎餅屋で釣り人だ。いちいち驚くようなことはない。

昨日と違うのは、手にした釣り竿。黒漆《くろうるしぬ》塗りでつやつやしていて傍目《はため》から見ても立派だ。

——たかが釣り竿に、黒漆？　昨日の朱塗りもなかなかの細工に見えたのに。

「お、おい、なびき、もう帰ろうぜ」

なぜか急に辰が腰の引けた声を上げた。大吉の風体が怖いのだろうか。

すぐには片づけられない。余った海老を揚げたり揚げ油を壺に戻したり。使った揚げ油は格安でご近所の長屋の大家さんに引き取ってもらい、行灯《あんどん》で燃やす。この調子で揚げ物をしていたら油屋ができそうだ。

大吉は何も言わず座敷に引っ込み、片づけを手伝ってくれるのはお絹だけだった。

「あ、おしずさん。この後、話いい？　晩ご飯でも食べながら」

お絹はおしずに声をかけた。彼女らの晩ご飯もこの海老のかき揚げなのだが。

海老を揚げている間に辰に煮売り屋〝なびき〟から大皿と倹飩箱《けんどんばこ》を取ってきてもらった。

それに揚げ物を収め、土手を戻る。もう暗いので荒太が提灯《ちょうちん》を持つ。

新シ橋の向こうにひょっとこ面をかぶった小さな影が見えたような気がしたが、この辺に住んでいる飴売りか何かだろうか。すぐに夕闇《ゆうやみ》に紛れて見えなくなった。

とぼとぼと帰りながら、なびきは辰に尋ねた。

「さっき辰ちゃん、おやっさん見て驚いてたみたいだけど、何ですか？」

昔、知り合いだったにしては会話もなかった――「怖がっていた」という言葉は弱めた。

「やっぱあれ、〝花棒〟のおやっさんなのかよ」

辰の声はまだ張り詰めていた。

「思い出したぞ、花棒煎餅、前に兄貴と食いに来たことあった。そのときはまだあのお絹ってのはてんで餓鬼で、おかみさんが店先に立ってたんだ」

辰は子供の頃も今も、菓子に大した額は使わないからその頃は四文や八文くらいで茶菓子と茶を出していたのだろうか――

「それってどんなお菓子――」

「忘れたよ」

なびきの問いは遮られた。

「そんなんじゃなくてよ。あの釣り竿」

「すごいですよね、釣り竿を漆塗りとか」

「あれ一本で何十両もする大業物《おおわざもの》だ。日本橋で見たことある。お殿さまが飾っとくやつで煎餅屋が買えるようなもんじゃねえよ」

それを聞いてなびきも声を失った。

――昨日の釣り竿もその辺に転がっているような代物ではなかった。

一竿ならわかる。大事に金を貯《た》めて買ったのだろう。

しかし、二竿となると。

三竿以上あるかもしれない。

「釣りってのはおっそろしい趣味で、神田川にいくら釣り糸垂れて鮒《ふな》や鰻《うなぎ》釣ったってあの釣り竿の元が取れることは絶対にないんだよ」

辰の口ぶりは苦々しかった。

江戸では身を持ち崩すなんて簡単なことで、どこにだって銭を吸い込む穴が空いている。

「手前の娘に水茶屋させて釣り竿にぶっ込んでるとかとんだ忘八だ、髪結いの亭主どころじゃねえや」

仁義礼智忠信孝悌《てい》の八つの心を忘れた〝忘八〟とは、普通、吉原の楼主《ろうしゅ》の悪口だ。女郎に無体を強いて金を吸い上げる人でなし。

「あのおやっさん、あんなでかい図体して何で荒太に店の番させてんだよ。あんだけ売上あるなら大寅の二人くらい雇って置いとけよ。浅葱裏でも何でも武家が来るんだぞ。お触りしたら半殺しなんだろ、手前で見張って半殺しにしろよ！　何でオレと荒太でやんなきゃいけねえんだよ！　ふらふら昼間っから釣りになんか行ってんじゃねえよ！」

辰はあのとき怯《おび》えていたのではなかった。理解できなくて惑っていたのだった。

今は怒っている。怒って道端の小石を蹴《け》った。

「金の亡者ならそれらしくしろよ、何で娘が天ぷらだの団扇だので悩んでんだよ！　手前が考えろ！　煎餅焼け！」

荒太は彼をまぶしそうに見ていた。

「辰坊、熱いな。江戸っ子の血が燃えてるな」

「へらへらすんな荒太！　何とも思わねえのか手前は！」

「いやあ、辰坊もついさっきまでおしず坊が天ぷらフーフー吹くだけで金になるなんて馬鹿馬鹿しくて真面目に働いてられねえって言ってたじゃねえか。魚屋なんか大概、末路はヒモと相場が決まってら。髪結いの亭主ならてめえの方が上手くやる、女房に感謝するフリして胡麻《ごま》擂《す》って肩揉《も》むくらいはするってか。そうだなあ。おめえの方が才能はあるだろうなあ。何もしねえで女にタダメシたかれるなら貢がせて転がすまで後ちょっとだ。働かずに食うメシは美味いぜ」

荒太はからから笑った。

愛想はあっても甲斐性《かいしょう》なしの荒太。江戸のどこにでもいるひと山いくらのろくでなし。だのにこのときは彼のにやけづらが、狼《おおかみ》みたいに見えた——なびきは狼なんて知らない。知っているのは野犬だが、一番凶暴な野犬は捨て子や行き倒れを喰《く》らう。そんな顔だった。

「残念ながら〝花棒〟のおやっさんは女に食わせてもらうメシの美味さを知らない。胡麻の油と女は絞るほど出るってな。折角の金ヅル持て余してるど下手《へた》くそ。あっしやおめえと違ってもてるのに慣れてないから生かさず殺さず搾《しぼ》る手管がなってねえ。そりゃそうだ。いっそ本物の忘八なら今頃あそこは立派な色茶屋で、あっしらみたいな半端者がつけ入る隙《すき》なんかなかったのさ」

圧政で民を苦しめる横暴な権力者を唐土《もろこし》では豺狼《さいろう》と言うらしい。権力とは無縁な荒太は、野犬がいいところだった。

4

かつての〝花棒〟は小さな茶屋だった。愛想のいいおかみさんと職人肌のおやっさんが細々とやっている。

名物の花棒煎餅はご贈答用に、とまでは行かないがお茶請けには丁度いい駄菓子で、何かの拍子に時間が空いたら茶を飲んで花棒煎餅をかじって過ごす。そんな場所だった。

だが、おかみさんは風邪《かぜ》をこじらせて死んでしまった。

残されたおやっさんは花棒煎餅を作り続け、おかみさんにそっくりな小さな娘が客に茶を出すようになった。

娘が十三になる頃、とある絵師の目に留まり、天下の美少女、当世の笠森お仙と騒がれるようになった。

何を売っても売れるようになった。

花棒煎餅でなくてもよくなった。

団扇や手拭いが飛ぶように売れる。

そのうちおやっさんは川に釣りに出かけるようになった。

誰もおやっさんがいるかどうかなど気にしなくなったから。

5

「ふむ、茶漬けじゃな」

冷めた海老のかき揚げをどうするか、久蔵は迷わなかった。

軽く炭火で炙《あぶ》ってパリッとさせてご飯に載せ、醬油を少しと熱々の番茶をかけ、崩しながら食べる——最初はパリパリの香ばしいかき揚げが番茶でふやけると味わいが変わる。

裏の長屋のおくまとその夫・信三《しんぞう》ははふはふと天ぷら茶漬けをかっ込んだ。

「なびきちゃんも一層腕を上げて。大したもんだよ」

おくまはにこにこして、信三はいつも通り寡黙に押し黙っていたが二人の食べっぷりになびきは救われるようだった。料理はやはり、食べてもらえるのが一番嬉しい。

一方、裏のご隠居は飯なし。温めた天つゆと燗《かん》した酒を混ぜ、炙ったかき揚げをかじりながら飲むという荒技に出た。美味しいのかどうか全くわからないが機嫌よくお猪口《ちょこ》を傾けている。

ご隠居はもう七十で髷は真っ白だったが、洗いざらしていない狐色の矢鱈縞《やたらじま》の着流しで小粋に決めて、馴《な》染《じ》みの居酒屋で手酌でひと晩中にこにこしているというのは人徳者のありようだった。理想の老後。今はこの辺の長屋の雇われ大家だが、人としてすべきことはもう成し遂げて後は何もかもやりたいようにやると決めていて、天ぷらを食べながら天つゆを飲むのもためらわない。

夜の煮売り居酒屋〝なびき〟は何もかもが自由だった。おかげでかき揚げはなくなりそうだ。

「いやしかし、身につまされる話じゃないか。どうするよ、じいさん。なびきちゃんも後二、三年経《た》ったら神田一の美少女と持て囃《はや》されて、飯なんかどうでもいいって助平男に取り囲まれてこんな店潰されちまうかもしれないよ」

荒太が語った〝花棒〟の過去、それをなびきが語り直したのを聞いて、おくまは久蔵を肘でつついた。久蔵は小揺るぎもしない。

「逆じゃろう。どんなすべたでも食える飯を作れば嫁のもらい手はある」

「おじいちゃん、わたし傷ついてるからそういうのやめてください。嫁に行けるとか行けないとか」

「一人前に難しい年頃にはなったらしいな。跡を継いで〝飯の神さま〟にお供えさえするなら、水茶屋でも何でも好きにするといい。〝花棒〟も娘の店と親父の店を分ければよかったんじゃ。釣りなんかしている暇があったら屋台を引け」

久蔵はにべもなく、客と一緒に床几で天ぷら茶漬けをかっ込んでいた。賄いを食べたら彼は長《なが》っ尻《ちり》の客のために干物を炙ったり糠漬《ぬかづ》けを切ったりする。無愛想ながらも話に相槌《あいづち》を打ちながら。

なびきは茶漬けを食べ終わると、久蔵が昼に煮たかぼちゃも食べることにした。お菓子のように甘くてホクホクして、初冬の楽しみだ。

「でもどうして〝花棒〟のお茶は不味いんでしょうね？　うちの番茶だってそんなにお金がかかってるわけじゃないのに」

「茶を不味くすれば娘に寄ってくる助平男がいなくなって、煎餅目当てのまともな客が残ると思ったんじゃろう。しかし現実は逆で、煎餅の客はいよいよ離れて助平男ばかりになった。自分で煎餅を作るのを諦《あきら》めたんじゃから親父の負けには違いない」

久蔵は言い切った。

「男を滅ぼす破滅の運命のような女、〝花棒〟の親父を滅ぼすのは自分の娘じゃった」

「女がちょっと化粧しただけで破滅の運命なんて言いすぎですよ」

なびきはひどい言葉だと思った。

「お絹さんだっておやっさんのお客を取るつもりじゃなかったんでしょうに。高い釣り竿を買ってあげて、親孝行する気はあるんですよ。一生懸命やってるのに、女は楽して稼げるんだからやる気がなくなるとか。助平の客が悪いんじゃないですか」

「まあいい歳《とし》の男が小娘に嫉妬《しっと》してすねておるんじゃからみっともない話じゃ」

「おじいちゃんも手伝ってください」

「何を？」

「〝ご飯の神さま〟に花棒煎餅の作り方を教えてもらいましょう。神田で作ってて深川まで評判が届くってすごいですよ。あの店で出すべきものって天ぷらじゃないですよ。あっついお茶と甘いお煎餅。辰ちゃんも荒太さんも全然憶《おぼ》えてなくて頼りにならないんだから〝神さま〟のお告げで――」

なびきは大真面目に頼んだが、久蔵はいい顔をしない。

「それでお前が勝手に花棒煎餅を作ったらますます親父はへそを曲げるぞ。他人の料理を盗むのは泥棒と同じ、〝神さま〟にそんな手伝いをさせられるか」

「泥棒なんて。お絹さん、困ってるのに――」

「水茶屋は冬はやりづらいなんて話をどうしてお前が何とかしてやらねばならんのか。頼まれただけ五日間、天ぷらを揚げればよいじゃろうが」

久蔵の叱《しか》るような口調になびきはしゅんとしたが、

「あんたが娘に水茶屋の手伝いさせといてそれはないでしょう。久蔵さんも他人ごとだと手厳しいねえ」

ご隠居が猪口を空にして笑った。ご隠居の方が久蔵より十ほど年上で、この辺にご隠居に敵《かな》う人などいなかった。

「なびきちゃん、この人の言うこと真に受けちゃいけないよ。手前が何したかよくわかってないんだから」

「どういう意味ですか？」

なびきが尋ねると、ご隠居は天つゆと酒を猪口で混ぜながら答える。

「この人だっておしずちゃんが怖いから水茶屋にやって遠ざけたんですよ。それでなびきちゃんが真面目に水茶屋のやり方考えたら不機嫌になるんだからしょうもない。なびきちゃんは天ぷらを揚げるだけであちらの色に染まったりしないとたかをくってたんでしょうが、遠からずこの人も不貞腐《ふてくさ》れて釣り竿持ってあたしと川釣りに行くよ。男の嫉妬ってのは実にみっともない」

なびきは驚いて久蔵を見たが、久蔵は茶碗で顔を隠すようにしていた。

「……おじいちゃん、おしずさんが嫌い？」

「嫌いではない。何を考えているかわからんだけじゃ」

「わたしならわかるんですか」

「まあカボチャでも食え」

「何それ」

なびきはほおを膨らませた。

ご隠居は天ぷらをかじってお猪口をぐびりとあおいでつぶやく。

「世の男親は娘が飴玉ほしがってるうちは何もかもわかってますって顔して、白粉だの小町紅だの言い出すとわからんわからんとおめき出す。本当はわかってんのさ。おしずちゃんはよそさまの娘さんだから余計にわからんふりをしている、その方がお行儀がいいと思ってるんだよ。馬鹿だねえ。――〝神さま〟に頼るこたぁない、花棒煎餅の作り方はおやっさんにじかに尋ねてみなさい。どうやって作るんですかって。なびきちゃんにはきっと教えてくれるよ」

――信じられない。それこそ料理人の意地で教えてくれないのではないか。

久蔵もご隠居も自分をからかっているような気がした。

なびきは一応、寝る前に〝神さま〟の神棚に手を合わせてみた。花棒煎餅の作り方を教えてくれるように――

それを〝神さま〟は聞き入れてくれたのか。

その日のお告げの夢は、間違いなくあの〝花棒〟の店先だった。柳の木の揺れる神田川沿い、新シ橋のたもとに看板と縁台。少し冷たい風に煮詰まった茶の匂い。

お絹のように髪を高く結い上げ、花柄の前掛けをした〝神さま〟が折敷を持って歌っていた。

「かごめかごめ
籠《かご》の中の鳥は
いついつ出やる
夜明けの晩に
鶴《つる》鶴つっついて

籠の釣瓶《つるべ》はどこかいな」

童歌《わらべうた》だが、なびきの知っているのと歌詞が少し違う。

歌が終わると同時に〝神さま〟が折敷を差し出す。

花棒煎餅なのかと心が躍った。

だが折敷に載っているのは、どう見ても。

皮つきの焼き芋なのだ。

目が醒めてなびきは憮然《ぶぜん》とした。

人を馬鹿にしている。

6

翌朝、棒手振《ぼてふり》の辰は天秤棒《てんびんぼう》を担いで煮売り屋〝なびき〟にやって来た。

昨日別れたときに注文していた。「これまでより大きな、殻を剝《む》いて天ぷらにする海老。量は少なくてもいい」――旬《しゆん》ではないから難しいかと思ったが桶に入っていたのはそれなりの車海老で、なびきはほっと胸を撫で下ろした。

しかし辰の方は手柄を誇るでもなく、三毛を抱いていても不安そうだった。

「おい荒太、大丈夫なのかよ」

「大丈夫たぁ何が？」

荒太はあくびをしていた。

「オレ昨日、この道に詳しい連中に聞いて回ったんだけどよ」

辰は小指を立てた。

「水茶屋ってたまに手入れが入って捕まるって話じゃねえか」

「何だ臆《おく》したか辰坊。十年も前の三日法度だぜ。あの店は武家も大寅の旦那も来てんだぞ。お絹ちゃんが捕まったらことだ。手入れがあるなら誰か前もって知らせてくれる」

荒太はわけ知り顔でせせら笑った。

ご公儀はこれで売色に厳しい。公認は吉原遊郭だけだ。――江戸が広すぎてなかなか目が行き届かないだけで。

目に余るものを見つけたらその都度、お触れを出して大仰な手入れをする。手入れのために同じようなお触れを出しては「自分で出して憶えてないのか」と揶揄《やゆ》された。

「大体お上は若い女が集まって楽しげにしてたら隠れて色売ってるって決めつけて難癖つけてくるもんなんだよ。常磐津《ときわず》の師匠が弟子集めてたら手入れ、娘が集まって手習いしてたら手入れ」

「何それ、ひどいですね」

なびきは憤慨したが、

「お上は嫁に行ってない女なんか全員隠し女郎だと思ってて隙あらば根性叩き直してやるって鵜《う》の目鷹《たか》の目よ。お上から見りゃ十四のなびき坊も立派な飯盛女だ」

「いろいろとどういう意味ですか」

荒太の態度に憮然ともした。

「手入れって受けたら女はどうなるんですか。番所に呼び出されてお説教とか、過料《かりよう》とか？」

「なびき、お前思ったより世間知らずだな」

なびきが率直に聞くと、なぜだか辰が気まずげにした。

「辰坊、そこは〝箱入り娘〟って言っときな」

荒太は鼻を掻《か》いて眠そうにすらしていた。

「お上が怖くて江戸で商売できっかよ。辰坊は聞きかじりでびびってんじゃねえや」

「お上の手入れは大寅が教えてくれるとして、吉原百人斬《ぎ》りみたいなのが起きるかもしれねえじゃねえか」

「おお、頑張って勉強したな辰坊。講談でも聞いたか。お前にもの教えるのどうせ魚屋仲間だろ」

辰は神妙な口ぶりなのに、荒太は子供をからかうようだった。

「何ですか、吉原百人斬りって」

なびきは初耳だったので尋ねた。

――こういう話だった。

吉原に八《や》ツ橋《はし》なる美しい花魁がいた。これに入れ揚げたのが佐野次郎左衛門《さのじろうざえもん》。小金持ちだがひどい醜男《ぶおとこ》だったとか。

佐野次郎左衛門は八ツ橋を身請けしたいと哀願するが、八ツ橋はつれない。それどころか邪険にする。

実は八ツ橋には間夫《まぶ》がいたのだ。宝生栄之丞《ほうしょうえいのじょう》。貧乏浪人だが美男で、人知れず密会を重ねていた。

そのうち佐野次郎左衛門は身代《しんだい》を潰して吉原に通う金がなくなり、金策に走るがどんどん身内に見放されていく。

愛も金も世の評判も失って思い詰めた彼の手もとに唯一残った家宝は、よりにもよって村正《むらまさ》の妖刀〝籠釣瓶《かごつるべ》〟――

彼は腰に妖刀を差し、なけなしの銭をかき集めてその日、いつも通り何食わぬ顔で座敷に揚がった。

盃《さかずき》を交わすと、佐野次郎左衛門は八ツ橋を一太刀で斬殺《ざんさつ》。籠釣瓶の号は、籠で作った釣瓶のように水も溜《た》まらぬ切れ味からその名がついた。

そのまま勢いで恋仇《こいがたき》の栄之丞のみならず、手近にいた幇間《ほうかん》や無関係な客や遊女、百人を次々と斬り殺し、廓《くるわ》を血で染めた――

かれこれ百年ほど前に吉原で実際に起きた事件で、その後、講談や芝居になったという。

「朝から怖い話しないでください！」

「だから怖《こえ》えって話をしてるんだよ！」

なびきと辰は悲鳴を上げた。

なびきは辰の手から三毛を奪って抱いてすがりついた。猫の温かみで怖いのをごまかそうと必死だった。三毛は急に人間たちが騒ぎ始めてきょとんとしていた。彼女は気高いので雄猫《おすねこ》を怖がったことなどないだろう。

荒太は冷めたものだった。

「きりがいいから話盛ってるだけで百人も斬ってないと思うぜ。いくら廓が暗くても二十人くらいで取り押さえられたんじゃねえか。そういうの防ぐために用心棒置いてんだし」

「二十人でも五人でも怖いです！」

「オレが言いたいのは男の純情を弄《もてあそ》ぶとろくなことにならないんじゃねえかって！」

花魁に入れ揚げて身代を潰すのが〝純情〟かどうかは悩ましいが、ろくなことがないという辰の言には賛同する。

なのに荒太は不満そうだ。

「あっしはこの話、嘘《うそ》だらけだと思うぜ。吉原の客が乱心して刀振り回して人が死んだのは本当として、栄之丞なんてしゃらくさい名前の二枚目がいるかよ」

――いなくはないのではないか。

「醜男が色悪に女取られて人殺すってそんな話に村正の妖刀なんか要らねえだろうが。女に振られるときはあっちに二枚目の恋仇がいるから、こっちが醜男だから、金がないから、なんてわかりやすくねえ。昨日懇《ねんご》ろだったたから男が機嫌よく菓子持ってきたのに、今日いきなり女の方は〝お前さん、もう来ないでおくれ〟なんて言い出してシャボン玉みてえにパッとその気が消えてる。いくら話したって意味わかんねえし言葉も通じない、前とは何かが違う。女心ってそういうもんじゃねえのかよ」

荒太の色恋がそういう風なのはよくわかった。

「男は男で振られたからなんて理由で人殺したって凡《ぼん》じゃねえか。悲恋も怪談も理不尽がなきゃ怖くねえよ。それで実は別れ話だの何だのはお前さまのために身を引いたのでありんす、とか言い出したら目も当てられねえ。てめえが客泣かすために作った話ぃ真に受けて泣いてやるほどこっちは安かねえぞ。江戸の講釈師は客を甘やかしすぎて話をわかりやすくして全部おんなじ味にしちまう。村正の妖刀ってんならこう何の前触れもなく女が血みどろになってて、横に血まみれの……」

——男がスウッと、刀を提げて。

声色まで作って語っていた荒太だったが、そこで言葉が途切れた。かと思うと口を押さえてゴホゴホ咳《せ》き込み始めた。頑健な男の咳《せき》の音は大きく響いて老人のより怖い。

「……大丈夫ですか?」

「何ものどに詰まるものないのに手前の唾《つば》でむせてりゃ世話ねえや」

なびきは心配したが、話を引っかき回された辰は冷たかった。

「とにかく吉原には凄腕《すごうで》の用心棒がいても、オレらについてるのはこの荒太だぜ。村正ほどでなくても人斬り包丁持ったガチンコ色恋無双《むそう》の獣《けだもの》が出てきたときにこいつ一人でどうにかできるのかよ。オレらみたいな素人が手出ししていいような商売なのかよ」

辰の言いぐさがおかしい。いやわかる。色恋で見境をなくした人はとんでもないことをしでかす、そんな感じなのだろう――

「吉原が百人斬りになったのって暗くて一つ一つの部屋が狭いからじゃないでしょうか。〝花棒〟は昼しかやってないし見通しもいいし、あそこ通るの皆お武家さまか中間だから抜刀するような大騒ぎになったら誰か助けてくれるはず……わたしたちにはおしずさんの宝蔵院流もあるし」

なびきは三毛のフワフワの毛皮で十分温まったのでそう励ましたが。

だが頼りのおしずは珍しく唇を真っ青にしていた。彼女にも猫の温《ぬく》もりが必要そうだった。

「拙い、拙いよ吉原百人斬りッて」

「何が拙いんだ」

「お絹さん、間夫がいる。花嫁衣装作るのに金が要るッて焦ってンだ。――大寅に知れたら今日にもガチンコ色恋無双で決まりだ」

おしずの声は震えていた。荒太はまだ咳き込んでゼエゼエ言っている。

全員を温める猫が必要だった。

＊　＊　＊

昨日、〝花棒〟でおしずは大吉とお絹と夕食をいただいた。湯漬けと天ぷら。冷めた飯を温めてほぐすのに湯漬けにするしかなかった。

悪くはないのだが揚げ立てのかき揚げを炊き立ての飯に載せ、つゆをかける〝なびきの天ぷらご飯〟と比べると落ちる――

飯も美味くないが、気詰まりなのは大吉の存在だ。

おしずは怒鳴りつける男は怖くない。父も兄もよく彼女を怒鳴ったが、平然と言い返す。殴りかかってくる男も怖くない。真正面から挑んでくる男で師匠より強いのはいなかった。背後から襲われてもどうにかする方法が三、四つある。

しかし大吉はどうしたらいいのかわからなかった――何も言わない男。何を考えているのかわからない。動きはズブの素人、荒太と違って名乗り通りの煎餅屋で身体が大きくても急所を突いて動きを止めるのは簡単だが、何もしていないのにこっちから殴りかかるわけにもいかない。いやらしい目で見てくるわけでもない。そもそも目を合わせない。干したまんま忘れ去られて百年目の高野豆腐《こうやどうふ》みたいな顔で威圧感はすごいのに。

男ばかり来る飯屋の娘を十年やっているなびきいわく「何も話さない男の人って八割が、何も考えてないだけですよ。大がかりな泥棒は仲間と話し合うからお喋りです。黙っている悪人なんて巾着切《きんちゃくき》りや置き引き程度のもので、辻斬《つじぎ》りやってるような人なんかそういません」――理屈はわかるがいざ黙る男を前にするとひたすら気まずかった。思えばおしずの知っている男は堅物の医者とその弟子、宝蔵院流の槍《やり》の技を堂々と学んでいる武芸者見習いがほとんどだった。これまでの人生で働かない菓子屋のおやじなんてものにかかわったことがなかった。

大吉は味わっていないような速度でかっ込んで、さっさと店の中に引っ込んだ。早寝して朝早くから釣りに出るのだろうか。

と、大吉が引っ込むのを見計らっていたのか、入れ替わりのように手拭いをかぶった羽織の男が現れた――初日にもいたやつだ。提灯の明かりがぼんやりとしていい感じの影が落ちているせいなのか、なかなか端整な美形だ。

彼が現れた途端、お絹は茶碗を置いて立ち上がった。

「おしずさん、こちら内藤兵馬《ないとうひょうま》さま」

お絹は彼の分も湯漬けを用意し、かき揚げを練炭の火で炙って温めていた――

「え。もしかしてお絹さんのコレだったりする？」

甲斐甲斐しい様子を見ておしずが小指を立てると、お絹も内藤兵馬も怒りもせずはにかんだ。

「まあ、何て言うか、ねえ」

「恥ずかしながら拙者、湯島辺りの小普請《こぶしん》で団扇貼りなどしていて」

小普請と聞いておしずは「ゲッ」と声を上げそうになるのを堪《こら》えた――

「いやまあね。あたいもこんな商売できるのせいぜいハタチまでだし、お大尽見つけてさっさと嫁に行くつもりでいたんだけど、何か、結局ピンと来たのこの人だけでさあ」

「お絹が即断できるようなお大尽でなくて申しわけがない」

「いいんだよ、あんまり立派なお殿さまや大店の旦那だと今度は身分が釣り合わないとか言ってモメるんだから」

お絹と内藤兵馬は小突き合って、二人、並んで縁台に腰かけて湯漬けを食べているさまは仲睦《なかむつ》まじかった。仲よきことは美しきかな——と無邪気に祝福できる立場ならよかったのだが。急におしずはかき揚げの油が胃につかえ始めた。

小普請は無役の御家人を指す——幕府直属の武士の中でも懲罰で役を取り上げられた者、老齢の者、若年の者が建物の修理などの仕事をする。建物がどこも壊れていないときは仕事がない。

普通は奉行所、勘定方《かんじょうがた》などで役につき、他の仕事と掛け持ちする。小普請だけでは扶持《ふち》が足りないので。

つまり健康そうないい若い者が小普請などと名乗っているのは「役につく取り柄のない甲斐性なし」——

絵に描《か》いたような金と力のない色男。逆に、何をどうしたらこんな顔だけの男に引っかかるのか。他人ごとながら頭が痛い。

「あのー……ソレでアタシに話ッて?」

お絹は再び茶碗を置き、手を合わせる。

「浮世絵団扇、この人に作ってもらうつもりだったんだけど、もう版下から作り直すかって――おしずちゃん、絵師の先生におしずちゃんの浮世絵描いてもらっちゃ駄目かな？」

「エ。……ア、アタシの浮世絵団扇作って売るッてコト？　流石にソレはその、ウチ、父さんが厳しいから何て言うかな……」

このとき、おしずは気が進まないのに自分で気づいた。気づいたのに咄嗟《とっさ》に父親を盾《たて》にして、ほんのり自己嫌悪を抱いた。

「どうせ絵じゃおしずちゃんってわからないよ！　先生、絵の癖強いから！」

そんなおしずの葛藤《かっとう》も知らず、身も蓋《ふた》もないことをお絹は言い切った。――浮世絵なんか全然当人に似ていないのは確かにそうだが。

「何なら名前も源氏名《げんじな》にしよう。すず……〝お鈴《すず》ちゃん〟でどう？　〝豊島町の鈴鹿《すずか》御前〟！　これくらい変えたらおしずちゃんってわからないんじゃない？　髪も女髪結に結ってもらえば大分見違えるよ」

女髪結に高々と髪を盛られて家に帰ったら父にも兄にも一目でばれるが。

「わからないンならアタシじゃなくてもいいンじゃないかな……」

「そろそろあたい、飽きられてるんじゃないかって思うんだよ。ご贔屓《ひいき》のお客も随分減っちゃった。おかよは駄目だよ、あの子、永遠に自分が十四のまんまでいられると思ってるから。〝かわいい〟は年々減っていくんだよ。お芋食べすぎだし、お客の前でおならでも出たらどうするのさ。看板娘の自覚がないよ自覚が」

いつの間にかお絹の話はおかよの悪口ばかりになっていた。想像以上に辛辣《しんらつ》な評価だ。

……もしかして彼女は湯漬けが冷めているから食が進まないのではなく、体型を保つためにあまり食べないようにしているのか。

食べることを我慢するという発想がなかったおしずは自分も耳が痛かった。食べたいだけ食べて、太ったら走ればいいと思っていた。

「た、食べたいモンくらい食べていいンじゃないかな。稼いでンだし」

「陰間《かげま》は魚も蕎麦も豆も食べないって聞いたよ。女だからって油断していいわけがないよ。おあしもらってんだから」

「そ、そうなの？」

「あたいとおしず、もといお鈴ちゃんの姉妹団扇にしたらどうかな。そうしたら団扇が二枚一組で売れて倍稼げて、この人のところに嫁ぐ嫁入り衣装くらい作れる」

お絹の切羽詰まった口ぶりにおしずは気圧《けお》される。

「……焦る気持ちはわからなくはないけどモウ団扇ッて季節じゃないし、お客に貢がせた銭で嫁入り衣装作ったら男の怨念《おんねん》がすごいンじゃない？　花魁の身請けッて旦那が大金払うモンなのに、客の銭で嫁入りとか後が怖そう……」

「ものの たとえだよ。この人、結納《ゆいのう》なんてできないしあたいがいなくなった後のお父っつぁんの食い扶持、親孝行のためにまとまった銭置いていかないとさあ。育ててもらった恩返しをしないと」

――それは男客の銭で花嫁衣装を作るという話より真っ当なはずだったが、いよいよおしずは引っかかった。

「育ててもらった恩ッて、娘が立派に育って手前で好いた男見つけて嫁に行くだけで万々歳じゃないか。親に恩トカあるの？」

「うちはおっ母《か》さんいないし男手一つで」

「ウチもいないけど父さんに恩感じたコトなんかないね」

おしずは断言してから、この感覚は世間並みではないと少し思い直した。論語《ろんご》を読んだ下の兄は目上への孝行について口うるさく言っていたし、拾われて幼い頃から飯屋の手伝いをしていたなびきから見ればおしずは父親に甘やかされているらしい。

「娘なんかそのウチ嫁に行くのは目に見えてンだ。おやっさん毎日釣りに行って元気そうだし、心配するコトないンじゃないの？」

江戸で「釣り」は金と時を食うばかりで報いの少ない大変高尚な趣味であることをおしずは知っていた。竿だの糸だの毛針だの、道具に凝り始めると蔵が傾くと言う。

「お武家に嫁に行くってなると町人じゃ駄目なんだ。それなりのお武家の養女にしていただいて煎餅屋の娘だったなんてなかったことにして、もうお父っつぁんとも会えなくなっちゃうんだ。おあしくらい置いていかないと」

「アタシと話してる場合じゃないじゃん。おやじさん呼び戻して積もる話しろよ。銭よりソッチだろ」

「お父っつぁん、あたいと話すことなんかないと思う……」

おしずの言葉で、必死だったお絹の額から縦皺《たてじわ》が消え、彼女は少し困ったような顔をする。

「おっ父《とう》、何も言わないでいつも川で釣りしてる。あたいが店、滅茶苦茶《めちゃくちゃ》にしちゃったから怒ってる……」

「親に怒られるのが怖くて金渡して黙らせてきたのかい、アンタ。何だよそりャァ」

おしずは余計に呆《あき》れた。

「黙らせるなんて。あたいの気持ちが収まらないんだ。お父っつぁんの煎餅屋、散々引っかき回して味もわからない助平男だらけにしといて、あたいだけ好きな男ができたからもう嫌ですなんて言えない……」

さっきはすごい剣幕だったお絹だが、今は消え入りそうな声だった。

「何でだよ。言えよ。親子なンだから。おやっさん、減らず口たたいたらアンタをひっ叩《ぱた》く?」

「お父っつぁんそんなことしないよ、しないけど……言えないよ。あたいのせいで商売こんなになったのに、嫌いなお客がいるとかいやらしいこと言われるのが嫌とかわがままでしょ……せめておあしくらい稼いで責任取らなきゃ……」

「何でだよ。言えよ、わがまま。アタシに言えることくらい。親なンだから」

あの釣り竿はかなりの価値だろう。あれだけの金子があるならよそにも店をかまえればいい。そんなに煎餅屋にこだわりがあるなら。婿を取って跡を継がせなければならないということもないだろう。

お絹が店を回すようになって、大吉と二人で野心的に手を広げれば煎餅屋の暖簾《のれん》分けどころか、後添いをもらって妾《めかけ》も囲えるくらいになれただろう。

「ウチはアタシがこうするッて言ったら父さんも兄さんもガミガミだよ、アレはダメだのコレはダメだの。大抵つまんないこと気にしてるよ、世間体がどうの。アンタのおやっさんはどうだい」

おしずが尋ねてもお絹は答えなかった。

切れ長の目からほろり、涙が落ちた。

「いくら銭になるッたッて泣きながらするような商売かよ」

おしずには一つもわからなかった。

「あたい、これしか取り柄ないから」

「そんなことを言うな、お絹は心ばえがよい。優しい娘だ。拙者はそこもとの色香に惚れたのではない――」

これまで黙って湯漬けを食っていた兵馬が通りいっぺんの慰め文句を言い、涙ぐむお絹の肩を抱いていちゃいちゃし始めた――これはわかる。口だけは達者だが助平以外に何もしない軟派野郎は元亭主がそうだった。

悪役もやっていられないのでおしずは湯漬けをかっ込む方に専念することにした。かき揚げをかじると炙ってパリパリにした衣が口の中に刺さって痛い。少し火傷《やけど》もしたようだ。

ひりつく。しょうもない。

――無理をしても病人を食わせてやらなきゃいけないならわかる。

親に見捨てられて行くあてもなく身体を売るしかない、というならわかる。我利我利亡《がりがりもう》者《じゃ》の忘八の楼主や遣《や》り手婆《てばばあ》に急《せ》かされて客を取らなければ生きていけないというなら。

逆に男を手玉に取るのが楽しくてやっているというのも多分わかる。

お絹は忖度《そんたく》で雁字《がんじ》搦《がら》めだった。

こうしろとは誰にも言われないまま、こういう女はこうするものだと自分からお行儀よく木枠にはまり、見様見真似で男の機嫌を取って、客を団扇で煽いで天ぷらに息を吹きかけるようになっていただけだった。

それで何が減るわけでなしと自分で自分に言い聞かせ続けて、すっかり己をなくしていた。

＊＊＊

むさ苦しいおやじと可憐《かれん》な娘、見た目は違えど心の中は鏡で映したようにそっくりな煎餅屋の親子。

どちらも相手が何を考えているかわからない、きっと怒っている、怖いと膝《ひざ》を抱えて震えるばかり。わかりたいけどわからないと嘆いている。

しかし悲しいかな。男ばかり多い江戸で若い女が悩んでいられる時は短い。いつまでもどっちつかずでいると、おぞましい運命が全てを台なしにする——弄ばれた男の怨念の化身、村正の妖刀〝籠釣瓶〟。

所詮《しょせん》作り話、芝居の中にしかないなどと笑っていられるものではない。それはどこかで密《ひそ》かに時を刻んで、愚かな恋の終わりを虎視眈々《こしたんたん》と待っている。

籠釣瓶はどこ、と〝神さま〟も尋ねた。

どうやらなびきが見つけなければならないらしい。花棒煎餅の作り方を教わりたかったのに、逆に質問されるなんて理不尽極まりない。

このままでは悲劇だ。何とかして芝居を別の演目に書き換えなければならない。

——それにしても籠釣瓶って変な名前——「水も溜まらぬ」って藪《やぶ》から棒に何の話？　妖刀でなくても刀に水なんか溜まらない。刀鍛冶や剣豪がそんなことで悩んでいるはずがなく、水が溜まって困るのはじめじめした北側の土間や年寄りの膝だ。「水も滴るいい男」が冷静に考えると何を言っているのかわからないのと似た感じか？

きっと講釈師や戯作者《げさくしゃ》が後から考えたたとえ話なのだろう。

——たとえば大事にしたいのに手の中からすり抜けていくもの——この世にあるはずのないもの。どこにでもある不幸。

冷めて食べづらくなるだけなのでご飯はない方がいい。だが金は多く取れる方がいい。あんまり貧相な品で五十文も取ると気が引ける。

折り合いをつけた結果、今日、なびきが〝花棒〟で出すことにしたのは海老の天ぷらだった。

7

これまでのかき揚げにするしかない細かい海老とは違う、丁寧に殻と背わたを取った大振りの車海老。あえて頭はつけたまま、隠し包丁を入れて揚げても曲がらないようにする。

更に、揚げ衣に卵を入れて黄色っぽくする。

海老に衣をつけて新品の油で揚げる。

卵は一個、二十文で高級感が出る。味にもコクが加わる。

海老を三尾も揚げると、五十文の海老の天ぷらが完成。看板娘たちが熱々のうちに塩を振り、頭を取って息を吹きかけて冷ましてさしあげる。

取った頭は二十文追加で、それだけ昆布出汁《こんぶだし》で煮て味噌汁《みそしる》にもする。これも飲む前に看板娘が冷ましてあげる。

これが商売というものである。なびきは料理人に徹することにした。

見事なまでに昨日見かけたのと同じ客ばかりが来た。そう人数は多くないので確かにこれは危機感を抱く。

「ん！　これ美味しい」

意外なことが起こった。——お客の方が、自分で吹いて冷ました天ぷらをお絹やおかよに食べさせた。もはや何が楽しいのか意味不明だが、客は喜んでいるようだからそれでいいのだろうと思うことにした。

「……美味しいんだけど続くと胸焼けがする」

お絹がお客が引けた隙にこぼした。彼女は太ることを気にしているので少し気の毒だ。

今日はおしずはお絹に借りた紅葉柄《もみじがら》の前垂れで、唇に小町紅も引いていた。お絹が言う通り、おしずは白粉がなくても紅を引くだけで随分と顔が華やいで見えた。お絹やおかよほど髪を複雑に結っていないが、それも新鮮味がある。

「こちらは娘茶屋なのかな」

昼頃、昨日は見かけなかった客が来た。町人髷だが黒の袷羽織《あわせばおり》を羽織って鼈甲《べっこう》の枠にビイドロの丸板を嵌《は》めた丸眼鏡をかけていて、ビイドロの歪《ゆが》みで目つきがわからないほどだった。

「あちらの娘さんに茶を汲んでもらおうか」

しかもおしずを指さし、ためらわずに百文銭を二枚出した。

おしずはおずおずと彼の隣に座り、なびきは無心に材料を揚げ始めた——

騒ぎは揚げ上がる前に起きた。

「何だい、この助平！　荒太サン、とっちめてやって！」

おしずが甲高い声を上げ、客が立ち上がる。

「助平とは何だ、客に向かって！」

屋台の後ろでチッと舌打ちをして、荒太がのろのろ立って縁台に歩み寄る。

「お客さん、こちらお触りは禁じ手なんですぜ。色茶屋じゃないんだ」

いつもより声が低い。

「少しくらいで騒ぐな、減るもんじゃなし」

「あのねえ。こちとら真っ当な菓子屋でね」

「何が真っ当だ、嫁入り前の娘を三人も並べてこんな飯に百文も二百文も出させてけしからん——」

言いかけた鼈甲眼鏡の客の手を、荒太は無造作にねじった——

「あ、痛、痛い！」

客の悲鳴で、通りかかった法被の中間が二人、足を止めた。

「あっしが真っ当って言ったら真っ当なんだ、憶えとけ」

「辰ちゃん、おやっさん呼んできて」

なびきも揚げ物を油から引き上げ、屋台を出て辰に声をかけた。辰は座り込んでいたのが跳ね起きて、堤に走る。

「わ、わたしは絵師の南野琴貝《みなみのことかい》だぞ！　娘の絵を描いて売り出してやろうと思ったのに、この扱いは何だ！」

眼鏡の客が大声で喚《わめ》いたのを聞いて、他の客と縁台に座っていたお絹の顔つきが強張った。彼女も腰を浮かす。

「あ、あの、荒太さん――」

かまわず荒太は客の手を押さえ続けている。

「絵師も何も関係ねえよ。聞いたことねえぞ知らねえ。あっしに逆らうのか野暮天が。番所に突き出してやろうか」

「ちょ、荒太、やりすぎだよアンタ。そんなには」

おしずが見かねて荒太の手を掴んだ。やっと客がよろめくように荒太の手から逃れ、ねじられた手首をさする。

「は、花棒はご禁制の茶汲み女を使っている。風紀紊乱《びんらん》な水茶屋だ！　けしからん！　こちらこそお上に訴えてくれる！　隠し女郎と女衒が偉そうに！」

眼鏡の客は裏返った声で喚いた。

「お上の手入れがあれば、お前たちのようなあばずれは吉原で一番下の奴女郎《やっこじょろう》として何年も犬の餌《えさ》を喰《く》らうのだ！　今に見ておれよ！　わたしはお奉行さまと懇意なのだ！」

喚くだけ喚いて走り出した――

「てめえ、逃げられると思うな！」

荒太もすかさず後を追う。二人とも、思ったより走るのが速い。中間たちがぼーっと見ている間に目の前を駆け抜けて新シ橋を渡って、みるみる姿が小さくなる。

二人の姿がすっかり見えなくなる頃に辰が釣り竿を持った大吉を引きずって、堤の方からやって来た。

それを待たずにおしずがお絹に詰め寄った。

「手入れとか約束が違うじゃないか！　取り締まりなんかないッて話だったのに！　水茶屋は色売ってるわけじゃないから大丈夫ッて言ってたのに！」

大声がキンキン響いた。

「え、ええと」

お絹は戸惑ってものも言えない。中間まで薄寒そうだった。

「アタシは逃げるよ！　奴女郎なんて勘弁だ！　三年も吉原の一番下で食うや食わずなんて冗談じゃない！　青春も嫁入り先もなくなる！　年季が明けても一生どこ行っても奴女郎上がりッて指さされるンだ！」

おしずは喚き立てると、まだぼんやり縁台に座っているおかよの手を摑んで立たせた。

「あんたも来な！」

小さなおかよをほとんど抱えるようにして、おしずは走り出した。槍術で名を馳《は》せる宝蔵院流では女も米俵を担いで走ったりして特訓しているのだろうか。これまたとんでもない健脚ぶりで、たちまち新シ橋を渡ってその向こうの武家屋敷の間に消えてしまった。

「や、奴女郎って」

一人、取り残されたお絹は呆然《ぼうぜん》と立ちすくんでいた。気持ちよく天ぷらを食べていた武家の客も、あまりのことに声をかけあぐねている。

ご公儀はときどき岡場所の取り締まりをする。

取り締まってどうするかというと、捕らえた隠し女郎を格安で使える奴女郎として吉原遊郭に投げ込む。吉原ばかりが得な話だ。借金の形《かた》に取られた娘、江戸の外から連れてこられた娘だけでは足りないのでそういうところからも調達する。

ご公儀はどうせ売るなら吉原で、と大真面目に考えていた。岡場所が吉原より安く売っているのもけしからん話だ。

なので吉原や岡場所で売り物にならない年齢になり、一人で道端をさすらっている夜鷹などはなかなか捕らえない。誰の得にもならないからだ。

――逆に、若くて売れる女なら私娼《ししょう》疑い程度の微罪で捕らえて吉原に投げ込むのは誰にとっても得な話だった。

本当に隠し女郎なのか、濡《ぬ》れ衣《ぎぬ》ではないのかなど些細《ささい》なことだった。

「おしずさんはあれでお医者さまの娘、父御はさる藩のお殿さまを助けたという人徳ある名医です。ひと月ふた月、家の奥に閉じこもって隠れていれば捕らえられないんでしょう」

なびきは淡々とそう言った。お絹が傷ついた眼差《まなざ》しを向けたが、慌てなかった。

手入れなんて自分も困るのか、客の武士も縁台に銭を置いてそそくさと退散していた。

通りすがりの中間二人はどうするか、成り行きを見守っている。

大吉は聞いているのかいないのか。釣り竿と魚籠を持ったまま突っ立っている。

「おっ父、おっ父、どうしよう、あたい」

お絹は泣き出していた。子供みたいだった。

大吉に歩み寄り、分厚い身体にすがりついた。

「おっ父……あたい、捕まるのやだ……助けて……」

漆塗りの釣り竿と魚籠が手から落ちた。

大吉は驚いて事実を受け容《い》れられないようだ——山賊の頭目とさらわれたお姫さまといった風情だが、父と娘だ。娘を抱っこしたことくらいあるだろう。行け、棒立ちしている場合か。ぐずぐずするな唐変木——なびきがはらはらして自分の手を握り締めていると、やっと大吉はぎこちなく右手を伸ばし、遠慮がちにお絹の背をひと撫でした。

続けて左手を伸ばし、しっかりと抱き留めようと——

「何ごとですか、この騒ぎは」

したところで、着流しの若侍が声をかけた。——今日は来ていないと思っていた内藤兵馬だった。

「何があったんだ、おき……お絹さん」

その声に、お絹は振り返った。

お絹はさっと大吉から離れ、内藤兵馬に向き直る。

「兵馬さま……あたい、隠し女郎の咎で捕まるって、さっき変な男が……うちの店が風紀紊乱だって……」

お絹がつっかえつっかえ話すのを聞き、内藤兵馬は顔をしかめる。

「何だと。そんな馬鹿な」

「お上に捕まったら吉原で一番下にされるって……皆逃げちゃって……あたい……」

「そんなことが許されてなるものか。拙者に任せてくれ」

内藤兵馬はうなずくと、胸に手を当てて歩み出た。

「親父さん、ほとぼりが冷めるまでお絹さんを拙者の家で匿《かくま》うというのはどうでしょうか。拙者、内藤兵馬と申します。まだ若輩の小普請の身ですが、根も葉もない言いがかりなどで武家の家に踏み込んだりはさせませぬ。断じて。無論、嫁入り前の娘さんに不埒《ふらち》な真似などいたしませぬ。信じてお預けください」

凛々《りり》しい目を輝かせて、若侍は熱っぽく語った。お絹と二人、ほぼ同時に頭を下げる。

「え、これ、いいのかよ」

辰がなびきの肩を揺すったが、いいも悪いもなかった。

大吉は突っ立っていた。きっと土鍋のような顔で途方に暮れている。

「親父さん！」

内藤兵馬が急かした。

大吉が小さくうなずいた。

「ありがとうございます！　では確かにお預かりいたします」

それで若侍は更に頭を下げてから、羽織を脱いで傍らのお絹の頭からかぶせた。二人で駆け出すように新シ橋に向かう。

その途中で、彼らは魚籠を蹴《け》り飛ばしてしまった。

軽くて丸い魚籠はコロコロと転がり、屋台の方にまで来た──

なびきは思いついて両足で跳び上がった。おしずほど元気よくはないが。

狙い澄まして全体重をかけ、両足の丸下駄で竹の魚籠を踏み潰した。

バキッという音で大吉がこちらを振り向いた。

「あっごめんなさい、よろめいてしまって」

なびきはわざとらしくつぶやいたりして。

大吉の目が丸くなった。

それから彼はまた娘と若侍に目をやったが、もう二人は遠ざかって、ボソボソ声では呼び止められそうもなかった。

ここまでずっと見ていた中間も見どころはお終いと思ったのか、橋を渡っていった。

こうして〝花棒〟に残されたのは大吉となびきと辰、三人になった。

いや、騒ぎが収まって隠れた三毛が顔を出したので三人と一匹。

海老の匂いが気になるのか三毛がニャーと鳴いて着物の裾《すそ》にすり寄ってせがむが、海老もあんまり猫にはよくないらしい。辰がさっと抱き上げ、あごを撫でて気を逸《そ》らした。

三毛は機嫌よくゴロゴロのどを鳴らしている。人の気も知らないで。

「お前さんは逃げないのか」

大吉が尋ねた。

「わたしが隠し女郎に見えますか？　わたしなんか吉原で買っても育てる手間がかかるばかりで、売り物になる前に年季が明けます」

なびきは笑った。笑うしかなかった。

「ここはずっとわたしとおやっさんでお菓子を売っていたお店ですよ。お上の手入れで何も出てきやしません」

「……菓子、とは？」

「こんなの、どうでしょう」

少し手順は変わったが、仕上げることにした。

小鍋に黒砂糖と少しの水、水飴を入れて溶かして煮立てる。

甘い匂いが広がった。

焦がさないように煮詰めて黒蜜ができたら素揚げした薩摩芋に絡め、混ぜ合わせて少し団扇で煽いで冷ます。

熱いので竹串に刺して辰に一つ、大吉に一つ差し出した。辰が受け取り、首を傾《かし》げる。

「何だこれ。変わった食い物だな」

「蜜芋《みついも》、かな？　並みの焼き芋なんか皆、食べ飽きてるだろうから」

果たして思った通りにできているかどうか、自分でも食べてみるが――

「うん、美味い。薩摩芋の甘いのが美味くないはずがねえ」

と、ぎこちなく喜んでいるのは辰だけで、大吉は蜜芋を呑み込んでもむすっとしている。

「海老臭い。天ぷらの添え物ならこれでいいが、菓子屋で出すものか」

「油は替えたかったですね」

なびきは肩をすくめた。新しい油ならきっと心躍るような味わいだったろうに。

しかしこれはこれでいいことがあるのだ。そういうことにした。

――恐らく花棒煎餅は煎餅というものの、油で揚げて作る。この天ぷら鍋は元々〝花棒〟にあったものだ。

お茶請けの胡桃。あの飴がけと同じように黒砂糖を絡めてあるのではないか――あれは煎餅のついでに作るもの。あるいは煎餅の練習で作ったもの。

問題は〝何〟を揚げて飴を絡めるか――米の餅なのか小麦餅なのか。米の餅でも搗《つ》き立てなのか、干してからなのか、あらかじめ米を粉に挽《ひ》くのかでいろいろと違う――

これがわからないから〝神さま〟に聞こうと思ったのに、〝神さま〟は焼き芋なんて答えて――

だが大吉は花棒煎餅の作り方を誰にも教えていないのだからそっくりに作れたらおかしい。誰でも疑う。

〝神さま〟の思《おぼ》し召しはいっそ全然違うものを揚げて飴を絡めて大吉を試せ、ということだと解釈した。

これが今の彼に必要な料理。

「やっぱりおやっさんの作る花棒煎餅でないと駄目ですねえ。――作ってみせてくれませんか？」

なびきは上目遣いに目配《めくば》せして媚《こ》びに媚びまくった。ご隠居が「尋ねたら教えてくれる」と言ったのはこういうことだと思った。

＊＊＊

武家屋敷のど真ん中に派手な格好の娘がいたらそれこそ何を言われるかわからない。おしずは相生町《あいおいちょう》まで走りに走った。こんなに大股《おおまた》で走ったら小袖の裾が乱れて湯文字《ゆもじ》が丸見えに――ならない、大きな前垂れをしているから。便利じゃないか。

講談所まで行ってしまうと若い侍に出会うので適当に料亭の角を曲がる。丁度路地の突き当たりに眼鏡の男が大の字になって地べたにひっくり返っている。その奥に荒太が腰かけて、手を振った。

「おしず坊、この旦那ちょっと走らせただけでのびちまったぜ。どっか具合悪いんじゃねえのか。あっし何もしてねえぜ」

「流石青瓢簞《あおびょうたん》の由二郎《ゆじろう》、相変わらずなまっちろいねえ」

「痛がってたの旦那が一人で喚いてただけだから。なかなかの千両役者であっしの方がびびったよ」

やっとおしずも足を止めておかよを地面に降ろした。着いたらもう用はないので目立つ前垂れをさっさと外し、小袖の裾を整える。

「人をこんな目に遭《あ》わせてあんまりじゃないか……」

眼鏡の男、由二郎は息も絶え絶えだった——彼は病弱で普段、昼まで寝ているという話だ。だが食が進まないのは運動不足だからなのに決まっているので、かえってこれでよかったのではないか。同じ距離を走ってもおかよを抱えていた分、おしずの方が重労働だというのにこの差。

「お知り合いでありんすか、この御仁」

おかよが目をぱちくりさせた。

「なびきさんの〝お友達〟の廻船《かいせん》問屋の次男坊。イヤ悪いね、ウチの兄さんに頼めればよかったンだけど時間なくて」

おしずは一応、由二郎に手を合わせて謝罪の意を表明した。おかよはおしずと由二郎を見比べる。

「じゃさっきのはお芝居だったのでありんすか？」

「だってアンタ、お絹さん商売の後で泣いてンだよ。水茶屋なんてどうせ後二年くらいでやめちまうンだ。なら今日やめたッていいだろうッて。踏ん切りつかないならチョット怖い目見るくらいでいいだろうッて。いくら蓄えたらとかズルズルやってたら際限なく未練が湧《わ》いてキリがないよ」

――一応弁明する。今朝、こんな滅茶苦茶なことを言ったのはおしずではなくなびきだ。おしずは彼女の言葉を真似ているだけだ。

「それにしても由二郎、アンタすごい変装道具持ってるじゃないか、誰かと思ったよ何その眼鏡」

「番頭が帳簿つけに使ってる。頭巾《ずきん》なんかかぶったら怪しすぎて呼び止められそうで。これを着けたまま走ったらめまいがして」

やっとのことで由二郎は身体を起こして頭にくくりつけた眼鏡を外したが、まだ「這々《ほうほう》の体《てい》」だった。眼鏡がないと目が大きくて犬みたいな童顔の好青年で全然悪いやつに見えない。

――今朝、皆で思案した。人気のお絹に間夫がいるとなると、見苦しいほど思いあまって何かしでかす男が出るかもしれない――吉原百人斬りほどでなくても――なら先に〝見苦しいほど思いあまった男〟を自前で用意して、皆でお絹と大吉を脅かそう。

女が集まっているところにご公儀の手入れが入ると大した詮議《せんぎ》もないまま女は吉原行き、奴女郎、と語ったのは辰だった――それは恐ろしいのでそのまま使おう、特に執着があるわけでもないのに半端な根性でふらふら危ない商売を続けているお絹とぼーっとした大吉にガツンと現実を見せつけて何もかも台なしにしてやろう、と無茶苦茶な提案をしたのはここにいないなびきだった。

お絹と大吉はお互い、一対一で話すのが怖いだけだ。ひたすら互いを恐れて目を背けているだけで親子の間に大した軋轢《あつれき》などないのだ。自分たち自身、見た目が違いすぎるのに戸惑っていて同じ言葉で話す人間だというのを忘れている。

ならもっと怖いことを突きつければ話し合って解決しようという気になるだろう。

親に叱《しか》られるより怖いことなんて世の中、いくらでもあるのだから。

ということでおしずは説明台詞《ぜりふ》の練習をする羽目になり、恐らくすぐには納得しないおかよを抱えて走るということになった。この後、両親の営む茶問屋に連れて帰って「あの水茶屋はお上の手入れが入るかもしれない怖いところだから二度と行かせるな」と親を説き伏せることになる。

さてそうなると次は若い男だ。〝花棒〟で顔を知られていない男。久蔵やご隠居は年寄りすぎて枯れて見える。切羽詰まった感じがない。

女日照りの野暮な勤番武士に心当たりがなくはなかったがどこに住んでいるか知らず、こんなことを頼みに藩邸に行くなんて言語道断だった。

その点、由二郎はいつでも家にいるし、貸しがあると言えなくもない――彼に白羽の矢を立て、辰に手紙を持っていってもらった。

「わたしなら失礼じゃないのか、新婚なんだが」

由二郎が不満げなのも無理はなかったが、実際なかなかの説得力だった。由二郎ではこざっぱりとして顔がかわいすぎて思いあまって見えないのではないかと思ったが、まさか本人がここまで努力するとは。

「なびきさんが、気の毒な娘さんを助けてほしい、一肌脱いでほしいと言うから！」

「なびきさん、手紙に何て書いたンだい……近松門左衛門《ちかまつもんざえもん》ばりの人情大舞台の脚本でも書いてあったのかい」

おしずは呆れながら、しゃがんで由二郎の手から眼鏡を取った。目に当てると、景色が歪む。すぐに目から離した。

「まあこの眼鏡で誰だかわかんないしアンタは大丈夫だって。……〝南野琴貝〟ッて誰？　本当にいるの？　アンタの雅号？」

「今朝考えた出鱈目《でたらめ》だよ。絵師の名前なんてその場の気分や駄洒落《だじゃれ》で適当に名乗るものだ」

「やっぱりアンタでよかったよ。要領いいじゃないか」

なびき一座の中で一番の役者は間違いなく由二郎だった。本人は鼻の上に眼鏡の縁の痕《あと》が赤く残っていた。

「こうなったらなびきさんに我が家まで天ぷらを揚げに来てもらうぞ。卵入りの」

由二郎が愚痴ると荒太が笑った。

「そりゃ新しい商売になりそうだ。何とかあっしが美味しい思いをする役どころはないのか」

――ちっとも懲りていない。

「今度はなびきさんに取り憑くのかい、女衒め」

「おおよ、金ヅル一個なくしたんだ。どこかで取り返さないと。お絹ちゃんも間夫がいるなら言えよなあ。悪いようにしねえのに」

「アンタが信用ならないから言わなかったのに決まってンだろ」

さて、おしずたちはこの後どうするか。なびきは「手入れが来るからしばらく身を隠せ」と大吉・お絹親子を煮売り屋〝なびき〟に連れていく手筈《てはず》になっている。ある程度話し合ったら「全部嘘《うそ》、手入れなどない」とばらすはずだったが、今日のところ、この一行はあちらの店には近づけないことになっていた。

おかよの親は娘にこんな商売をさせるなと説き伏せるとして、おかよ本人は果たしてこの件をどう思っているのか――彼女はそもそも、お絹が追い詰められているのを全然知らないのではないか。

「おかよさん、甘いモノ食べたくない？　汁粉とか焼き芋とか。オゴるよ」

おしずは猫撫で声でおかよに声をかけたが、

「わっち、天ぷらで胸がいっぱいでありんす」

おかよはつんと取り澄まして、どうにも嚙《か》み合わなかった。

＊　＊　＊

「……こんなはずじゃなかったじゃねえか、どうすんだよ」

「まあ今更泣いても笑っても何も変わりません」

辰はなびきをつついたが、どうしようもないのは確かだった。

追い詰められたお絹が頼ったのは大吉ではなく、内藤兵馬――

ことここに至っては「そりゃそうだ」となびきの方が腹をくくるしかなかった。

いつももっと遅い時分に来るあの御仁が昼日中にやって来たのは、それこそ運命なのかもしれなかった。


「花棒煎餅は一日ではできない、酒種を寝かすのに二、三日かかる」

花棒煎餅は小麦粉と酒粕《さけかす》と砂糖で生地を作って何日か寝かせて細く切って揚げ、蜜を絡めるのだそうだ。寝かせると少し膨らんで、歯触りがよくなるとか。

見目はいまいち、味はとびきりの花棒煎餅――

大吉は花棒煎餅を台所で作ってみせてくれる、わけではなく、まず材料を買いつけるところからだった。商売になるほどなのだから問屋で粉を挽いて油樽を大八車で店まで運んでもらわねばならなかった。

なびきと辰と大吉、三人で神田川沿いの土手を更に東に、薬研堀《やげんぼり》を目指す。味の決め手になる砂糖は吉川町《よしかわちょう》で買っているとのことだった。武家と中間しかいない新シ橋とは逆に、通りはお使いの丁稚《でっち》やおかみさん、商家の娘、寺子屋帰りの子供などで賑《にぎ》わっていた。

問屋に着くと大吉は恰幅《かっぷく》のいい店主に頭を下げ、長らく不義理をしていたがまた菓子屋をやる、と言葉少なに挨拶していた。その間、なびきと辰は後ろで待っていた。

「むしろ、よかったことを探しましょう」

ひそひそささやきながら。

「よかったって何がだよ」

「まず内藤さまがいい人そうってこと」

客は二人も黙って逃げたので、あんなことを申し出た内藤兵馬はなかなか男気があった。

水茶屋の娘を連れて帰ったら小普請といえども武家の家は大騒ぎでさぞ親兄弟に責められるだろうが、どうせ嫁入りするときにも揉める。ことあるごとに揉める。愛の試練だ。

「それにお絹さん、あの分じゃ絶対自分からはお嫁に行きたいとか言い出さなかったでしょう。黙って欠落《かけおち》したりするくらいなら内藤さまが一度でもご挨拶しただけましだったんですよ、これで」

「無茶苦茶言うな、お前」

辰に呆れられたが、無茶苦茶は世の中の方だ。

荒太によると、水茶屋の看板娘というのは花の盛りにパッと消えてしまうくらいがいいのだそうだ。さてはお大尽に嫁いだのかと残された男どもが地団駄を踏むくらいが。

実は身籠《みご》もっていて産で命を落としたとか、悪い堕胎薬にあたったとか、騙されてさらわれて売り飛ばされたとか、心中で女だけ死んだとか聞きたくはないから。

わざわざ金を払って馬鹿を見た代わりに幸せな夢を見せてもらったと思いたいから。

ほとんどの男に自分でお大尽になれるほどの甲斐性はないから。

勝手な話だ。

荒太は用心棒と言ってもお絹にたかって生きているようなものなのに、水茶屋をやめさせるのを反対しなかった。「吉原の年季奉公と違っててめえでやめるときを決める。辰巳芸者と違って続けりゃ芸が身につくわけでもない。本気で男に惚れたってだけでやめられるのは水茶屋の娘だけ、上等なもんだ。他はそれじゃやめられないから〝苦界《くがい》〟って言う」だそうだ——彼から見ればお絹は全然玄人ではなかった。

問屋の店主との話がまとまって砂糖が調達できたら、さあ次は小麦粉だ——

菓子の小麦粉の問屋は少し遠いが京橋《きょうばし》のがいいらしい。

雑踏を歩きながら大吉はぽつぽつと思い出話をした。

「お絹も昔はこまかった。何を食わせても美味い美味いと言うばかりで……いつの間にか何を食うと太るの……煎餅も芋も喜ばなくなって着物がどうの紅がどうの、わけのわからん男に愛想を振りまいて。どうしてこんなになったのか」

今更勝手なことを、と思わなくもない。

「ずっとお前さんのようならよかったのに。子供のままでいてくれれば」

ついにそんなことまでほざいた。

「お絹さんもそう思っていたでしょうね」

なびきは心にもない相槌《あいづち》を打った。

お絹がそれらしいのは見た目だけ、心はなびきよりも幼くて弱々しい――実の父に文句一つ言えないほど。

――そんなことをしなくても煎餅だけ売って生きていくのじゃ駄目か、となぜ大吉の方から言わなかった。

――お前がそんな思いをするくらいなら金なんかいらない、釣り竿なんかもう買わなくていい、となぜ言わなかった。

――武家の助けなどいらん、何とかしてお絹は自分が守る、となぜ言わなかった。

寡黙な男というのは、八割がた何も考えていない。大方話すのが面倒くさくて背を向けて釣りに行っただけだ。

娘に振り回されて行く先々に羊羹《ようかん》を配って歩いて、若いのに白髪だらけになったおしずの父は出来た人だった。おしずからすれば口うるさくてみっともなくても、娘のために努力しているだけ立派なものだ。

なびきも久蔵が長く留守にしたとき、一人で店を回すのは大変だった。

なびきには〝ご飯の神さま〟の加護があったので料理を作っていればそれなりに格好がついたが、養い親がする仕事の半分こなすのが精一杯だった。

お絹は一人で水茶屋をやっていた。おかよは大した手伝いはしていない。

特にそんな店でない煮売り屋〝なびき〟でもおしずは尻を触られる。ましてや水茶屋では、色を売っていない、お触りしたら半殺しといくら言っても嫌な目に遭うことはたくさんあっただろう。

全部お絹が勝手にやっていたのだから自分は関係ない、では済まない。それで稼ぎたいなら辰の言う通り、率先して大吉自身が用心棒をするくらいしなければならなかったはずだ。

どうすれば効率よく稼げるか、あるいはどうすればもっと安全な商売になるか、荒太に教えを乞《こ》うこともできただろう。

なのにお絹一人に任せきり。

おしずは「父親に惚れた男ができたとも言えないお絹はどうかしている」と思ったようだが、なびきは少し違う。――お絹より大人のくせに何も言わない大吉が悪いのに決まっている。「黙っていても家族ならいつかわかってくれる」なんて甘えだ。

そして水茶屋の娘は「いつか」なんて待ってはいられない。

十七歳まで一緒に過ごした親子なのに、どうして昨日今日出会ったなびきが「怖がらないで、大吉さん、見た目は怖いけど話してみたらいい人ですよ」などと言わなければならないのか。

娘が化粧して着飾っただけで別人に変わったと思って話しかけることもできなくなって、泣いているのにも気づかないくらいならやめちまえ。

化粧していなくて子供っぽいだけで内心はこんなに底意地の悪いなびきの方が話しやす

いなんて、人を見る目がないにもほどがある。

皆に脅かされて泣いていたあのときのお絹の涙は本物だったのに、抱き締めるのをためらうような父親は捨てられて当然だ。

〝籠釣瓶はどこ〟——答えは、空っぽの魚籠。

竹籠で井戸水を汲む人なんかいるはずがないが、魚籠なら水が通るように作るのが当たり前だ。

昨日、おしずが見たときも空だったみたいだ。入っていたら何とか言うだろう。

魚が釣れても何も言わないのなら空と同じだ。

風通しがいいのは褒め言葉になるときもあるだろうが、このありさま。水も溜まらずよく斬れる。

この四年で溜まったものは何もなし。

「お絹さん、お武家の家に妙な娘を、とんでもないってさっさと帰されちゃうか、そうでなければきっとさっきのお武家さまのお嫁になります。嫁に行くのに一度武家の養女になって〝花棒〟とは縁を切ります。それが看板娘の王道です」

——こんなこと、自分で言わずになびきに言わせるお絹もお絹だ。親子二人して逃げ隠れしてばかり。

逃げた先にお絹は別の男を見つけ、大吉には何も見つからなかった。それだけのこと。

水茶屋の娘の形見に釣り竿二竿は残っている方だった。江戸の若い女に与えられた時間は短い。ぐずぐずしていたら誰かに取られてしまう。

「わしはどうすればいい」

大吉が情けないことを言う。——知るもんか。で済ませてもいいのだが。

「元通り、花棒煎餅を作りましょう。お絹さんが〝やっぱり駄目だった〟とき、帰ってこられるように」

なびきはそう言った。お絹のために。

——帰ってこなくても、二人、それぞれ生きていけるように。

——あなた、それしか取り柄がないんでしょう？

「わたし、しばらくつき合います。おやっさん、漁師には向いてないみたいだし」

なびきは無理をして形ばかり笑った。

親子とはいえ男と女がいて間夫がいて、長くむなしい時間を過ごした。

最善ではないが、誰も死んでいないのだから最悪でもない。

これがほどほどの結末というものだ。

三話　銀杏《ぎんなん》拾うべからず

1

日に日に冷え込んでいき、昼でも燗《かん》の酒をつける季節になった。損料屋から長火鉢やあんかを出してきて火に当たる時間が増えた。煮売り屋〝なびき〟では米を洗うと手がかじかんでつらく、肌が乾いてひび割れるので水仕事の後に猪《いのしし》の脂の軟膏《なんこう》が欠かせない。

荒太がまた煮売り屋〝なびき〟に来たのは立冬の少し前、大根と浅蜊汁《あさりじる》の日だった。細かく切った大根と浅蜊の剝《む》き身を醬油《しょうゆ》と味醂《みりん》で煮て、葱《ねぎ》の緑色のところを刻んでどっさり載せる。座敷ばかりで燗した酒をゆっくり飲ませる店なら一人分ずつ小鍋立《こなべだ》てで出したいところだが、床几《しょうぎ》で飯を急いでかっ込むこの店ではたっぷり大鍋で煮込む。

「やっぱりこういう日はあったかい汁だよな、ありがてえ」

辰はそれを飯にかけて美味《うま》い美味いとかっ込んでいた。

「近頃涼しくていけねえや」

――なびきは聞き捨てならないことを聞いてしまった。声が震える。

「辰ちゃん……今の時期はもう〝涼しい〟んじゃなくて〝寒い〟んです」

「なびきは細かいことにこだわるなあ」

「わたしじゃないでしょう。長屋の皆、とっくに半纏《はんてん》に衿《えり》つけて綿入れてますよ！　辰ちゃん以外皆！　ここから半年ばかりずっと寒いんですよ！　現実を見て！」

なびきは辰の肩を摑《つか》んで揺すぶりたかった。

長屋は風通しがよすぎて寒い。炭火を熾《おこ》したくらいでは指先しか暖まらないので夏用に薄く仕立てた半纏に綿を入れて冬用にし、綿のたっぷり入ったどてらなどをモコモコに着込んで温かいものを食べて過ごすしかない。着物に黒衿をつけて胸もとの隙間《すきま》が少なくなるようにもする。

だのに辰と来たら未《いま》だに腹掛けと股引《ももひき》で、半纏は綿を入れないままたくし上げてしまって腰しか覆っておらず、肩も腕も丸出しにしていた。腹掛けも股引も布が薄くて、人間から見たら着物を着ていることになるだけで北風が吹いたら裸と同じだ。

その格好で温かい汁がありがたいとか。かえって、猫の三毛の方がフサフサの冬毛に生え替わって暖かそうにしていた。

「年がら年中その格好だから寒さを感じない人なのかと思ってたのに！」

「そんなわけねえだろ、オレだって長屋じゃこたつに入ってるぜ」

「じゃどうして外では腕出してるんですか！」

「綿入れるのが面倒くさくて。走ったら暑いから。皆って言うけど鳶《とび》も大工もまだ腹掛けと股引だぜ」

——まさかただずぼらなだけだったなんて。「寒い」より「面倒くさい」が勝つという時点でもう言葉が通じる気がしない。

「わかりました、わたしが半纏に綿を入れるから着て！　お願い！」

なびきが悲鳴を上げていると、自分は綿入れを着ている馴染《なじ》みの客たちが笑う。

「なびきちゃん、いい嫁さんになるぜ」

「わたしは辰ちゃんに人並みの格好をしてほしいだけですが⁉」

「世話女房だなあ、なびきちゃんは」

——なぜ辰が寒そうにしているのを見ておれないと嫁だの何だの言われるのか、なびきには少しもわからなかった。世の中には風邪《かぜ》をこじらせて死ぬ人もいるのに。なお、独身男だらけなので大半はおくまのような縫い物の上手な近所のおかみさんに駄賃をはずんで頼んでいた。

「よっ、やってるね？」

そんなところに荒太が顔を出した。灰色の長合羽《ながガッパ》の下に黒の衿巻きをして縹《はなだ》の綿入れを着込んで、脚も裁付袴《たっつけばかま》にしまって丸々とした姿だったので、ついなびきは指を差した。

「ほら辰ちゃん、これが冬なりの格好！　寒ければ自分で着物を多く着るの！」

「って言ってもこいつ女に仕度してもらった着物着てるだけなんじゃねえか？」

「おっ何だ、あっしがもてるって話か？　いい噂《うわさ》ならいくらでもしてくれ」

荒太は格好をつけてあごを撫《な》でたりしていたが、

「男の人って女に言われなきゃ冬が寒いことにも気づかないの⁉」

「……冬は誰《だれ》でも寒いだろ」

話に入り損ない、肩すかしを喰《く》らうことになった。

「あれ。荒太さんそれ」

やっとここでなびきは荒太が右手に提げたものに気づいた。

三尺以上もある塩漬けの魚の、鰓《えら》から首に縄をかけて吊《つる》したもの。なかなかの荷物だ。カッと口を開いたご面相は愉快でもある。

「塩引きの鮭《さけ》ですか？」

「そうだよ、驚かそうと思ったのに」

鮭はそう珍しくはない、水戸《みと》でも獲《と》れる。江戸前の魚ではなく塩蔵するものなので辰が取り扱っていないだけで。煮売り屋〝なびき〟では何となく久蔵の気分で買ったり買わなかったりするものだった。

「いっぺん鮭の尾頭付きを買ってみたかったんだ。鮭の頭食ったことねえし。こいつで何か作ってくれよ」

そう言われてなびきは躊躇《ちゅうちょ》する。

「……これ、塩引きのままだから切って塩抜きするのに夜までかかりますが……」

「え」

「馬鹿荒太、塩抜きした切り身買えばすぐ食えたんだよ」

一応は魚なので辰も扱いは知っていた。

「ええっと、おじいちゃん」

久蔵を店の奥から呼んできたが、彼も鮭を見るといかめしく目を細めた。

「そうじゃな、このままじゃと塩辛すぎて何を食うておるかわからん」

「じゃ、今食えるのは」

「浅蜊と大根の汁。それに秋刀魚の塩焼き」

「鮭食う気でいたのに秋刀魚《さんま》……」

荒太は目に見えて気を落としたが、なびきに鮭を押しつけて座敷に座り、下駄と長合羽を脱ぐ。

「それじゃその浅蜊汁でいいよ。鮭は明日にしてくんな」

「鮭、焼くのがいいですか？」

「鮭を天ぷらにするやつなんかいねえだろ」

「味噌汁が美味《おい》しいですよ」

「そうなのか？」

「折角《せっかく》尾頭付きなんじゃから頭と中骨をあら汁にしよう」

久蔵はなびきの手から鮭を取り上げた。

「言う通り、鮭の頭は美味い。切り身を切って炙《あぶ》るだけなら家の台所でもできる。飯屋ならではの技を見せんとな」

「へええ。いいじゃねえかワクワクしてきたぞ。鮭の頭汁」

「面《つら》の皮が厚くて食いでがある」

「そりゃなかなか縁起がいいや」

浅蜊汁を出す頃には荒太は上機嫌になっていた。

「ああ、ここで食う他に秋刀魚をもう二匹、晩飯用に持ち帰りで。汁と飯も二杯頼む」

「二人前」

煮売り屋〝なびき〟の客は皆、下町の男どもだ。駕籠《かご》舁きやら大工やら力仕事の人が多いのでご飯の量は多め。一人で二人前食べる人はまずいない。ここで食べる分を合わせて三人前なんて。

床几に座っていた桶《おけ》職人の松次が聞きとがめた。

「合わせて三人前たぁ荒太、コブつきの後家の家にでも転がり込んだか」

「へへ、まあな。あちらに迷惑だから詮索《せんさく》してくれるなよ。美人さんを自慢したいのはやまやまだが深《ふけ》ぇ事情があるのよ」

荒太は鼻の下をこすった。

荒太は熱々の浅蜊汁をちりれんげで少し味見してから、やはり飯にかけてかき込んだ。

「これ！　このしょうもない汁かけ飯！　沁《し》みる！」

それは沁みている、浅蜊の剝き身から出た出汁《だし》がクタクタの大根に。

吠《ほ》えているので、鮭をまな板に置いた久蔵が眉《まゆ》をひそめた。

「しょうもなくて悪かったな」

「褒めてんだよ、お殿さまじゃかえってこんな贅沢《ぜいたく》できねえ。人間、分相応の幸せってもんがあらあ」

「まあお前には釣り合いが取れておるわな」

あっという間に食べつくして番茶を飲んでも、荒太はなかなか帰らなかった。他の客は銭を置いて昼からの商売に励むというのに。持ち帰り用の秋刀魚と汁と飯はとっくに用意して、かさばるので倹飩箱《けんどんばこ》に入れたのに。

「で、さっきは冬が何だって？　辰坊が着物がどうとか」

なびきは少しむすっとしながら答える──

「辰ちゃん、長屋ではこたつに入ってるのに外ではあんな格好して〝涼しい〟なんて寝ぼけたことを言うから、わたしが半纏に綿入れることになったんですよ」

「おめえ、それは罪だぜなびき坊よ」

荒太はひとしきり笑ってから、なびきを手招きして耳もとにささやいた。

「辰坊はなびき坊が綿入れてくれるの待ってたんだよ」

「……は？」

なびきは少し、荒太の良識を疑った。

「衣替えは女の仕事だから、他にもやってくれるって女はいたけど断ってたんだろ。辰坊、声かけてくれる後家とかいるんだぜ。全部断ってこの季節まで頑張って薄着たぁなかなか男気あるじゃねえか。不器用な男なんだよ、わかってやれよ」

肘《ひじ》で小突かれたが――違うと思う。辰は去年一年、ずっとあの「涼しい」格好のままだった。「策」なら二年続けるのは馬鹿だ。そう、不器用と言うよりは馬鹿。荒太は何でも色恋にしすぎる。風邪でも引いたらなびきのせいにされるのも釈然としない。

なびきが黙ってモヤモヤしていると、荒太はふと立った。すっかり他にお客はいなくなっていた。

「まだ辰がいるけどまあいいや――ベンベンベン！」

荒太は得意の口三味線《くちじゃみせん》を弾《ひ》きながら懐《ふところ》の巾着《きんちゃく》を掲げる。

そこから小判を三枚、出してみせた――

「じいさん、今日こそそっくりツケを返すぜ、色つけてな！　お釣りで娘たちを芝居にでも連れてってやんな！」

それを久蔵の目の前に置いた。辰がびっくりして立ち上がる。

「荒太がツケを返した⁉　こりゃ初雪か⁉　ひと足先に真冬になってじいさんが口酸っぱく言ってる大飢饉《だいききん》がついに来年⁉」

「雪どころじゃない、雷が落ちる！」

おしずもほうきをかまえた。銅銭しか扱わないこの店で、小判三枚なんて下手をすれば死人が出る。――荒太は他の客に金を見られたくなくて、人がいなくなるのを待っていたのだ。

「どっかで盗んだ金じゃないのかい⁉」

「盗んだりしてねえ！　目黒《めぐろ》不動尊の富くじが当たったんだ！」

荒太は反駁《はんばく》したが——全然ちゃんとしてない。何も安心できない。

「ほら辰、お前にも」

と辰にも巾着から小判を一枚渡したが、

「ギャーッ怖い！　オレお前に四百文しか貸してないのに！　いらねえよ！　受け取ったら追っ手がかかったりするんだろ！」

辰は荒太に押し返してしまった。それはそうだ。今の相場で小判一両は銅銭で……五千文？　六千？　十倍以上なんてかえって怖い。

「追っ手なんてかからないのに、信用ねえなあ」

荒太はしょげたが、「富くじで当たった」など大抵泥棒の言いわけだ。

「その鮭も丸ごとこの店にくれてやるよ、一番美味いところはあっしがいただくけどな」

久蔵は辰のように慌てたりはしなかった。小判を一枚取ると端を嚙《か》んで、目をすがめて近づけたり遠ざけたりしてその跡をじっと見る。

「鍍金《めっき》ではないようじゃな」

「まだわかりませんよ。煙で燻《いぶ》したら葉っぱに戻るのかも」

「きっと正体は小っちゃい鬼で夜中に足が生えて荒太のところに帰るように仕込まれてるんだぜ。口笛とかが合図なんだ。小判より妖怪《ようかい》の方がありえるぜ」

なびきは半ば本気だった。辰がどの程度冗談かは知らない。

「美人の相手をしたらお金がもらえるとか、狐《きつね》か平家《へいけ》の亡霊に化かされてるんですよ。耳をむしり取られますよ。寿命を小判に換えてるとか。今からでも返せるなら返してきた方が。うちの払いなんかいつでもいいですから」

「そんなんじゃねえってのに」

「分銅で量ってみんと」

久蔵は前垂れを外し、階段で二階に上がり、長合羽を羽織って降りてきた。

「わしは今から音国屋《おとくにや》に行って量ってもらう。あそこはちゃんとした天秤《てんびん》がある」

音国屋は馴染みの米屋だ。小判の古いのは混ぜ物をされていたりするので大店《おおだな》では分銅と天秤で量って鑑定する。

「本物じゃったらその場で今年のツケを払い、余りを来年分に回してもらう」

「おお、足が生える前に使っちまうのか。流石《さすが》じいさん、賢い」

「店に置いておくのが怖いんじゃ。こんな場末に小判なんぞ泥棒に入ってくれと言うようなもんじゃ。音国屋ならば用心している。米と酒はいくらあってもいいからな」

下駄を履く久蔵におしずが声をかける。

「アタシついて行こうか?」

「ここにおれ。わしが戻るまで荒太を帰すなよ。妙なものなら責任を取ってもらわねばならんからな」

久蔵は小判三枚を懐に入れてスタスタ出ていった。荒太は床几に座り、片膝《かたひざ》を抱えた。

「全部米に換えなくてもなあ。なびき坊、芝居行って縮緬《ちりめん》の晴れ着も人形も買えたのに残念だな」

「いいですよ別に」

「そうか？　辰坊が受け取らないこの一両、おめえにやってもいいんだぞ？」

荒太は小判をちらつかせたが、そもそも額が大きすぎて現実感がない。これで芝居の席を取ったら、貧相な小娘が似つかわしくないと常連に眉をひそめられる。

「いりませんよ、もらう理由がないのに」

「理由がない？」

「お店のツケは今、おじいちゃんに払ったし。新しい着物はほしいけど、一両なんて多すぎます。綺麗《きれい》な着物、どうせ似合わないし」

「どうせ似合わないなんて言うなよ。着てたら慣れる。着物に合わせておめえの器量も上がるよ。地味なの着てると性根がひねる。今度買ってやるよ。真っ赤な振《ふ》り袖《そで》、若いんだから柄の派手なの」

荒太は熱っぽく語ったが、辰が横から茶々を入れる。

「やめとけやめとけ、荒太の小判なんかもらったら夜な夜な女の幽霊が枕《まくら》もとに化けて出るぞ。牙《きば》が生えて若い娘の血を吸うかも。化け物はきっとなびきみたいなちびの方が好きだぞ」

「おめえが言うなよ辰坊、誰のためだと思ってんだ。餓鬼《がき》みてえな口利いてないで女は褒めて伸ばせ馬鹿。江戸っ子の悪いとこだぞ。小さい女はかわいいし大女だって褒めようだ。綺麗な言葉で拝んでりゃいつか本当に観音《かんのん》さまになってしょうもない男を救ってくださる、世の中そういう風にできてんだ。つまんねえこと言ったって後から悔やんだって取り返しつかねえぞ」

「魚屋にアンタの手管《てくだ》仕込んで跡継ぎにでも育てるつもりかい。本当ロクなコトしないね。着物なんかでなびきさん口説《くど》くンじゃないよ」

おしずが舌打ちした。荒太はおしずにも小判を差し出す。

「おしず坊はどうだ。何でも買えるぜ」

「金子《きんす》で人を試すなんてよしな。みっともない」

おしずはきっぱりと言い放った。

「小判一両でアタシがアンタのために天ぷらフーフーすると思うのかい。冗談じゃないよ」

「流石おしずはお嬢だ、啖呵《たんか》が切れる」

「そりゃあお父さま、お金持ちですからね。別にほしいものなんかないですよね」

「黙ってな」

多分おしずは娘人形も押絵の羽子板もそれなりの晴れ着も家にある。芝居の桟敷《さじき》席も野点《のだて》の茶席も琴の練習も飽きてここにいるのだろう。

荒太は小判をプラプラ揺らした。

「誰もいらねえのか？　金があったら働かなくていいんだぞ」

「お前のじゃなかったらもらうけどな。荒太に金貸してるうちが華、借りがあるなんざ一生の不覚だぜ」

辰の矜持《きょうじ》はそのようだった。

「言うねえ。あっしの金じゃなくて、道で一両拾ったらどうする？」

「そりゃあ相撲《すもう》見に行くさ。憧《あこが》れの枡《ます》席だ！」

──即答。

「砂かぶりで見たいけど一見《いちげん》じゃ買えない、贔屓筋《ひいきすじ》にならないと。後腐《あとくさ》れなくぱっと使って忘れるのが一番だ。壺《つぼ》にちまちま金貯《た》めて床下に置いとくなんて心の臓に悪いばっかりだぜ。貯めるだけで使わずに死んだら損だ」

「せめて吉原で豪遊しろよなあ」

「吉原の飯って不味《まず》そうじゃないか？」

「飯食いに行くとこじゃねえからな」

何やら頓珍漢《とんちんかん》なやり取りだ。──吉原で豪遊するのには足りないだろう、一両では花魁《おいらん》が前を通りすぎて終わりだろう。

「金で人を試すのがアンタの金の使い方？　なかなか上品じゃないか」

おしずは小判が出てきてからずっとしかめっ面で不機嫌だ。金のない荒太を軽蔑《けいべつ》しているが、金があるともっと軽蔑するということだろうか。

「これはお釣りだよ。大金で愛を買った残りを皆さんにお裾分《すそわ》けしてんだ」

「花魁でも身請《みう》けしたかい。富くじ当たって勢いで」

「へへ、まあそんなもんだ。おめえら見たこともないような傾城《けいせい》、天女さま苦界《くがい》から身請けしてきた。あっしに金がねえばっかりに長いこと苦労させた。いっつも身揚がりさせてばっかで申しわけなくってよ。色恋に金が必要なんざ世の中どうかしてら」

――妓楼《ぎろう》では〝本命〟の男に会うときは女郎の方が金を払うらしい。玄人女《くろうと》とつき合うとはそういうことだった。いよいよもっておしずの視線は虫けらを見るようになったが、荒太は夢見るように語っていた。

「でももうしょうもない商売もお終《しめ》えだ。やっとあっし一人のものになって、これからは上げ膳据《ぜん》え膳　左団扇《ひだりうちわ》だ。こんなこともっと早くしてりゃよかった。長屋に美女が待ってると思うとあっしも世の中の全《すべ》てが輝いて見えらあ。晴れて間夫《まぶ》もやめて、これからはあっしがかみさん孝行して毎晩極楽浄土の夢見せてやる」

「金で嫁さん買ったのがアンタの自慢？」

「おお、男の甲斐性《かいしょう》だ。幸せが銭金で買えるうちが華だぜ」

荒太は得意げだったが辰も白けきった顔だった。

「何が女は褒めろだ。あぶく銭で買った女房の自慢なんか聞いてらんねえや、耳ん中腐っちまう。独り占めとか言ってどうせお前の方が女と浮気して終わりなんだろ。目に見えてら。オレは女なんてこいつだけで十分だ」

辰は吐き捨て、床几を立って竈《かまど》のそばに寝ている三毛を抱き上げた。

「あっしは今度こそ本気だぜ。こうなりゃ死ぬまで離さねえよ。金の続く限り楽させてやる。辰坊の言う通り、床下にいくら貯めたって使わなきゃ何も意味ねえんだよ。おっ死《ち》んだ後に長屋が火事にでもなって、火消しか大工が掘り出したんじゃ損しかねえ」

結局誰も取らなかった小判、荒太はそれを床几に置いて手を合わせて拝んでから巾着に戻して懐に入れた。

「明日あっしがおっ死んだら長屋の床下はおめえらで掘るといいや」

「いられねえよ気色悪い。死んでまでお前に恩売られるとか勘弁しろよ。オレがほしいのはもっと後腐れのない銭だ。金は天下の回りものなのに前の持ち主の顔が見える銭なんて呪《のろ》われてるのと一緒だぜ」

「違《ちげ》えねえや」

辰は三毛と店を出ていき、入れ替わりに久蔵が帰ってきた。

「どうやら金子としては本物じゃった」

長合羽も脱がないまま、久蔵は荒太に頭を下げた。

「いや疑って悪かったな」

「まあ無理もねえ、見慣れないもん目に毒だったかな。——あんたの三両の使い道は米かい、じいさん」

「飯屋じゃ。米はいくらあっても困らん。わしができんでもなびきが飯屋をやる。しばらくお供えが楽になる、ありがたい」

「折角の金、どうせ糞《くそ》になってひり出すもんに突っ込んで馬鹿馬鹿しくはねえのか」

「お前もそうして生きておる。下肥《しもごえ》も値のつくものじゃ。馬鹿にしたものでもない」

「違えねえ。じいさん、店が楽になる分、浮いた金で娘に赤い振り袖でも買ってやれ」

うそぶいて、荒太は長合羽を取って倹飩箱片手に帰っていった。長く頭を下げている久蔵に、おしずは薄寒そうだった。

「あんなヤツに三両も恩売られて大丈夫なのかい、じいさん。どうせロクな金じゃない。後で面倒になっても知らないよ」

「恩を売られるとは妙なことを言いおる」

久蔵は頭を上げてやっと長合羽を脱ぎ、まだくすぶっていた竈の火で手を炙った。

「余った銭の使い道を決めてやるのは商売人の勤めじゃし、荒太のやつ、なかなか神にもすがりたいような顔をしておったぞ」

それを聞いてなびきは驚いた。外を見たが、もう荒太の後ろ姿はなかった。

「すがりたいような顔、ですか」

「どっからどう見たって金を拝む我利我利亡者《がりがりもうじゃ》だったじゃないか」

「二人とも見る目がないのう。〝飯の神さま〟は神であるからにはわしら以外にもお供えをして祈りたい者がおる。しかしお供えができるのはわしらだけじゃ。坊主は布施《ふせ》を拒まんらしい。受け取ってやるのも功徳《くどく》じゃ。三両は大金じゃがうちの店で扱える額じゃ。飯屋なのじゃから草履《ぞうり》を温めたりはせんが、鮭の身の一番いいところを切ってやって、この冬はなるたけ温《ぬく》い汁を出してやる。炊き込みご飯ならお焦げが入るようにして、世間話に相槌《あいづち》も打つ。そういう場所がほしくなることもあるじゃろう。三両、吉原で使えば一晩じゃがうちなら何年分じゃ。こんな場末の飯屋で金子を振り回して威張りたいとはかわいらしい小僧じゃ。子供の時分、親にかわいがられておらんかったんじゃろう」

「……大金、手に入ったら何に使うか聞かれてるのは荒太さん？」

吉原遊郭《ゆうかく》でも飯は出る。専属の料亭に注文して出前してもらうのできっと気取っていてお高い。

下町の、男にも多い飯を二人前も食べる傾城とは？

身請けした花魁だの女郎だのに隠し子がついてくるなど聞いたことがない。禿《かむろ》だってつかないだろう。荒太は見た感じ二十四、五で隠し子がいてもそんなに大きくない。

「〝神さま〟の供え番としては荒太の代わりに三両分、願掛けをしてやらねばならんのう。叶《かな》えるかどうかは〝神さま〟の領分として、わしらも何もせんわけにはいかんぞ。並みの社《やしろ》なら神主は占うにせよ願掛けの祈禱《きとう》にせよ、氏子《うじこ》に何を願うか聞くのじゃから」

「荒太さんの願いが何か、わたしたちで当てる？」

「〝はっきり言わんお前が悪い〟と切って捨ててもよいが、三両もいただいてそれはちと薄情じゃな。わしら、米を研いだり豆を煮たりしている間は何も考えとらんのじゃからまあ何か考えようではないか。あの洟垂《はなた》れ、普段は金もないのに甘えおるのが金まで出してかまってほしいと喚《わめ》いておる」

　聞けば聞くほどおしずは納得がいかないようだ。

「傾城を身請けしたのにアタシらにかまってほしい？　アベコベじゃないか。折角もらった嫁にかまってもらえよ」

「傾城じゃと。そんなもんがおったら金がいくらあっても足りんじゃろう、なびきの振袖の心配などしておる場合か。おなごはこの世で一番金がかかる趣味じゃぞ。三両も持っていて見せびらかす先がうちしかない辺り、推して知るべしじゃ」

　正確には「四両も持っていてうちと、辰にも押しつけようとしていた」だ。

　しかも死んだら墓を暴いてもいい、くらいのことを言っていた。

　――死んだら、金子は嫁と連れ子にやるべきだろうが。

　気づいてなびきはぞっとした。

　六十の久蔵なら「明日もし死んだら」はろくでもない冗談だが、荒太はまだ若くて殺しても死にそうにない。辰と違ってきちんと厚着をして風邪を引きそうもなく、何で死ぬと言うのだ。富くじで運を使いきった分、雷にでも打たれるのか。

　後家でも傾城でも嫁をもらって人生絶頂、毎日が輝いて見える人が言うにはあまりに絶望に満ちた言葉だった。

2

鮭のあら汁は白味噌仕立てにすると、紅白で縁起がいい。塩抜きしてもまだ塩辛いので赤味噌ではしょっぱくなりすぎる。大根だの葱だの豆腐だの入るものは全部入れた。面の皮の厚い鮭の頭を真っ二つに断ち割って入れた〝荒太汁《あらたじる》〟。

「荒太のお裾分けはぞっとしねえが、鮭を味噌汁に入れると美味いってのは初めて知った」

お客の評判は上々。ものすごい売れ行きで、なかなか来ない荒太の分を別に取っておかなければならないほどだった。——〝三人分〟。

その荒太はといえば。

「くさっ！」

一番最初にその気配に気づいたのは犬並みの鼻を持つ辰で、それまであら汁に夢中だったのに大袈裟《おおげさ》に鼻を摘《つ》まんだ。

遅れて、なびきの鼻にも異様な臭《にお》いが届いた。厠《かわや》とも違う、何か腐っているような独特の臭気。初冬の風物詩ではあるが、できればかかわり合いになりたくなかった。客も次々鼻を摘まむ。

遅れて現れた荒太は昨日と全く同じ格好なのに、現れた途端に香り高い白味噌のあら汁の気配などかき消えてしまった。飯屋としては迷惑なほどだ。

「荒太手前肥《てめえこえ》だめにでも落ちたのか！」

辰は罵《ののし》ったが、

「いやあ湯島天神《ゆしまてんじん》に銀杏《ぎんなん》いっぱい落ちてたの勿体《もったい》なくて拾ってたら今時分になっちまった。……そんなに臭うか？」

本人は子供みたいに笑っていた。ちょっと自分の長合羽の袖を嗅《か》ぐ。

「じかに触ると手が荒れるってんで古い箸《はし》使って、触らないようにしたんだけどなあ。しゃがんだときに裾についたのか？　下駄に挟まってる？」

「阿呆《あほう》か、銀杏が勿体ないとか。子供でも拾わないぞ」

「お前それ風呂屋《ふろや》で嫌がられるぞ」

駕籠舁きの二人に次々言われてやっと荒太は焦り始めた。

「まさかこの臭い、一回ついたら取れないのか？」

大の大人がたかが銀杏の臭いで途方に暮れないでほしい。

「洗濯のときに竈の灰をつけてこすったら取れるかも？」

なびきもやったことはないがとりあえず何でも竈の灰でこすって、その次は米糠《こめぬか》を試してみるものだ――それで駄目なら油だろうか――

「で、その拾ったギンナンどうしたの？　手ぶらに見えるけど」

おしずが尋ねた。

「勿論、境内《けいだい》に埋めてきたよ。しばらく土に埋めて臭いところが腐ってなくなるのを待つって。なびき坊、あれで何か作れないか」

「すぐには無理ですよ」

「知ってる。三日くらいかかるのか？」

「ひと月じゃ」

なびきが答える前に、久蔵が一蹴《いっしゅう》した。

「土に埋めた銀杏の外側が取れるまで、ひと月かかる」

「ひ、ひと月ってそれじゃ間に合わねえよ──」

荒太は情けない声を上げ、がっくりと肩を落としたが──

「馬鹿荒太！　銀杏なんか木戸番で買え！」

辰が急に床几を立って大声で喚き出した。

「お前金持ちだろうが！　餓鬼の拾うもんに手ぇ出しやがって、地獄に落ちろ糞ドケチ！」

他の客が軽口でからかうのと語気が違う。彼はみるみる顔が赤く染まって剝き出しの肩の辺りまで上気した。尋常な様子ではなく、銀杏ごときでそこまで人を罵るかと皆息を呑《の》んだ。

「──いや、湯島天神の下働きには断ったぜ？　下働きの一平《いっぺい》が、あっしのこと奇特な人だなって──」

荒太は言いわけしたが。

「寺や何かの銀杏、誰も触りたくないから寺男が駄賃やって近所の餓鬼に拾わせるんだよ！　餓鬼が食えるようにして木戸番に売るんだ、力仕事できねえちびの小遣い稼ぎだ！　お前何でもできるくせに餓鬼の食い扶持《ぶち》横取りしてんじゃねえよ！」

　金切り声で喚くだけ喚いて、辰は椀《わん》を置いて出ていった——何と鮭のあら汁も飯も、まだ少し残っていた。彼は飯を残さないのに。

　ものすごい剣幕で誰も何も言えなかった。辰があんなに怒るのを初めて見た。

「そうか……銀杏は木戸番で買うのか」

　取り残されて、ぽつねんと荒太がつぶやいた。

「あっしは何にも知らねえんだなあ」

　——大の大人が、銀杏を拾った人が落とされる地獄が怖くて泣きそうになったりしないでほしい。

「わしも湯島天神の銀杏の拾い方なぞ知らんがな」

　久蔵がひとりごち、なぜかおしずがなびきの肩を叩《たた》く。

「なびきさん、魚屋追いかけるンだよ！」

　結構痛かった。

「え。辰ちゃん足速いのに」

「そういうことじゃなくて、行く！　アンタが行かなきゃ！」

「どこに⁉」

「どっかあるでしょ心当たり一コくらい！」

わからないうちにまくし立てられ、なびきは突き飛ばされて店を放《ほう》り出されていた。

「ええ？」

――何が起きたのか。

荒太が銀杏を拾うとなびきが店を追い出される。理不尽なことのたとえ話にぜひ使ってほしい。

戻るのは夕方頃になってしまった。

「――何とこいつが真っ赤な贋物《にせもの》ってェもっぱらの噂だ！　詳しくはこちら！　うちの兄さんの素っ破抜きだよ！」

日本橋の大通りに編笠《あみがさ》をかぶった読売《よみうり》売りがいて人だかりになっているのを、なびきは避けて通った。余分の小遣いはないし読売はあまり好きではない。

なびきが裁縫道具の行李《こうり》を持ってとぼとぼ歩いて紺屋町まで帰ってくると、店の近くで声をかけられた。

「ちょいと」

ずる賢い狐みたいな顔の女は隣の荒物屋のおときだ。〝神憑《かみがか》りの飯屋のじいさんと養い子〟を目の仇《かたき》にして、ことあるごとに小言を言う――が、善良な人なら遠慮して言わないようなことを言ってくれるおかげで、なかなか人生の修行になる。情けは人のためならず

ず者」

である。諺《ことわざ》の意味とは正反対だが。

「最近あんたらんとこに入り浸ってる、博徒だか仁義だか女衒《ぜげん》だかの二枚目気取りのなら
ず者」

――荒太か。その通りなので訂正するところがない。女衒はもっと悪い商売を指す言葉
だというくらい。

「聞いちまったけどさあ……あいつ富くじ当てたんだって？」

その言葉になびきはひやっとした。久蔵は三両ももらったのだ。

吹聴されたら泥棒に狙《ねら》われるかもしれない。もう全部米屋にあるなど信じてもらえるは
ずがない。何か口止めに、お裾分けをするべきなのか――

「富くじとか大嘘《おおうそ》で、本当は水茶屋の娘を売り飛ばした金なんじゃないかい？」

「は？」

なびきはびくびくしていたのに、おときはとんでもない見当違いの話を始めた。

「大寅の旦那《だんな》の贔屓の娘が消えちまったとかで、あの女たらしの尻尾《しっぽ》を摑んでやるって息
巻いてる。水茶屋の娘って悪い男に引っかかって売られちまったりするんだろう？　吉
原？　上方？　うんと遠くの佐渡《さど》金山？」

「そ、それは……」

なびきに全くやましいところはなかったが、答えに詰まった。

――大寅に「お絹は嫁に行くから心配するな」などと大声で言えようはずもない。

〝水茶屋の花棒〟がいきなり頑固親父《おやじ》の煎餅屋《せんべいや》になった真相を贔屓筋の客に明かしたりしたら最悪、内藤兵馬が闇討《やみう》ちされてしまう。恋路の前には、相手が武家であるなど些事《さじ》だ。まだ吉原百人斬《ぎ》りへの道筋は完全に断たれたわけではなかった。

おときは小ずるい顔でにたにた笑った。

「あんたも女たらしに小遣いもらったみたいだが、痛い目見なきゃいいねえ。大寅の旦那はあいつを許しゃしないよ。好いた女の仇、地獄の果てまで追いかけ回すって」

「し、心配してくれてありがとうございます。でも荒太さんが女の人を売り飛ばすなんて……そんな人じゃないですよ、見た目が軽薄だから誤解されるだけで」

「どうだか。どこの誰の子とも知れないで、十五や六の小僧の頃から深川の辰巳芸者だか何だかの家に転がり込んでヒモ、いや若いツバメをやってたって言うじゃないか。いやらしいったら。ああやだやだ」

荒太への悪口は、全部事実なのがたちが悪かった。

「女の生き血を散々吸った挙げ句、深川にいられなくなって神田に居着いたって。それで働きもせず女にたかって博打三昧《ばくちざんまい》。根っからのろくでなしの穀潰《ごくつぶ》しだよ。かわいい顔で何人の女を丁半博打のカタにしたのやら。女の敵だ。あんたも子供だからと油断してたらどんな目に遭《あ》わされるか知れたもんじゃないよ。せいぜい気をつけることだね」

「いやあ、大丈夫ですよ本当に……考えすぎですよ、おときさん。商売に専念した方がいいですよ」

――あの人の悪事と言えば辰ちゃんの許しもなく天神さまの銀杏を拾ったことくらいですよ。

大寅はしばらく、手柄のないところを探ってただ働きをすることになる。同情した方がいいのかどうか。なびきのせいなのだろうか。水茶屋の商売とは因業《いんごう》深いものだ。

何だかどっと疲れて店に戻ると、まだ夜営業には早いが裏のご隠居が座敷にいた。他には客もおしずもおらず、久蔵は面白くもなさそうに糠漬けを切って、ちらりとなびきを見た。

「お帰り。何ぞ成果はあったか」

「ただいま。……辰ちゃんわかってくれたと思いますけど。どうしてわたしが荒太さんの言いわけしなきゃいけないんでしょう」

「さあな。人が神に願うことはわかったか？」

「多分」

黙っていても勝手に叶ってほしい願いごとなんてそう多くはない。久蔵は多くを聞かなかった。

ご隠居の方はにこにこして座敷であら汁をすすっていた。もうちろりで一杯やっているようだ。

「あたしはこのあら汁、もとい〝荒太汁〟とお酒があればもう神さまに願うことなんかないですよ。酒は美味いし気分がいい。毎日こんなに楽しかったらいいんですけどねえ」

盛況だったので、多分このところ夜にしか来ないご隠居のために残しておいたのだろう。

「ご隠居さん、随分と機嫌がいいですね」

「汁も美味しいし、今日の読売が面白くてねえ」

さっき売っていたあれか――読売は一応、ご公儀に取り締まられているので顔を隠してあちこちうろついて売るものだ。この辺で売ってから日本橋の方に移ったのだろう。

ちょいちょいと手招きするのでなびきは座敷に寄った。客の話を聞くのは飯屋の娘の仕事だ。ご隠居は小声でささやいた。

「目黒不動尊の御免富《ごめんとみ》なんですがね」

富くじを正式には〝御免富〟と言う。ご公儀の許しがあるということだ。

「一之富三百両は四人割だったのが、五人出てきたんです！」

――富くじは高価だ。一口が金一朱。銅銭なら大体四百文くらいか。一攫千金《いっかくせんきん》と言うが元々金持ちでないと買えないのだ。

なので、庶民は割札を買う。二人割、四人割、十人割など。値段がそれぞれ並みの札の二分の一、四分の一、十分の一で当たりの賞金もそのようになる――一之富は大抵、百両なので十分の一で十両。

あんまり高額が当たっても泥棒に狙われる、分不相応な大金を持つと身を持ち崩すと恐れる人もいたのでこれくらいがほどほどだった。しかし二十五人割などになると果たして当たっても得なのかどうか。

「三百両の四分の一って」

「当たったらその場で一割、寺にさっ引かれるから六十七両と二分」

　ご隠居は計算が速い。

「四人割が五人ってどういうことです」

「一人、贋の札で引き換えたやつがいるって話です」

「富札って手書きですよね？　うっかり四人割を五枚作っちゃったんじゃ？」

　読本、読売など全く同じ文章なら字を版木に彫り込んで刷るが、富札は番号が一つ一つ違うので寺の名前、日取り、何人割りなど固定の情報を判子で捺して、肝心の番号は筆で手書きする。真似《まね》しづらいように癖字の人が書いたりする。

「まあそういうこともたまにはあるだろうね。ぼーっとしていて同じ番号を二枚書いてしまったり。だがこれがどうやら歴然たる贋物のようで。五枚の割札のうち、一枚だけ寺の判子が欠けていなかった」

　寺は欠けた判子を使っているとは無精な話だが、こうなるといいのか悪いのか。

　相撲の番付のように当たり番号の一覧を書いた紙を配る。賞金の引き換えは当たり発表の翌日からなので、当たり番号がわかってから悠々と贋札を作っても間に合うのだろう。

「額が大きいから大変だ。寺では引き換えた人の名前を控えているけど名前なんかいくらでも嘘がつけるし。一之富に千両出してた頃は重いし物騒だから当たった人の家まで届けて住んでいるところも確かめたらしいけど、六十七両と二分なら手前で持って帰れる」

「じゃ目黒不動尊は今頃、寺社奉行に駆け込んで下手人を捜す相談を？」

「そこですよ。御免富は要は博打だからね。寺社の普請の費用を集めるという名目だから許されているだけで。お上は清廉《せいれん》たるべき神社仏閣が博打で稼いでるなんて内心面白くないから、目黒不動尊がへまをして金をすられたとか泣き言を言い出したら、これを機会にいかがわしい御免富なんかやめちまえと言うのに決まってます。現に一回は禁令を出したんですから」

ご隠居によるとこうだった。

御免富は突富《つきとみ》とも言って、箱に一から千まで番号を書いた木札を入れて上から錐《きり》で突き、刺さって持ち上がった札の番号が当たりだ。

五十回か百回刺して一回目が一之富、二回目が二之富、三回目が三之富、最後が突留《つきどめ》で賞金が当たる。一之富か突留が一番高い。昔は千両当たるようなものがあったが今は一之富で百両くらい。目黒不動尊の三百両は珍しかった。

この四回以外は花富、金一朱くらいで、くじ代をそのまま返してもらうようなものだ。袖つきと言って惜しくも一つ番号のずれた札に少しだけ賞金が出たりもする。

突富は祭りのように寺社の境内で民衆の前で行うが、外れたやつが暴れることも警戒して境内の警備は厳重だ。突富の最初に、僧が箱の前で仰々しく読経《どきょう》する。信仰とは何か考えさせられる。

刺す回数を十回ごとに区切ったり特別賞を出している寺もあり、途中で錐を替えたり、錐を神聖そうな稚児《ちご》に刺させたり、様々な工夫を凝らして町人たちから金子を吸い上げた。

富くじそのものだけでなく「こうすれば当たる番号がわかる」といういかがわしい占いやまじないの本まで飛ぶように売れ、「富くじで何番が当たるかを賭《か》ける」という商売まであった。江戸のみならず、日の本中の寺社という寺社が真似をして数字に一喜一憂した。

恐らく一之富三百両が割札でない一人に当たった場合、当たった当人が突富の場ではしゃぎ出して金を引き換えないうちからどんちゃん騒ぎを始めて、勢いでおごるの何のと出会ったばかりの周囲の人と雑な約束を取り交わす。

翌日に全然違うやつが贋札を引き換えに来たら即座に捕まる。

仮に当たった当人が突富を見に来ていなくても、この世に一つしかないものが二つあればボロが出るのは必定だ。

しかし四人割になると、四人全員が突富を見に来るとは限らない。来ていても、一人派手にはしゃいで馬鹿をやっているやつがいたら他は冷静になって自分は黙っていよう、ともなるだろう。

それどころか、四人のうち一人でも引き換えるのを忘れるやつが出れば贋札は疑われすらしない——当たった富くじを引き換えない人は意外といるらしい。

〝四人割の五人目〟が出現しなければ目黒不動尊は判子の欠けに気づいたかどうか。

ただでも御免富は些細《ささい》な問題で騒がれやすかった。金を賭けているのだからちょっとでも不手際があると真面目《まじめ》にやれと客が怒り出す——錐に木札が二枚同時に刺さった事件、番号を読み間違えた事件、うっかり箱から刺す前の木札がこぼれ落ちた事件など瑣末《さまつ》な話が何十年もまことしやかに語り継がれていた。

贋の当たり札に騙《だま》されたなんて、世論は「寺が不注意なのが悪い」となるのに決まっていた。

さて江戸の治安を守る町奉行は旗本の仕事だが、信仰を守る寺社奉行は諸国を預かる大大名が持ち回りで勤めている。

天下泰平の世の中だ。合戦で名を上げて出世したりできない。内政など「できて当たり前」で貶《けな》されることはあっても褒められることは滅多にない。

その点、寺社が目に余る失態をして大名がその尻拭《しりぬぐ》いをしてやったら評価されて出世するかも——寺社奉行は大手の寺が「何かやらかす」のを虎視《こし》眈々《たんたん》と待っていた。

目黒不動尊は六十七両損した上に世間の怒りを買い、寺社奉行に弱みを晒《さら》すのは割に合わない——

一方で、寺は御免富などで稼いだ莫大《ばくだい》な金子を大名に貸し付けていた。寺と大名は持ちつ持たれつズブズブに癒着《ゆちゃく》した関係。

いっぺんに江戸の御免富をやめるとなれば困るのはやっぱり大名で、本当に目黒不動尊が訴え出ていれば、今こうしている間にも寺社奉行は「丁度いい。あんな強欲金満坊主《さいちょう》ども懲らしめてついでにうちの借財もパアにしてくれ」と「たった六十七両のために最澄上人ゆかりで由緒正しく、三代家光《いえみつ》公ご寵愛《ちょうあい》の目黒不動尊を潰すなんてやめてくれ、うちまで破産する。自分が出世するためなら身内はどうなってもいいのか薄情者」の二派に別れた親戚《しんせき》連中の板挟みになって高度に政治的な判断を強いられて——

「御免富なんかどうせ買っても当たらないんです。あたしゃなくなったってかまやしません。坊主も殿さまも勝手に困ればいいんですよ。いやあこの世に他人の揉《も》めごとほど美味い酒の肴《さかな》はない」

誰にも関係のないご隠居はヘラヘラ笑っていた。

ご隠居は見た目は好々爺《こうこうや》で元寺子屋の師匠で大変頭がよくて親切な人なのだが、人間、完璧《かんぺき》ではいられないのか——愛読する読売の趣味が悪かった。

たまには世に出ない真実も書いてあるのだろうが、はなから炎上狙いの飛ばし記事、真偽不明の怪情報、牽強付会《けんきょうふかい》な陰謀論、ただの悪口の玉石混淆《ぎょくせきこんこう》。どこにおばけが出たとか考えるまでもない馬鹿話も多い。嘘を嘘と見抜けないと江戸で生きるのは難しかった。ご隠居が小声で話すのは、居酒屋の娘くらいしか語って聞かせる相手がいない与太話《よたばなし》だからだった。

「富札の贋物っていうのはわりとよくあるんですよ。それをカタにお金を借りる。どうせ外れる。期待する方が悪い。小判の贋物を作るのは、混ぜ物にしても鍍金にしても大変だから。大層な炉で金を融《と》かして銀を混ぜた小判を鋳《い》るなんて国ぐるみ藩ぐるみで大がかりにやらなきゃできません。皆、小判となると疑ってかかるし贋金作りは捕まったら死罪だし、割に合わない。その点、富札なら紙に数字が書いてあって判子を三つか四つ捺すんだから器用な人が一人か二人、頑張れば何とかなります。外れたら世に出ないんだから訴えられる心配もない。富札でお金を借りようとする人を信用しちゃいけないですよ」

「うちみたいな店でそんなことする人、いないけど――じゃ、富くじの贋物って当たらない方がいいんですか」

「なびきちゃんは賢い。そうなりますね」

なびきが相槌を打つとご隠居はますます上機嫌になった。

「多分、花富でも当たって贋と知れるのが一番危ない。並みの贋富札は寺を騙す気などはなからない」

それはそれで頭のいいことだ。全然本物に似ていなくて当たりもしなくても金だけ儲《もう》かるとは。

「こたびは精巧さで真っ向から寺に挑んでくるとはやるじゃないですか。贋金作りほど重罪じゃないでしょう。富札なんかただの紙切れ、寺が言ってるだけの博打の道具なんだから、大判小判と同じ扱いをしたんじゃかえってお上の威信を損なう。博打でのやらかしなら江戸所払い？　これほど周到に足を掬《すく》われると目黒不動尊は面目にかかわるので大騒ぎするだけ損。こんなことになっても大筋では何百両と儲けてて絶対潰れないんだろうし。当たりに三百両出しても痛くもかゆくもないってことは寺は三百両以上も利益が出るのに決まってる。当たりくじが売れ残ってるときもあるんですからね。博打は結局胴元が一番儲かるんですよ。坊主丸儲けです」

ご隠居はしたり顔で語った。

——興味深い話だったが、なびきはご隠居ほど純粋に無責任に面白がることができなかった。考えれば考えるほど冷や汗がにじんだ。

——その一、富くじといえば湯島天神も有名だ。湯島、谷中、目黒が江戸の三富と言われる。最近聞いた名前が二つもある。

荒太は通りかかって銀杏に目をつけるくらいなのだから湯島天神の近くに住んでいるのに、わざわざ遠く離れた郊外の目黒不動尊の富くじを買った——

——その二、飯屋に三両投げてもびくともしない、一両気紛れに辰にやってもいいほど大きな当たりなのに、なぜか〝ご飯の神さま〟がくれた運のおかげ、お礼参りさせてくれとは一言も言わなかった。ついこの前は〝ご飯の神さま〟の運があれば博打に勝てると思い込んでいたのに。

これは大きい。湯島より目黒を選んだのは目黒の方が賞金が高かったとか突富の日取りがよかったとか因縁があるとかいろいろな都合が考えられるが、富くじが当たって〝神さま〟に感謝しないというのはいかにも不自然だった。

——その三、「富くじが当たった」など大抵、泥棒の言いわけだ。急に金持ちになったやつの常套句《じょうとうく》。

ご隠居が読んでいる読売なんか全部大嘘、酔っぱらいのたわごとだと思いたい——思いたいのはやまやまだが、心当たりがありすぎた。

とはいえ当たった富札の偽造、それも〝四人割の五枚目〟を作るなんて悪事とはいえ並みの才覚では思いつかない。本物の筆跡を真似てもいたのだろう。それなりに腕に自信がなければ。判子もいくつも彫らなければ。一回しか使わないのに。

しかも当たりが四人割や十人割のときを見計らって贋札を作る。

寺が気づいていないだけで、十人割などの贋札がもっとたくさんあるのかもしれない。それも当たりが五十両や二十両ほどの二之富、三之富で。

判子を何個か作って紙切れをそれらしくするだけで二、三両も儲かるなんて笑いが止まらないだろう。贋小判を鋳造してお縄を頂戴《ちょうだい》し、首を切られて晒されるなんてお殿さまの無体な命令に逆らえないかわいそうな家来やそのまた手下のすること。

とても荒太が思いつきそうな商売ではない。

——それほど頭のいい人なら六十七両もの大金を引き換えるとき寺に名前を控えられて顔を憶《おぼ》えられるのを恐れて、他の人にさせるかもしれない。

賭場《とば》やら居酒屋やら髪結床《かみゆいどこ》やら、風呂屋の二階やらで知り合った若くて金がない後腐れのない博徒に「分け前をやるから」と言って。

荒太は口説いた女を売り飛ばしたり自分で富札を偽造したりはしないだろうが、「目黒まで行って当たり札を引き換えてくれたら金をやる」という誘いには乗りそうだった。それが贋物などと思いも寄らない。

何せ目黒は遠い。湯島や神田から三里はある。行って帰るだけで一日仕事、「足を悪くして歩きたくない、駕籠《かご》は酔うから嫌い、家を留守にできない」とか言えば若くて健脚な赤の他人に頼むのはありえる。盗みや殺しなど剣呑《けんのん》な用事ではないただの「お使い」だ。

それなら六十七両の半分もやらない、端数七両くらいで頼んだ方が自然なのか？　往復で六里歩くだけで七両ももらえる仕事なんて江戸にはない。あんまり分け前が多いのはかえって気持ちが悪い。

富くじで六十七両も当たったと人に知られたらろくなことがないから、口止め料兼ご祝儀で七両。荒太の人の好《よ》さにつけ込むならそれくらい。持ち逃げされたらまた次回――七両あれば荒太は三両をこの店にポンと投げ、一両を辰にやったりやらなかったりして、残り三両で〝傾城〟を身請け――

計算が合ってしまう。

そもそも他人の当たりなら〝ご飯の神さま〟のおかげとは言うまい。

「なびきちゃん、顔色が悪いね。寒い？」

ご隠居が心配そうに尋ねた。

「少し冷えるかも……」

「季節の変わり目だからねえ。熱い番茶でもお飲み。なびきちゃんに燗の酒はまだ早い」

ということでなびきは飲みたくもない番茶を飲むことになった。頭の中はまだぐるぐるしている。

——普通に富くじが当たったのなら〝次回〟などないが、贋富くじなら一度引っかかった目黒に二度は使えなくても、湯島天神や谷中感応寺《かんのうじ》、椙森稲荷《すぎのもりいなり》や浅草寺など「他の御免富」で繰り返すことができる。三富以外にも江戸に御免富をやっている寺社など掃《は》いて捨てるほどあり、年がら年中ひっきりなしだ。江戸以外でもやっているのだから上方でやる手もある。

次は判子の欠けも再現する。

目黒が痛い目に遭ったと、皆が皆知るわけではない。

知れていたとして、捕まるのは引き換えに行く一人だけで贋富くじを作った本人ではない——贋だと知らされていなければ、頼まれた相手の正体を知らされていなければ拷問《ごうもん》しても何も出てこない。

もしも目黒不動尊が寺社奉行に泣きついていたら、十手持ちが〝四人割の五枚目〟を引き換えた者を捜すのだろうか？

大寅が荒太の周囲を嗅ぎ回っている。急に金回りがよくなったのが、女を売り飛ばしたからでないのはすぐにわかるだろう。

おしずの言う通り、金で恩を売られていいはずはないし、辰の言う通り、前に持っていたのが誰だったか気になるような金は呪われているのと同じだ。

ご隠居の与太話など聞こえていないのか、荒太から三両受け取って米屋に投げた当人、久蔵は無言で大根をおろし金にかけていた。

3

翌日、辰がやっと綿入りの半纏を着て右肩と右腕をしまい、季節相応のモコモコの姿になった。彼が袖のある着物を着るのは何年ぶりだろうか。長い道のりだった。

ただし左肩は片肌を脱いで相変わらず剝き出し、背中に紺色で威勢よく鰹《かつお》が跳ねる意匠が染められているはずなのに鰹の顔が見えなかった。本人は理由があると言う。

「これ肩の天秤棒が当たるとこ、すり切れちまうぜ。袖があると面倒くさいから着てないんだった。忘れてた」

彼は左肩で天秤棒を担いでいた。適当に右肩に替えるが、諸肌《もろはだ》を脱いでいたら流石にがっかりさせると思ったらしい。

「じゃそこだけ当て布をしなきゃいけないんでしょうか。おくまさんにやり方聞いてみないと」

「しばらくこれでいいよ。右肩だけでも暖かいし」

「真冬になってから慌てたんじゃ遅いような……」

改良の余地はあった。上はそれなりになったが股引も重ねろ、足袋《たび》も履けという話もある。まだ始まりに過ぎない。なびきの戦いはこれからだった。

今日の中食《ちゅうじき》は鰯《いわし》の梅煮と根深葱《ねぶかねぎ》の味噌汁、小芋の煮ころばし。いつも通り常連たちにふるまっていると、少ししてから荒太が来た。もう銀杏臭くない代わりに長合羽が昨日より明るい灰色、空色鼠《そらいろねず》だ。ふんわりと花のような甘い匂いがするのは香を焚《た》いているのだろうか。冴《さ》えない顔のくせにまた一段と二枚目ぶっている。昨日、あら汁を持っていった鍋を片手に提げていた。

辰は気まずいのか露骨に後ろを向いた。

「どうも、荒太さん」

なびきも笑顔がぎこちなくなりそうだ。皆の前で富くじのことを問い詰めるわけにもいかない。まだ大寅に捕まっていないのを安心していいのだろうか――

「なびき坊、これ何とかできるか」

荒太は竹の皮の包みを差し出した。

「獣肉屋《ももんじい》で山鯨《やまくじら》買ったんだけど、持って帰っててめえで料理しろって」

「薬食いですか」

御仏《みほとけ》の教えでけだものの肉を食べてはいけない――ということになっているが、「病気療養で滋養をつけるためには致し方ない」とか何とか皆で言いわけして猪だの鹿《しか》だの兎《うさぎ》だの売っていた。

「味噌と葱で牡丹鍋《ぼたんなべ》にしましょう」

なびきは包みを受け取った。獣肉は男の食べるもので娘は肉屋に近づくなと言われていたが、調理法は知っている。猪は魚や鶏ほどきちんと血抜きができていなくて生臭いことが多いので、味噌や酒で臭みを消すと食べやすい――

「昨日は銀杏で今日は山鯨とはお盛んだな」

駕籠舁きの鶴三がニヤニヤ笑った――若い男が滋養をつけるのに、目的が健康のはずがなかった。

「おう、これが寝かせてくれないのよ。このまんじゃ干涸《ひか》らびちまわあ。色男はつらいね」

荒太も小指を立てて笑った。

「――おい荒太」

聞いておれなくなったのか、辰が後ろを向いたままで声を上げた。

「銀杏はな、水に浸《つ》けるとひと晩で腐るぞ」

「え」

意外な話で荒太の顔から笑みが消えた。

「腐るっつっても土に還るのと違って臭いとこが消えてなくなるわけじゃねえ。柔らかくなるだけだ。硬い種だけ分けて、井戸水かけてごしごしこすって洗う。それ乾かして炒《い》って殻割って塩つければひと月待たずに明日もう食える。――ただし、すげえ臭いからこれやると桶やたらいが丸々一個駄目になるし、水が冷たいのと銀杏の二重苦で手はずる剝け。取れた臭いとこは土ん中に埋めとかないとご近所の迷惑だ。生半可な覚悟じゃできねえけど、お前は明日すぐ銀杏食うためにそこまでできるか、荒太」

珍しく、辰の話には冗談も何もなかった。

彼は鉄火な江戸の魚屋だ、悪いと思っても自分の非を認めて謝ったりはしない。

荒太にはそれが伝わったのか、目つきが優しくなった。

「やってみる。ありがとうな、辰坊」

「オレがやるんじゃねえからな。言うだけならタダだ」

「荒太に覚悟があるならアタシのコレも役に立つかね」

と、おしずが横から入ってきて、荒太に黒いものを差し出した。

「……何だこれ」

「無患子《むくろじ》の皮。水かけて揉むと泡が出てくる。泡で手洗うとチョットはギンナンの臭いが消える。と思う。兄さんの薬箱からガメてきた」

「本当かよ」

「アンマリ期待すんな。水しかないよりマシ。色男への道はつらく険しいよ」

「いや、ガメるとかおめえは大丈夫なのかって」

心配そうな荒太をからかうようにおしずは笑う。

「蔵に入れられてお仕置きされるかもねェ」

「な、そん、大変じゃねえか駄目だよおめえ、堅気の娘が。もらえねえよそんな」

「お高いモンじゃないからもらっときな」

荒太は顔面蒼白《そうはく》だったが、おしずは無理矢理に無患子を押しつけた。荒太は戸惑っていたが、やがて無患子を懐に入れ、鼻の下をこすった。

「……皆、悪いな。銀杏は昔、風邪引いたときに母上が炒って割って食わせてくれて。精つけて早く治せって。そんな美味いもんでもなかったけど今となっては懐かしくてさ。何か急に餓鬼の頃のこと思い出して。鮭も昔に食ったきりでてめえで買ったことなかったから、できなかったこといろいろやってみたくなって。へへ、らしくねえや」

何だかまぶしそうに目を細めていた。こういうとき、子供みたいな顔をする。

では、後はなびきが猪肉を煮るだけだ。臭い消しなので塩気の強い赤味噌で。鍋で煮込むのはさほど難しくないが、できた後に肉を少し取り出して包丁二本で叩いて底の方に戻した。

「下の方が肉、細かくてあんまり嚙まなくてもお匙《さじ》で食べられますよ」

荒太に持たせるときにこっそりささやいた。

「……おめえにも悪いなあ」

「おじいちゃんが三両受け取っちゃったので、これは商売です」

「しっかりしてるなあ、なびき坊は」

荒太はうなずいて、手を振って帰っていった。

何となく外まで見送りに行ったなびきは、そこで妙なものを見た。

向かいは桶屋、その隣は煙草屋《たばこや》なのだが、店と店の間にひょっとこ面の小僧がいた――

辰より背は低いが、細身の身体《からだ》つきは同じくらいだ。十五、六の少年。尻《しり》っ端《ぱしょ》折りした半纏に股引で頭には手拭《てぬぐ》いをかぶっていて、おどけて踊ったり面白いことを言ったりして、ついでに飴《あめ》を売る芸人なのかと思う。なのに飴も楽器も持っていない。面白いのはひょっとこ面だけだ。ただお面をかぶっているのが楽しいというのはもっと幼い年頃だろう。

つい最近、どこかで見かけた気もする。

桶屋も煙草屋も気づいていないのだろうか？

それがすうっと裏長屋の方に下がって姿を消した。

——何だか見てはいけないものを見たようでぞっとした。ひょっとこ面の歪《ゆが》んだ顔がひどく忌《い》まわしいものに思えた。

店に戻ると、おしずがなびきの袖を引っ張った。歯痛を我慢しているような微妙な顔つきをしていた。これがなびきのいつも通りだ。この、店の中が自分の居場所。少しほっとした。

「……なびきさん。荒太のやつ、自分のおっ母《か》さんのこと〝母上〟って……」

おしずの声音が呆《あき》れているような、怯《おび》えているような。

「おしずさん知りませんでした？　荒太さん、元武家ですよ。わたしもちゃんと聞いたことないけど字が綺麗だし頭よさそうな言葉知ってるし四書五経《ししょごきょう》とか読んでるみたいだし」

「四書五経修めてるヤツが虫拳で金賭ける⁉」

受けて立ったおしずに言われたくはないだろう。おしずだってなびきから見ればお嬢さまだ。

「あいつ酔っぱらってひと晩中米相場の話してたことあるぜ。オレにゃ難しすぎて座ったまま寝てたよ。銭ケチって毎日手前で月代《さかやき》とヒゲ剃《そ》るのも貧乏武家作法だろ。武家って誰も彼も借金まみれじゃねえか。金持ちの魚屋は髪結床行くぜ。部屋住みで冷や飯食いの貧乏旗本の次男か三男がずるずる深川の女にハマって博打にハマってみっともねえから勘当されて、親不孝者だからどこの出身とか言えねえんだろ。あの甘えた根性は絶対長男じゃねえよ」

辰の言い草は身も蓋《ふた》もないが、大体なびきも同じように考えている。

神田は何せ狭間《はざま》の地。日本橋ほど商売っ気はなく浅草ほど毒はない。大抵の人がどこかに行く途中に立ち寄るだけの町。久蔵のように上方から来た人すらいるのだから元武家くらいで驚いていられない。

武家に限らず、近隣の商家でも農家でも店や田畑をそっくり長男に取られて実家に居場所のない次男三男が江戸にやって来て物売りや駕籠舁きになり、神田の下町の長屋に居着く。女は近所に嫁に行くのであぶれた男ばかり江戸に集まる。ここは次男三男の町だった。

親から継ぐ財産もなく、子供の頃から仕込まれた技などもない人が体力だけでその日暮らしの商売にありついて、何者でもないまま何となく生きているのが珍しくないところだった。武家も農夫も川縁《かわべり》の屋台で天ぷらを揚げて鰻《うなぎ》を焼いていた。

「おしずさんのお兄さんはお父さまの跡を継ぐんですか？」

「兄さんは二人。上の兄さんはヨソのお医者の弟子になって、下の兄さんが父さんの手伝いしてる。家にいるのは下の兄さん」

「お医者は長男がよその家に行けるんですねえ。武家はよっぽど病弱でないと長男しか継げないから大変らしいですよ。次男三男は娘しかいない家の婿養子になれたらいい方で、行けなかったら居候で、内職とかして」

なびきも店の客の又聞きを言っているだけだが。

「よその家の家来やったりしてやさぐれて下町に流れ着くんだよな。餓鬼の頃は若さま若さまってちやほやされて習いごとさせられてお行儀いいのが後からぐれると、オレら根っから下町の悪餓鬼と違ってたどたどしいってか空回りってか要領が悪いってか。武家の習いごとって刀とか馬とかシショゴキョーとか生きてく役に立たねえし。女にもてるの、うっすらかわいそうだからだろ、落ちぶれた気配が。いつか人妻に手出しして刺されるぜ」

そういう辰も多分荒太の〝かわいそう〟な気配にやられているから四百文も貸してしまったのだ。彼が思いきっても一度に百文か百五十文だろう。それが三、四回あった。前のを返してもらってないのにまた貸している時点で、口で何を言おうと辰が一番荒太を甘やかしていた。

荒太を放っておけないのはそうだ。なびきたちが知らないことは知っているくせに、知っていることは知らないちぐはぐな大人。何でもできるくせに何もできない。

大人のくせに全然ちゃんとしていなくて、贋物の富くじなんかに引っかかる——

贋富くじはまだはっきりしたわけではない。ご隠居が読んできた読売なんて不確かな話。

しばらくこのことは考えないようにしよう。

　客が引けて後片づけをして、なびきとおしずと風呂屋にでも行こうとしていたときだ。もう暖簾《のれん》を引っ込めたのに、下駄の音を鳴らしておときが駆け込んできた。

「あ、あんたたち！」

けだものの肉の臭いに文句をつけに来た、にしては顔色が青いし声が悲鳴じみている。顔を強張《こわば》らせて、こんな必死なおときは初めて見た。

「あの女衒男、何なんだい！　大寅の旦那が！　旦那が大変なんだ！」

――贋富くじの件ではなさそうだ。

4

　辰はそもそもつき合わなかった。おしずは「大寅に何があったか知らないけど、助けてやる義理なんか一つもない」とうそぶいていたのに、長屋を一目見るとうなずいた。

「ナルホド、こりャァアタシの領分だ。大得意だよ」

　大寅が住んでいるという長屋はこれといって珍しいものではない、九尺二間《くしやくにけん》で独身男が寝に帰るだけの家。見た目はそうだ。腰高障子《こしだかしようじ》に丸に「寅《とら》」と書かれている。

　ただし、今日は読めそうで読めないくねった字を書いたまじない札がびっしり貼《は》ってあった。両隣の部屋にはないのに。線香の煙が漏れてもいる。

　中から念仏も聞こえるようだ。

「大寅の旦那、今朝は元気だったのに急にまじない師だか何だかを引っ張り込んでこれだよ。怖い怖いって子供みたいに駄々こねるばっかりで。あの男のとこですごいもん見たらしくて……」

おときは薄寒そうだった。自分の息子が反抗したように戸惑ってもいた。

なびきは話を聞いてもあまり驚かなかった。そんなに見た目に出るものだと思わなかったが。

「マア普段風邪も引かない馬鹿に限ってそんなモンさ。アタシに任せときな」

おしずは障子に耳をつけた。

「……オンコロコロセンダリマトウギソワカ……茅場町薬師《かやばちょうやくし》にでも行ったのかね」

ブツブツ言った後、おしずはコホンと咳払《せきばら》いをし、腰高障子を蹴《け》りつけた。

「ビビッてンじゃねェぞ大寅ァ！　荒物屋のかみさん心配させてンじゃねェかァッ！」

障子の嵌《は》め込んであったのが豪快に外れて地べたに倒れた。お札が剝《は》がれて何枚か宙をひらひら舞った。

長屋の部屋の中が丸見えだが、まじない師はもう帰ったのか、昼間だというのに盛り上がった布団とやたら灰の多い火鉢があるだけ——

下駄を脱いで長屋に乗り込み、頭から布団をかぶっている大寅にずかずか近づくと、おしずは大声で怒鳴りつけた。

「具合が悪いならお医者にかかれ、阿呆《あほう》の大寅！　医者は怖い、病気も怖いで世の中よくなるかオタンコナス！　布団は手前の身を守ってくれる鎧兜《よろいかぶと》じゃねえぞ！　普段無精して野菜も食わないクセにこんなときだけビビりやがって！　手前みたいなヤツが怖がるモン一つしかないンだよ！」

「お、おしずさん、本当に具合悪かったらどうするんですか」

「どうもしないよウチの兄さん呼ぶだけだよ。アタシが怒鳴ってトドメになるようなら何したって一緒だよ」

あんまり乱暴なのでなびきが後ろから声をかけても知らんぷりだ。おしずは布団を引っ張って引き剝がした。

「ホラ、ドコが悪いッてンだ、言ってみな」

「ほ、本当に拙《まず》いやつだぞ。おしず、お前あれ見てないからでかい口叩けるんだ」

大寅はおしずに見られるのも怖いという風に大きな身体を団子虫みたいに縮こめていた。

「見てないッて何を？」

「荒太のやつどうかしてる」

大寅は手で顔を覆ってぶつぶつ言った。

「布団着せて優しく声かけてっから老いぼれたおっ母さんでも介抱してんのかと思ったら、頭半分禿《は》げて顔のど真ん中がっつりえぐれた夜鷹《よたか》のなれの果てで……頭もやられてウーウーうなるばっかりで、刀の試し斬りにも使えねえやつだ。あんなになってまだ生きてるなんてこの世の地獄だ。それに粥《かゆ》食わせて話しかけて看病して、あいつ何か悪いもんに取り憑《つ》かれてるんじゃねえか。あれが別嬪《べっぴん》にでも見えてるってのかよ」

薄寒そうに語る、それを聞いておしずの顔にみるみる血が上った。彼女は白い脚を振り上げて長屋の壁を蹴った。壁が抜けるのではないかというほどの音がした。

「大寅テメエ、刀の試し斬りなんかしたコトあんのか、偉そうに駄ボラ吹きやがって！本当だッたらアタシが承知しねえぞ。本物の薙刀《なぎなた》の錆《さび》にしてやる、ゲス野郎。そりャァ病だ。病人介抱して真面目にやってるヤツの正気疑うたァ見下げ果てた野郎だ、この人でなし！」

「病だから拙いんじゃねえか。お前あれ見てないから！　お前らもあいつにかかわらない方がいいぞ、うつる！　身体ぐねぐねに曲がって死んじまうぞ！」

「見ただけでうつらねえよボケ！　会って喋《しゃべ》ったたッてうつらねえよ！　医者の娘ナメんな、ソレくらい知ってる！　水銀で頭燻してこい！　テメエが具合悪いのは岡《おか》場所でもらったンだ！　別口だ！　どうせ病人見たら怖くなっただけでドッカ悪いッてホドでもないンだろ！　生老病死《しょうろうびょうし》は人の宿命なのに目の前に現実が出てきたときだけビビりちらしやがって！」

大寅が叫んでも、おしずは怒鳴り返した。なびきとおときは二人して、何も言えずに腰高障子の陰から見ているしかできなかった。

「動けない病人、殺してやった方が親切だとか言うヤツがアタシは一番嫌いだ！　そんなヤツに限ってクソヤブで見立てが拙い。何が親切だ！　テメエが薄情者で病人が怖いのを威勢がいいように格好つけてごまかして。テメエがそうなったら勝手に腹でも切りやがれ。止めやしない。高尚に上品に情け深く生きてる他人《ひと》さまを巻き込むなッてンだ。世の中、テメエより情のある人がいるッてのを褒めるならともかく腐すたァ何様だ！　テメエみたいなのがいるから何も悪くない病人が逃げ隠れしなきャァいけない！」

おしずは幼い頃、病弱だったという。兄二人でもう跡継ぎは足りているので尼寺にでも入れるかと——それで甘やかされてこの有様。ある意味、父親は藪《やぶ》医者だったし名医でもあった。

江戸は次男三男の町、その中でも「どこかに行くついでの町」神田は居場所のない人たちの吹き溜《だ》まりだったが、小石川から流れてきたおしずはこの町に相応《ふさわ》しい女だった。家族の中で彼女だけが医者ではない。

なびきはいずれ店の主《あるじ》になる。辰は既に魚屋を継いだ。

江戸の大抵の女は誰かの妻女になって奥向きを切り盛りするのに、おしずはそれを拒んだ「出戻りの飯屋の手伝い」で——

病弱でなければ女だてらに医者見習いなどしていたのだろうか。

「荒太のヤツ、言えば手伝ってやるのに、水臭いよ。アタシのコト信用してないのかよ」

荒太の名前を出した途端、おしずは急に声を和らげ、目を潤ませた。

今の今まで大寅を殴り殺さんばかりの勢いでギャンギャン喚いていたくせに、いきなり物憂げな美少女の顔になって言葉が湿り気を帯びた。少し鼻さえ鳴らした。

なびきはつい、おときを見た。おときは目を合わせると、白けた顔のまま小指を立ててみせた。どうやら彼女も見てしまったようだった。何となくなびきはうなずいた。

たった今、おしずの心の中で荒太が「あばたもえくぼ」の座についた。

――名乗りが「生まれはともかく」から始まる彼もまた何者でもなく居場所がないから。

――いや、本人がいないところで噂をしているだけで素人女の方が勝手に飛んで火に入るなんてどうなっているのか。今は夏でもないのに。大寅が転んで踏み台になって荒太のお株が上がって、言うほど見栄えのしない顔がおしずの心の中で輝き出した。最初から見ているだけでうっとりするような美男ではこうはならない。

おしずはついこの間、ほうきを持って荒太を成敗しようとしていたのに。大寅と大して変わらない扱いだったはずなのに。

女たらしってすごい。

5

夢を見た。

小さな長屋の一間。大きな鏡台に柘植《つげ》の櫛《くし》や紅猪口《べにちょこ》、三段重の白粉《おしろい》入れがある、女の部屋。衣紋《えもんか》掛けに見事な花柄の打ち掛けがかかっているのは一張羅《いっちょうら》だろうか。

洗い髪を簡単にまとめた女が、長火鉢の隅で卵を割っている。赤い長襦袢《ながじゅばん》は多分下着で人前に出るときはこれより上に一枚二枚何か着る。三十前後の気怠《けだる》げな年増《としま》。鼻が丸すぎるが美人といえばそう。このくらいの年頃の色気のある美女とは縁がない。

卵を一つ割ると、羽織袴の小さなお侍が出てきた。まだ前髪のついた子供だ。刀の代わりに縫い針を腰に差した若さまだ。お碗を飛び出して身軽に飛び降り、ちょろちょろと床の上を走り回る。一寸法師だ。

もう一個卵を割ると、小判がザラザラあふれ出した――女が無造作に碗をひっくり返し、若さまが小判の山に埋もれてしまったが、ぷはっと顔を出したので平気そうだ。

三個目を割ってやっとプルプルした黄身と白身が出てきた。

長火鉢の炭火には小鍋がかけられていて、澄んだ液体が入っている。そこに砕いた黒糖をたっぷり入れて溶かす。

温めた甘い酒に溶き卵とおろした生姜《しょうが》を入れて、固まらないようにしゃもじで混ぜる。

混ぜながら弱火でとろっとするまで煮て酒精を飛ばしたら子供が大好きな甘い卵酒の出来上がり。

若さまは小判より卵酒をご所望のようだ。女が鍋から湯呑みに卵酒を注ぐと、長火鉢によじ登ってきた。

小さな若さまには溺《おぼ》れるほどの卵酒。風呂屋の浴槽だってこんなに湯は入っていない。

若さまは湯呑みを持ち上げられないので、自分で顔を突っ込んで飲む。ひっくり返りそうなので女が指で押してやったり、助けてやる。

若さまは顔中、卵酒まみれになってしまったので、女が手拭いの端で拭《ふ》いてやる。まるで親子、いや仔犬《こいぬ》の世話をしているよう。

こんなに多いと飲みきれず、若さまは卵酒に飽きてまた床の上をうろうろし始める。小さな若さまには小さな長屋も大冒険の地で、縫い針を手に、女の化粧道具や打ち掛けの隙間に悪いものが隠れていないか見て回る。ねずみほどの大きさなので、本物のねずみと鉢合わせしたら命懸けだ。女は気怠げに若さまの残した卵酒を飲みながら火鉢に当たって見守っている。

狭苦しい長屋のささやかな幸せ。

小さくてかわいくてありえない、たったこれだけの一瞬の夢。

それにどれほどの代償を支払ったのか。

なびきは一寸法師の話が嫌いだ。

お姫さまを好きになって、寝ている間に口にご飯粒をつけて、泥棒呼ばわりしてお屋敷を追い出させたから。

後から鬼に出会って戦って勝って、なんてお話の都合。

好きな女に意地悪な男、大嫌い。お姫さまの言うことを信じないお公家《くげ》さまも嫌い。お姫さまは我が子だと言うのに、かわいいだけの一寸法師の嘘八百を真に受けて。「男ってのはそういうもんだ、惚《ほ》れちゃったんだから仕方ないじゃないか」なんてご隠居が言いわけしたが、ちっとも納得できない。

策略で女をものにして、宝を手に入れて、それでひとかどの男になったなんて教訓でも何でもない。

おしずの恋は儚《はかな》く散った。いや、それが恋だったのか、それが失恋だったのかなびきは確かなことを知らない。

翌日、中食の客があらかた引けた頃に鍋を帰しに来た荒太におしずがおずおずと何かを言い出して、何かを断られた。おしずは外を掃きに出ていった。

はたから見ればそれだけだったが男と女には大変なことで、なびきは胸を痛めたような、ほっとしたような——なびきも何にほっとしたのか。自分は〝うっすらかわいそうな男〟にやられたりしていないと思うのだが。

荒太は空の鍋と、生卵を五つも持ってきた。卵はお高いものでなかなか豪勢なことだ。荒太の顔つきはすっかりやつれ果てて目の下がくぼんで、幽霊にでも憑かれているような形相だったが。

「なびき坊、今日はこれ頼む。……何かもう粥くらいしか駄目なんだけど。銀杏、無理だった」

「じゃ卵酒ですね。でも二人分はお腹《なか》に溜まるものでないと」

なびきは何気なく言ったのだが、荒太は竈の陰にうずくまってしまった。震えて、嗚咽《おえつ》を洩らしているようだった。

なびきはそちらを見ないようにして酒を鍋に汲《く》んで、すりこぎと鉢で黒砂糖の塊を細かく割ることにした。生姜もおろし金にかけなければ。

荒太はこれまでずっと泣くのを我慢していたのだろうか。人に見られないように。

変な人だ。

長屋で泣けないのはわかる。

こんなところに隠れなくてもおしずの前で泣けばいいのに。きっとなびきよりずっと優しく慰めてくれる。彼女は親切なのだ、なびきよりも。たっぷり同情してくれるだろうに。

泣いてなびきも落とそうとしている？　――そんなわけないか。

夢で見た通りの甘くて口当たり滑らかな卵酒を湯呑みに二杯分。ざるで漉《こ》して丁寧に。

卵酒は甘くないと。塩味にすると大人向けでご隠居は喜ぶだろうが子供はがっかりする。

肉桂《にっけい》なんかあれば上品に仕上げられるのだろうか。

荒太が泣き止《や》んだ頃合いを見計らって声をかけた。

「二人分作りました、子供も飲みたいでしょうから。虫歯になるくらい、うんと甘いの」

「子供がいるなんて何で知ってる」

「〝神さまのご利益〟があるから」

荒太がうめくのに、なびきはごまかして微笑《ほほえ》んだ。

「お前はそれでは足りんじゃろう」

と、後ろから久蔵が声をかけ、鍋を差し出した。

肉の炒り煮のようだが金色の脂が浮いている。

「鴨《かも》肉の炙ったのを醤油と味醂に漬け込んだ。生卵を混ぜて飯にかけて食え。卵料理はいろいろあるが生のまま飯にかけるのが一番精がつく。赤穂浪士《あこうろうし》が討ち入りの直前に食った。気合いが入る」

鴨は鶏と全然違う野性味で人気だ。肉に歯応《はごた》えがあって特に脂身が美味しい。店で出すには少し割高で、久蔵がわざわざ買ってきたのをなびきは不思議に思っていた。

「鴨と鶏の卵で全くの赤の他人、他人がけご飯じゃ。ここが正念場、食らって肚《はら》を据えろ。おしずを泣かせてなびきに泣き言を言うたんじゃから」

久蔵はほとんど押しつけるようだった。

「他人がけか」

荒太は涙でぐしゃぐしゃの顔を一思いに襟巻きで拭って立ち上がった。

「――おお、やってやらあ、じいさん。剃刀負けの荒太は女の血吸って生きてる忘八だ。どうせ鴨なら葱つけとけよこちとら博徒だぞ。骨の髄までしゃぶるぜ」

――変な人だ。

さっきまで子供みたいに泣いていたのに、久蔵の前では不敵に笑ってみせる。余裕ぶって啖呵なんか切っても手遅れだというのに。

男の意地はなびきには難しい。

荒太が倹飩箱を提げて出ていった後、久蔵は床几に腰を下ろして手拭いで顔を拭った。

「恩を売られたら面倒とは、よその商売では返し方がわからんということじゃろ。飯屋のすることは一つじゃ。毎日腹は減り、人は飯を食う。昨日とは違うもの、昨日と同じものがほしいと毎日言うてくる。恩などすぐになくなる」

なびきは茶瓶《ちゃびん》から番茶を湯呑みに注《つ》いで久蔵に渡す。

「荒太さん大丈夫でしょうか」

「多分、明日あさっては並みの飯を渡すだけで大して話はせん。向こうが話したくなったら聞いてやれ、それでよい」

久蔵は言い切って番茶をあおった。

――やはりそうなのか。

「何かしてあげられること、ないんでしょうか」

「はて、お前はあの男が嫌いなのかと思うとったが」

「好きではないですけど」

「それくらいでよい」

意外なことを言われた。客には愛想よくしろと叱《しか》られると思ったのに。

「あれは人に好かれすぎるのを己で知っておるからいい格好をしすぎる。おしずはやつが好きじゃから涙なんぞ見たら全て投げ出して助けに来てしまう、甘えられん。今のおしずは佐渡金山に売り飛ばされても気づかんまま惚れた男のために年季奉公に励むぞ。――お前は嫌《きろ》うとるから格好の悪いところを見せても何も起きん。何を言うても冗談になる。気を遣わんでいい。あちらはそう思っとる」

「な、何それ」

久蔵の言いようになびきは愕然《がくぜん》とした。

「色気がないのも取り柄じゃ、お前がいると話が早《はよ》うて助かる。あれは男にも格好をつけおるから」

「荒太さんから見てわたしって女のうちに入ってないから何してもいいってこと⁉」

「褒められとるんじゃぞ。うちは色茶屋ではないんじゃから」

――とてもそうは思えない。腰が抜けそうだ。なびきはこれで気遣っているのに。男の辰の方が荒太のよさをわかっているなんて。

「何にせよ今夜が峠《とうげ》、全て神さまが決めることじゃ」

打ちのめされすぎて久蔵が真面目ぶってもなかなか立ち直れなかった。

その後、全て久蔵が言った通りになって荒太は翌日と翌々日、二人前の飯を買いに来て、「忙しい」と常連たちともろくに話をせずに帰っていった。

6

「なびき坊。ちっと顔貸してくれや。甘い菓子食わせてやるから」

荒太が声をかけてきたのは更に次の日。何やら彼はさっぱりとした顔で、今日はおでこに真一文字の切り傷を作っていた。長合羽をやめて、ほとんど真っ白な白鼠色《しろねず》の冬羽織を着ていた。縹に白は寒々しくて若々しい。

なびきも彼と二人で話したいことはある。――彼が話というのは「他の女相手に深刻なことを言うとやれ欠落《かけおち》だ心中だ大騒ぎになるから」だとしても。

それで行った先は、新シ橋前の〝花棒〟だ。客席を葦簀張り《よしずば》で隠すようになった。先客がいて、葦簀張りの陰で中間《ちゅうげん》が時間を潰していた。大吉は店の名の入った半纏に股引に着替えていた。釣り竿《ざお》を持っていたときは山賊《さんぞく》みたいだったが、汗だくで天ぷら鍋に向かっているとどこからどう見ても菓子屋のおやじで百年前からそうだったような気すらした。なびきと荒太を見ても眉を少し動かしただけだったが、多分歓迎されている。

注文を受けて菓子と茶を出したのはまだ前髪にもならない十歳ほどの少年だった。

カリカリの花棒煎餅、煎餅自体はほんのり塩味のところにたっぷり絡んだ黒砂糖衣がたまらない。この出来なら深川と言わず両国まで名を馳《は》せるだろう。蜜芋《みついも》も密《ひそ》かにお品書きに並んでいた。

茶も、ぐんと濃厚な煎茶《せんちゃ》を出すようになっていた。渋い茶と甘い煎餅を交互にいただくと今が冬だということも忘れる。持ち帰ってこたつで食べてもいいだろう。

「すごいですよおやっさん。江戸一の甘味屋ですよここは」

お世辞ではなく、なびきは煎餅を食べるので必死で喋る暇《ひま》が惜しいほどだった。

「美味そうに食うなあ」

「美味しいですから」

くれると言うので荒太の分まで食べていた。十四の娘が隣に座って菓子を食べてくれているのだ、荒太は小遣いをつけてほしい。

なびきが作ったときはいまいちだった蜜芋も、大吉が作るとカラッと揚がった薩摩芋にねっとりした蜜が絡んで至福の仕上がりだ。煎餅を揚げるついでに芋を揚げるだけで、安値で簡単にできるのが素晴らしい。冷めても美味しい花棒煎餅の砂糖衣は飴状に固めて、熱々の蜜芋の蜜はべたべたのまま。完璧だ。

「芋の季節じゃなくなったら花棒煎餅にきな粉まぶしたの出すってよ」

「わあ、素敵」

「おやっさん、根っから菓子屋なんだな。商売下手だったし、かえってよかったのかもなあ。意外と〝あちら〟の話もトントン拍子にまとまりそうだし」

〝あちら〟とはお絹と内藤兵馬だろうか。

「禍福はあざなえる縄のごとし、よ。人生万事、塞翁《さいおう》が馬《うま》とも言うさ。いい悪いなんてわかんねえもんだ。あの小僧も」

荒太はあごで指した。

「男の子、見つかったんですね」

大吉が煎餅を揚げていると茶を出す人が別に必要なのでなびきが少し手伝っていたが、よその娘に悪いから男の子の給仕を探すという話だった。看板娘はもう懲り懲りだ。

「おといまでうちで面倒みてた酉助《とりすけ》さ。みてもらってた、かな。盗人《ぬすっと》の小僧、なかなか引き取り手なんかねえからありがたい話だ」

――なるほど、帳尻が合ったわけだ。

「辰ちゃん、あんな子に焼き餅焼いてたんですねえ」

「男に手出して男に嫉妬《しっと》されるたぁあっしも焼きが回ったぜ。人徳がないのに無理するもんじゃねえな」

荒太は肩をすくめた。彼にしては甲斐性のないことだ。

――身請けした傾城。男一人でも多い飯を二人前。日に日にやつれていく荒太。

荒太は買った方が早い銀杏をどうして自分で拾わなければならなかったのか。

その真相の一角を担うのが彼だ、今や前垂れをした茶汲みの小僧。面長すぎてお世辞にも美少年ではない。お絹やおかよの派手なものではなく油はねを防ぐための茶色の前垂れでせっせと茶と菓子を運ぶ。

荒太がずっと隠していたのが彼だった。

＊　＊　＊

辰を追いかけろとおしずに店を追い出されたあの日、なびきはまず裏の長屋のおくまを訪ねた。彼女に教わって辰の半纏に綿を入れていた。その道具を引き取りに。

縫いかけの半纏と綿を行李に詰めて持って、次に本革屋町《ほんかわやちょう》の隅っこの辰の長屋に——魚屋は毎朝早起きして本船町《ほんふなちょう》の魚河岸に通う。魚河岸に近いところに住むのに決まっていたが、料亭と商いして大店《おおだな》をかまえた強い魚屋がまず場所を取る。辰くらいだと魚河岸の裏の裏の裏だった。障子にひらがなで「たつ」は辰が自分で書いた字。

まあ予想はしていたが、辰は炭で温める大きなこたつを出しっ放しにして散らかし放題で、片づけないとなびきは座るところもなかった。相撲の番付表は捨てたら怒られるだろうからせめて同じ場所に揃《そろ》えるとして、いつのものかわからない湿気《しけ》た煎餅やドロドロの飴は怖いのでよく見ないでゴミ箱に捨てた。無理にこの長屋に長居せず、肥料か何かに生まれ変わってほしい。

辰が戻ってきたのは部屋を片づけている最中だった。香ばしい照り焼きの匂いがした。

「辰ちゃん、こたつで寝るのやめた方がいいですよ。風邪引きますよ」

「なびきは何してんだよこんなとこで」

「わたしにもわかりませんよ」

「寝ぼけてんのか。お前、オレの部屋片づけてるように見えるぞ」

「そうなってますねえ」

辰に呆れられたが、実際にわからないのが困りものだ。

「おしずさんが追いかけろって言うけど辰ちゃんの行くところなんて出世不動くらいしか。走り回るのは嫌だから長屋で待つことにしたんです。辰ちゃんは随分帰りが早かったですね？」

「オレとしたことが飯を残して不覚にも腹八分目だから、こうなったら失神するまで団子をドカ食いしようと山ほど買い込んできた。お前も食うか」

ということでなびきがガラクタの山からヤカンを探し、焜炉《こんろ》で湯を沸かすことに。辰は茶葉や炒り麦なんて上等なものは持ち合わせがなかったので白湯《さゆ》だが、沸かさないよりはましだ。

「おしずは何でオレを追いかけろって？」

「さあ？　わたしよりおしずさんの方が走るのが速いんだから用があるなら自分で追いかけてくれればいいのに」

「まさかあいつ、オレが飯代を払わずに出たから食い逃げだとでも？　明日払えばいいじゃねえか。オレが江戸から逐電《ちくでん》するわけねえだろ」

「わたしも辰ちゃんなら明日でいいと思うんですけどねえ。おしずさんに言っておきます」

狐につままれたような気分で二人、醤油で照り焼きにした団子を食べることに。湯呑みが一つしかないので辰は茶碗で白湯を飲むことになった。

米粉の団子、甘い醤油だれでこんがり焼かれて味は美味しいが重たくてなびきは一串《くし》で胸がいっぱいになったので、その後は持ってきた半纏を縫うことにした。辰を待つのに時間がかかると思って持ってきたのだが本人の前ですることになった。

放っておく手順が多い料理に比べると、縫いものはよくも悪くもやっただけしか進まないが、喋りながらでも針は動かせる。

「辰ちゃん、荒太さん悪気があったんじゃないんですよ。許してあげてください」

ちょっと考えて、話さなければならないと思ったのはそのことだった。

「おしずさんは銀杏の実を拾ったら埋めなきゃいけないことも知らなかったのに荒太さんは埋めるところまで知っていた。でもひと月かかることまでは知らなかった。誰かが教えなきゃそうはならないんですよ。荒太さんみたいなちゃらちゃらした人が、女の人にもてようと思って銀杏拾うわけないじゃないですか。臭いんですよ？　手も荒れる。楽ができるなら楽する人じゃないですか。女の人にもてたいならいきなり声をかけるしお金がほしかったら博打して富くじを買う、そんな人が天神さまの銀杏を拾う理由は何？」

「……何かあるってのかよ」

辰は団子をもそもそ食べていて美味しそうではない。

「神さまじゃなきゃ叶えてもらえないお願いってそんなにないですよ。――荒太さん自身は元気なら答えは一つ、〝身請けした傾城はうつる病気で後ひと月持たない〟」

この時点でなびきに確信があったわけではないが、口にすると思ったより説得力があった。

辰は団子をかじるのをやめた。

「……当てずっぽうぶっこいてんじゃねえぞ」

「当てずっぽうだけど、ありえなくはないでしょう。そもそも新婚ほやほやならうちにご飯買いに来てる場合じゃなくて、家でいちゃいちゃするかおかみさん連れてきて見せつけるか——どっちもしないで天神さまの境内で銀杏拾ってるの、深刻な理由ありそうじゃないですか？」

世間の人が神にすがる方法は、水垢離《みずごり》、お百度参り、薬断ちなど。自分をいじめてその分、他の人に幸運があるようにと祈る。

大切な人が無事、長い旅から帰りますようにとか——病気が治りますようにとか。

臭いを我慢して天神さまのご利益の宿った銀杏を拾い集め、一粒一粒に願いを込める——なるほど、健気《けなげ》でかわいらしい。久蔵が荒太に甘い理由がわかる。六十の彼から見たら子供なのだ。

「荒太さん、湯島天神の下働きの名前知ってたんですよ。拾いながら世間話の一つもしましたよ。いつも近所の子供が拾うことくらい下働きから聞いてましたよ——きっと荒太さんに銀杏の拾い方を教えたのは、去年拾っていた子です。荒太さんの事情を知って譲ってくれた。身内じゃなくて〝傾城〟を一人にしておけないから留守番として雇った子。うつる病気の看病を引き受けてくれる人はなかなかいない、子供くらいしか。その子に任せているうちに来るときだけ〝傾城〟から離れられる。晩ご飯、朝ご飯はその子に調達させているのかしら。その子にも下働きにも後ひと月なんて無理なこと、それだけは言えなかった」

——あっしは何にも知らねえんだなあ。

荒太のつぶやき。彼が知らなかったのは、下手に銀杏を拾うと辰が怒ること——

何年か前まで勝《かつ》という魚屋が神田紺屋町辺りを縄張りにしていた。天から落ちてきたようなとんでもない美男で、魚と言わず手形や入った風呂の湯まで売れるのではないかと言われた。

これが女にも金にもだらしない。

時々、十以上も歳《とし》の離れた弟を連れて歩いていた。辰だ。勝に親はなく、若作りで歳をごまかしていたから弟と言うものの隠し子ではないかとささやかれていたが、顔が似ていなかった。

ある日突然、勝はいなくなって辰が代わりに魚を売りに来るようになった。勝の縄張りで、勝に教わった方法で。勝はどうなったかわからないが死んだわけではないらしい。玄人女か人妻と欠落したのではないかと噂されている。

今、辰の長屋の部屋にはもう一人住む余地はない。

辰は最初は失敗もあったがそれなりに板についてご贔屓もできた。なびきはきっと勝が帰ってきても辰から魚を買うだろう。

辰が荒太とつるむようになったのは勝が消えた後。

勝はいつもいつも辰を連れていたわけではなかったが、一緒にいないとき、辰はどうしていたのか——

湯島ではなく日本橋のどこかの神社で銀杏を拾っていたことがこのたび、わかった。福《ふく》徳《とく》稲荷？　常盤《ときわ》稲荷？　稼ぎをすぐに博打や女に突っ込んでしまう勝は、辰にろくに飯も食わせていなかったのだろう。

辰は他にも小銭を稼ぐ方法をいくつも知っているのだろう。魚屋が一番儲かるからやらなくなっただけ。

辰が荒太に金を貸してまでつきまとっている理由も——女好きで博打好きの軽薄な男を見ると兄だと思って世話を焼きたくなるのだ。身内でない分、荒太の方がつき合いやすいのか。

あるいは勝が帰ってくる場所を塞《ふさ》いでしまいたいのか。

お前なんかもういらないと突きつけてやるために。

「勝手なこと言いやがって」

作りごとなど聞いておれないとでも言うのか、辰はまた団子をかじった。口の周りが醤油だれでべたべただ。

——先ほど荒太からは銀杏の臭いの他に、うっすら病人の臭いがした。布団から起き上がれなくなった年寄りの臭い。

多分、明日は香を焚きしめてくる。伊達《だて》を気取った色男ならそうする。

「賭けをしましょう、辰ちゃん」

「賭け？」

「明日、荒太さんがももんじいを持ってきたらわたしの勝ちで辰ちゃんは荒太さんに謝る。

卵を持ってきたら辰ちゃんの勝ちで、わたしが謝る。病人にはそのどちらかです」

端まで縫い終え、なびきは糸を玉結びにして鋏《はさみ》で切った。縫い目など誰も見ていないのだから、ほどけなければいいのだ。

「両方ハズレで〝傾城〟が病気なんかじゃなくて、単にわがままで銀杏好きで内気で二人前食う大食い女だったら？」

「流石に悪いから辰ちゃんと荒太さん二人ともに何か珍しいものをおごりましょうねえ」

――もう辰は荒太を許す気になっているから、これはおまけだ。鉄火な江戸っ子は素直に仲直りができないからなびきがきっかけを作ってやらなければ。

男は何かと世話が焼けて面倒くさい。

なびきは立ってそろそろと足の踏み場を探しながら辰に近づいて、片袖分、綿を入れた半纏に腕を通させてみる。綿を入れた分、腕を入れるところが狭くなるが今のところは大丈夫なようだ。――背中も足りなくなるかもしれない。

「辰ちゃん、一回お団子置いてそっちの手も入れてみて。口べたただから拭いて、そこに手拭いあるでしょ」

「面倒くせえなあお前は」

「わたしじゃないですよ」

「いやお前だよ」

辰は億劫《おっくう》そうに手拭いで口を拭った。

＊＊＊

「大寅さん長屋ですごいもの見た、見ただけでうつって死ぬってまじない師にかかったり薬師如来を拝んだり大変でしたよ」

大寅はあの後も長屋に引きこもっておときを心配させたが、二日ほどで飽きたのかまた外をうろつくようになった。

「いくら何でも見ただけでうつらねえよ。吐いたもんや下の世話は気をつけろって小石川で言われた。後、口移しでもの食わせたりすんなって。滅多なことでうつるもんじゃないんだって」

荒太は目を伏せた。暗い目をしていた方が、顔に影が落ちて少し引き締まって見える。目病み女に風邪引き男——残酷なたとえだ。

「病で頭までやられてあっしの顔もわからなくなってて、彫物《ほりもの》でやっと身許《みもと》がわかったんだ。胸に梅の花。もう薬も効かないし何をどうしたって元には戻らねえ。小石川養生所でも粥食わせて死ぬの待ってるしかできねえから、最期くらい看取《みと》ってやりたくて無理に引き取ってきたんだけど、厠も一人で行けねえであっし一人じゃ世話が追いつかなくて。西助、あいつ親のない巾着切りで大人に上前はねられてて金一朱で何でもするって言うから何でもさせたけど、やっぱり大人の女の世話はきつかったみたいだ」

江戸にはよくある不幸が不思議な贋富くじの力で引き寄せられ、辰を怒らせて大寅を怯えさせた――

「女の子に頼めなかったんですか？」

「堅気であの歳の女は子守りか縫い物してて忙しい。余ってるのは男ばっかりだよ」

「じゃなくて男二人で女の人の世話するより、途中からでもおしずさんに手伝ってもらった方がよかったんじゃないですか？　おしずさんの方が身体が大きくて力持ちだし、あちらお医者の娘で心得あるみたいでしたよ。あの酉助って子じゃ大人の人抱きかかえたりできないでしょう」

「そういうわけにもいかねえのよ」

荒太は泣きそうに笑った。

「おしず坊、あっしが病の母親世話してると思ってて。好いた女を母親なんて騙《かた》ってよその女に世話させる、そんな真似したんじゃ忘八と言わず忘十一くらいになっちまわあ。孔《こう》子《し》が生きてた頃から二千年も経《た》ってんだ、人の徳も二つ三つ増えてるだろうよ」

それは男の意地、なのだろうか――女の世話は女の方がよさそうだが。荒太の好き嫌いが世話される方に何か関係あるのだろうか。

「寝ついてたの、深川の常磐津《ときわず》の師匠さんですよね？　煎餅屋の屋台持たせてくれた」

「ああ。本名はお梅《うめ》さんだ。常磐津の師匠なんて言うけど吉原の女郎上がりでよ。年季が明けるって雀《すずめ》の涙の仕度金持たされて吉原を放り出される、そんなもんさ。故郷は遠くて売られた身じゃ帰る家もない。晴れて自由なんてもんじゃない。だから手頃な深川の安長屋で三味線教えるなんて言って弟子は男ばっか、いいとこのお嬢なんか来やしない。隠し女郎みたいなもんだった。そこで今度こそ本気の男を捕まえてどこかの家の奥向きで後妻か妾《めかけ》にしてもらう、そうでなきゃ本当の引退じゃない。年季明けた時点でそこそこ年増なんだから必死だよ。客も舐《な》めたもんで吉原で鳴かず飛ばずだったって見透かして安値で買い叩いてくる。三味線でなくたって飯屋でも同じだ、どうせおめえ玄人なんだろ色売ってんだろって。足洗わせてくれる甲斐性のある旦那が出てくるまで変わらねえんだ。吉原はやれ花魁だ傾城だ景気のいい話ばっかりだがその下にも女郎はごまんといる、お梅さんはごまんといる方だった」

――荒太がお絹の商売をやめるのにあっさり納得したのはそういうことだったのか。彼は本当の女衒ではないが女衒が何をする仕事かは知っている。

「あっしが転がり込んだのはそんなときだ。前髪のついた武家の小僧でてめえの名前もわからない」

「名前がわからない?」

「大火の次の日のことだ。身体中火傷《やけど》だらけで、頭ん中まで燃えちまったんだろ。火事や地震で腑《ふ》抜けになっちまうやつはいるらしいぜ。それとも天狗《てんぐ》に化かされたか――」

芋が胸の奥につかえた――十年前の大火で家に帰れなくなって何も憶《おぼ》えていないのはなびきも同じだ。なびきはその頃、四歳だったので腑抜けになったからではないが。

十四や五で自分の名前や家がわからないなんて大変だ。

「赤ん坊みたいに何もできなくてよ。辰坊よりはちびだったけど酉坊よりはでかかったのに。面倒だからいっそ芳町《よしちょう》辺りの陰間《かげま》茶屋に売り飛ばして駄賃稼ぐかって話もあったのを、お梅さんが庇《かば》って長屋に置いてくれた。今の名前つけてくれたのもお梅さんだ。だからあっしの生まれは、わからねえのよ。それでいいんだ。深川の長屋でお梅さんが生姜入りの卵酒飲ませてくれたときに生まれた。それより前は悪い夢だよ。親のことなんか思い出さない方がいいんだ。母上の銀杏とか、鮭の頭食いたくても食えなかったとか余計なことだった。ずっと忘れてりゃよかったのに」

「鮭の頭、食べられなかったんですか」

「食えるとは知ってたけどあっしには一度も回ってこなかった」

――久蔵は荒太のことを親にかわいがられていないと言った。どうやら当たりのようだ。

「けど、いくら餓鬼でも隠し女郎に間夫がいたんじゃ商売が成り立たねえ。あっしも一年はぼーっと甘えてたけど、二年目三年目になると流石に気が引けて。何でもいいから商売始めて早く大人になって深川を離れようと思ったけど、まあ神田の女の家に転がり込んだのがオチだったな。そこから先はなびき坊もご存知《ぞんじ》の通りよ。最初はお梅さんに迷惑だから身を引こうとしてたのにいつの間にやら逆さまになって深川から逃げてた。――いや、今にして思うと当てつけもあったんだな。時々あっしがいても平気な顔で男の袖引いて商売してるのが我慢ならなくて。それでおまんま食わせてもらってたのに勝手なもんだぜ。

よそに女作って、捨ててやったと思ってた。恩が半分、恨みが半分。多分玄人女の世話になってたって指さされてたのも我慢ならなかった」

――半分わかる。なびきも時々、久蔵が憎い。

飯屋になど拾われなければもっと他の人生があったのではないかと思う。面と向かって口に出すほどはっきりした気持ちではないだけで。久蔵が年寄りだから仕方ない、と諦《あきら》めて済ませていることはたくさんある。

辰も世話してくれたりくれなかったりの兄を憎んで隙間を埋めようとしている。

子供は最初に世話をしてくれた人の影から出られない。よく仕込まれた手乗り文鳥は、鳥籠《とりかご》から出しても遠くへは逃げないそうだ。

荒太は遠くへ逃げたと思っていても別の玄人女の懐に入るばかり。

「何にせよお梅さんはあっしが逃げ回ってる間に病でやられてボロボロになって、働けない女置いとく場所はねえって深川も追い出されて、流れ流れて小石川の世話になってた。女はつれえな。若くて綺麗なうちはチヤホヤされて入った風呂の湯や吐いた息までありがたがられるのに、病でご面相が変わったとなると皆手のひら返して」

それはなびきにはわからない――わかりたくないのかもしれない。自分は〝玄人〟にはならない、そう思っていないと怖くてたまらないから。風邪一つ引いたことがないのに生老病死は人の宿命なんて、おしずみたいに胸を張れない。

荒太に必要なのはそんな坊主の説法ではないようだった。

「馬鹿な話だ、あの頃あっしが恋仇だと思って恨んでた男は誰一人本気じゃなかったんだ。落籍《ひか》して足洗わせてりゃ病になんかならなかったのに。皆、暇だったからあの人をおもちゃにして手やら足やらもいでっただけだった。堅気にして楽させてやろうって男なんかどこにもいなかった、一人も。そんなのに焼き餅焼いてすねてたんだから馬鹿な餓鬼だよ。恩知らずで。本気だったのはあっしだけだったのに」

彼は隣に座っていて顔を見ても横顔しか見えないが、なびきはそちらを見ないのが礼儀かと思った。

——本当に本気だろうか。

ボロボロになってかわいそうに見えたから、じゃなくて？

おしずは元気で綺麗で彼女ほどかわいそうじゃないから、二の次三の次にしても心が痛まないんじゃ？

——おしずも、荒太がかわいそうだからコロッと落ちてしまったんじゃ？

いくら何でもそんなこと言えはしないが。

「あの頃の弟子の連中、呼び出して一人ずつ寸刻みにしてやりたいけど半分はもう名前も憶えてなくて、半分は野垂れ死んじまってる」

「お梅さんはそんなこと望んでないですよ」

「ああ、あっしもその後、玄人女に身揚がりしてもらったけど誰も本気じゃなかった。口説くだけ口説いて誰のこともかみさんにしてやらないままだ」

なびきは通りいっぺんのことを言って、荒太に流された。

「お梅さん弄《もてあそ》んだ連中と何も変わらねえ、くだらねえ男になっちまった。仇討ちなんて偉そうなことできる立場じゃねえ——どこぞの小普請《こぶしん》は偉いよ。惚れた女てめえだけのものにしたいって思うだけで上等な男だ。あっしらは、あの女はそういう商売だから仕方ねえって言いわけばっか。あっしが五年でも三年でも早く真っ当になって深川に戻って、お梅さんに商売やめさせてりゃこんなことには」

たまらなくなってなびきは尋ねた。

「荒太さんって今いくつなんですか」

「二十四、五、六、その辺。三ってことはないと思う」

彼は自分でわかっているのだろうか。

——真っ当に働いたって、二十やそこらの屋台の煎餅屋が深川の常磐津の師匠を落籍すなんて無理だ。少なくとも汗水垂らして働いている辰にはできない。お触りなしの水茶屋の稼ぎに仰天しているようなうぶな魚屋には。

まともなやり方でどうにかできるわけがない。

贋富くじでもなければ。

何でこんな話をなびきに、と思ったが——図体が大きく見えるが十四で赤ん坊に戻った彼は辰よりも、なびきよりも幼い十やそこらの子供なのかもしれなかった。辰は彼を兄と思っているが彼の方では自分より背の高い辰が頼もしく見えているのか。

なびきのことを大火ではぐれた子供同士、仲間と思っているのか。

夢の中の彼が一寸法師だったのは――打ち出の小槌《こづち》で身体だけ大きくなって心が追いついていないから？

深川でせき立てられて人より早く子供をやめて、見様見真似で形ばかり酒を飲んで博打をやって女を買って悪ぶっていれば一人前の男に見える、忖度《そんたく》まみれでたどたどしくて空回り。心は好きな女に意地悪をして憎い恋仇を針で刺すくらいしかできない子供のまま。

全然見た目通りでないところに女も男も引っかかってコロッと落ちる不思議な妖怪の出来上がり。普通じゃないから選ばれる。

自分がもうとっくに大人になっているのを認めたくないから鏡が怖い？

彼のために思い詰めて命を懸けてくれるような女は重すぎる。いびつな胸の内を語って聞かせられるのは彼とは逆に十四にもなって子供にしか見えないなびきだけ――色恋を解さず、彼の変なところをそのまま変だと思うなびきだけ。

友達は多いのにひとりぼっち。

「それとも皆、本気だったからこそお梅さんがあんなになってるなんて見て見ぬふりしてたのかな。綺麗じゃなくなったあの人をかまうなんて野暮だから誰もしなかったのかな」

「野暮なんて。荒太さんに世話してもらって、きっとお梅さん幸せだったと思いますよ」

「どうかな」

なびきは念を押したが、荒太は真に受けた風でもなかった。

「かわいそうだから世話してたんじゃねえ。あの人が惨めにくたばるとこ見届けたらもっと胸がすくと思ってたんだ。仕返ししてやるつもりだったんだ。なのにてめえばっかり惨めになった。看病の真似なんかしないで、匕首《あいくち》で首でもかっ切ってどっか捨てちまえばよかったんだ。あんなになってりゃ小石川も見ないふりしてくれたし、寺に金握らせりゃ墓こさえてくれただろ」

――多分これは今思いつくことを次々言っていて、どれも本当だしどれも本心ではないのだろう。

子供の言うことを真に受けるだけ損だ。

「――死ぬ手前なんかもうわけわかんなくなってて、いっそあの人絞め殺して楽にしてやって、てめえも腹でも切ろうかと思ったけどよ。飯食ったらどうでもよくなっちまって。とんでもねえ美味さだった、あの卵かけご飯。鴨って美味いんだな。鶏と全然違うのに卵と合って。腹ん中かーっと熱くなって死んでるどころじゃなくなった」

「おじいちゃんのご飯ですから」

「それにおめえの卵酒、あれでお梅さん死ぬ前にちょっとだけあっしのこと思い出して名前呼んでくれたんだけどよ――それ以上に酉坊が喜んでがぶがぶ飲みやがって。あっしには甘すぎて歯が抜けそうだったってのに。餓鬼ってなあんなもん喜ぶのかよ」

彼の目の光が少し柔らかくなった。

「結構な目に遭わせたのに酉坊のやつ、三日見れば慣れる、毎日美味いもの食って金までもらえるとまでほざきやがって。あいつ見てっと毒気抜かれちまったよ。あっしも、お梅さんから見たらあんなもんだったのか。こまくて落ち着かなくて飯食ったらご機嫌で、うるせえばっかりで何も考えてない鈴虫みたいな餓鬼。真面目に相手する気も失《う》せちまう」

彼の相手は辰でも大人すぎて、酉助くらいで丁度よかったのだろうか。

なびきは夢の中の女のために卵酒を作ったつもりだったが、響いたのは酉助だった。そんなものなのか。あの間延びした顔の何でもない少年が、女と男の最後の悲劇をほんの少しましにした。

「お梅さんあんなに苦しんでたのに、最期は安らかだったよ。坊主呼んだり墓穴掘って卒《そ》塔婆《とば》立てたりばたばたしてたら今日になっちまった。長屋移って酉坊もここの世話になったら、もう全部夢だったみたいだ」

「夢でいいんじゃないですか」

──何せ、なびきはお梅の姿をじかに見ていない。

「綺麗な言葉で女褒めてりゃいつか本当に観音さまになって救ってくれるんでしょう。あなたの慈悲は巡り巡ってあなたを救いますよ。辰ちゃんが、荒太さんちにいるのは〝単にわがままで銀杏好きで内気で二人前食う大食い女〟かもしれないって。辰ちゃんがそう思ってるんならそうだったんじゃないですか？」

「辰坊め。……そうか。そうだな」

なびきは生意気を言ったが、荒太は気を悪くした風でもなさそうだった。

「あっしの手には負えないとんでもねえ大食いの傾城、かみさんにして三日で逃げられちまったんだ。いつかそういうことにするよ。あっしの人生でたった一度本気になった女、おめえら一目見たら目が潰れるような別嬪さんだったって」

今すぐは無理でも。

「おめえらには世話になった。じいさんには適当に言っといてくれ。もう面倒なことは全部お終い、長いことつまんねえ話聞かせて悪かったな」

荒太はそう言うが、残念ながらここからだ――

「飯屋は恩など売られんっておじいちゃんが言ってました。商売です。――それより荒太さん、当たった富くじって目黒不動尊の一之富、三百両の四人割ですか？」

このところ気になっていたことをいよいよ尋ねるときが来た。

「おお、耳が早いねえ。はて、あっしがてめえで言ったのか？」

――やっぱり。

「ご隠居さんが読んだ読売に書いてあったらしいです。荒太さん、その富くじ、自分で買ったんですか？」

「今どきの読売はそんなこと書いてあるのか？　――残念ながらあっしが当たったんじゃないんだなあ、これが」

「やっぱり、誰かに引き換えを頼まれたんですか！　お礼に七両もらったんですか！」

「ん？」

なびきは気勢を上げたが、荒太の方はぼんやりして手を振った。

「違う違う。――気前のいい人がくれたんだよ、富くじ当たったからこれでいいもん食えって」

「は？　……そ、そんなことあるんでしょうか」

「あったんだなあ、これが。信じられねえと思うけど」

――いやいやいやいやいやいや。

「うちに三両払って、お梅さんの諸々《もろもろ》でもう三両使ったとして……残りの六十一両は？　葬式代？」

「葬式代は言うほどじゃねえよ。坊主と棺《ひつぎ》担いで墓穴掘る人足くらい。病人連れ込むとなったら長屋が思ったよりかかった。――残りは一気に使う度胸がなくて、まだ床下に。実は一両、賭場に持ってったんだけどあっしはあれだ。〝賭場で金が儲かるかもしれない〟空気が好きだったんだ。勝ったらその勢いであっしも何かになれるような気がした。勝っても負けても何も変わらねえと思うと丁半博打なんかてんで楽しくなかった」

荒太はどこまでもぽやぽやしていた。

「お梅さんがあれやこれやした後じゃ吉原でぱーっと散財って気分にもなれなくてよ。身の丈に合わねえや。まあこの先じわじわ食い潰してくんだろうけど、あっしが中途でおっ死ぬようなことがあったら辰坊と二人で床下掘って店でもやれ。辰坊はともかくなびき坊には甲斐性がある、今よりでかい店かまえてさ。……酉坊にも分け前やった方がいいかな。

でもあいつちびだから金持たせてると大人に横取りされるし。あいつが十五過ぎてもうちっとちゃんとしてたら少しは分けてやんな」

何の皮算用だ。

「いい加減にしてください。荒太さんがいい人だからってだけで六十七両もくれる人、この世にいないですよ！」

なびきはつい大声を上げた。

「そりゃあいくら何でも違えよ。あっしがいい人だからくれたんじゃねえよ」

荒太は怒られたと思ったのか、むすっとした。

「じゃあ何なんですか」

「あっしが大火で行方知れずになった京橋《きょうばし》辺りの旗本の御曹司《おんぞうし》に違えねえって、ご挨拶《あいさつ》に行くのにこれで武家髷結ってそれらしい羽織袴仕立ててこいって、仕度金だよ。でもお殿さまなんてガラじゃねえし、昔のこと思い出そうとすると怖いことばっかで頭痛くなっちまって。もう面倒だからトンズラしちまおうかと思っててよ」

——一体何の冗談だ、それは。

「そんなの通るわけないだろ唐変木！」

と、声を荒らげたのはなびきではなかった。

葦簀張りの陰から飛び出して荒太の胸ぐらを摑んで揺すったのは、おしずだった。

「何でそんな怪しい金を受け取るんだよアンタは！　アンタなんかが旗本の御曹司のはず

ないだろ、己の身の程を弁《わきま》えてまず金をもらうなバカ！」

おしずは荒太のほおを張り飛ばしすらした。

——先ほどまでなびきは絶対にこの話をおしずに聞かせてはいけないと思っていた。

〝花棒〟に河岸《かし》を移して幸いだったと。

お梅はおしずの母にそっくりだった——おしずの母は、出鱈目《でたらめ》をほざく男前のイカサマ師につけ込まれてまんまと身代《しんだい》を食い潰し、突き飛ばされて頭を打って命まで取られたという。いや荒太は金ほしさにお梅につけ込んだわけではないが、同じだと言われたら反論できないくらいには似ていた。

なびきはこのときまで、荒太が母の仇と同類と知ったらおしずは牙《きば》を剝くのだと思っていた。おしずは母の仇を討つべくこの世のありとあらゆる怪異と戦っていた——

「使った分はごめんなさいとして、残りだけでも返せ！　十両くらいなら肩代わりするとかナントカしてやるから！　六十七両⁉　本当に何で⁉」

——何と、おしずは荒太を締め上げながら十両もの金子を融通してやるなどと自ら口走った。

恋は盲目かつ病膏肓《やまいこうこう》だった。

四話　贋《にせ》富くじと若さま

1

——時を少し遡《さかのぼ》って、荒太が「顔貸してくれ」となびきを誘って煮売り屋〝なびき〟を出てすぐのことだ。

「魚屋！　静かに後尾《つ》けるよ」

「え、何で？」

床几《しょうぎ》にどっかりと腰を据えて、最新の相撲《すもう》の番付表を読もうとしていた辰は急におしずに小突かれた。

「あの女衒《ぜげん》野郎、なびきさんを汁粉屋《しるこや》に連れ込むかもしれないじゃないかッ！　汁粉屋ッて出合い茶屋のコトなンだろう⁉」

「おしず、出合い茶屋が何するとこか知ってんのか？　なびきに限って、ないない。焼き芋でも食いに行っただけだろ。なびきを出合い茶屋に連れ込んだりしたら島流しになるんじゃねえか？」

辰はのんびりしたものだったが、嫉妬《しっと》の毒が全身に回ったおしずは聞く耳持たなかった。

「油断すんな！　ああいう男は幼い女に弱いンだッ！　ボンヤリしてると鳶に油揚げカッさらわれる！」

「荒太の好みは年増《としま》の玄人《くろうと》じゃねえかなあ。おっ母《かあ》みたいな女にベタベタ触られて赤ん坊扱いされるのが好きなんだ。なびきなんて理屈だらけの弁の立つちびじゃ逆さまだよ」

辰は「クッソ面倒くせえ」と全然やる気ではなかったが、結局おしずに引きずられて〝花棒〟まで来ることになった。二人で葦簀《よしず》張《ば》りのすぐそばにしゃがんで聞き耳を立てていると、

「……何やってんだあんたら。商売の邪魔だ」

見かねて酉助が声をかけたが、おしずは彼に小銭を握らせて黙らせた。勿論《もちろん》、大吉はおしずのような若くてうるさい女にかかわるのが苦手なので放置。途中、茶を飲み終えた中《ちゅう》間《げん》がぎょっとした顔で去っていったとか。

辰は荒太の悲しい過去など微塵《みじん》も興味がなかったので、しゃがんだまま寝るという新技を編み出していたが、おしずの方はどんどん加熱されたようだった——

語り終えると、辰はおしずを指さした。

「オレ、こいつがギャーギャーうるさいからついてきただけで別におしずの子分じゃねえからな」

「アンタとは共闘を持ちかけたのが何でわからないンだよ！」

「天下泰平の時代に何と戦ってんだよお前は」

この世のあらゆる全《すべ》て、だろうか。

「あっしを見損なうなよ。堅気の娘、それも人のものに手出すほど落ちぶれちゃいねえよ」

荒太は啖呵《たんか》を切ったが誰《だれ》が誰のものだと言うのか。なびきは頭が痛い。

しかし荒太は実際、おしずの戦う相手だった。それもかなりの強敵だった。

「金六十七両⁉ 何でそんなモンもらえると思って！」

「あっしは男にもてるから、貢《みつ》がれるのも甲斐性《かいしょう》かと」

「バカ、大バカ！ オタンコナス！」

荒太がぼーっとしたことをほざいて怒髪天のおしずはついに奥の手を取り出した。

なびきが使っている古い柄鏡《えかがみ》だ。荒太は咄嗟《とっさ》に顔を背け、手で目を覆う。

「うわっおめえ、人が嫌いだって言ってるもんをおめえ！ 殴るより悪いぞ！」

「うるさい、こんなモンが嫌いとかお前は妖怪《ようかい》か！ 悪霊退散！」

若い娘に鏡を押しつけられて、荒太が縁台の陰にまで隠れているのはなかなかの悪霊ぶりだった。

そして実際、なかなかひどい目に遭《あ》ったばかりなのに大馬鹿でおたんこなすとしか言いようのないこの男。

……なびきはといえば、富くじが贋物《にせもの》かもしれないことを言い出しそびれた。

なびきは十も年上の男を相手にあまりに悪いことばかり考えて失礼なのではないかと思っていたのに、その斜め上の事情を平然と持ってくる荒太のこの悪い意味での器の大きさ。

「あなたに継いでほしい旗本の御家《おいえ》があります」って。

「しかし眠たいだけの話かと思ってたら、荒太はそんな得体の知れねえ金でオレの借金に十倍以上の利子つけて返そうとしてたとはすげえな。やっぱお前に借りを作らなくて正解だった。オレの勘、冴《さ》え渡ってるじゃねえか」

「得体が知れねえとは何だよ、金に汚いも綺麗《きれい》もねえよ」

「たった今わかったけどかなりあるぞ。そんなの平然と使えるの逆に才覚あるんじゃねえか荒太は」

辰は学のない魚屋でこの寒空に綿入れの片肌を脱いでいるなかなかの間抜けだったが、荒太がそばにいるとものすごく賢くて落ち着いているように見えた。打ち出の小槌《こづち》を使わずに大人になるとはこういうことだった。

「言うほど使えなくてまだ全然床下にあるんだけどな！」

「威張るなバカ！　アタシも手伝うから耳揃《そろ》えて早く返せ！」

「手伝うって今度はお父《と》っつぁんの財布から小判抜いてくる気かよ、よせよ。大体もらったもんつっ返すとか礼儀がなってないぜ」

「お前が礼儀の何を知ってる！」

「おめえから十両も借りても返せねえよ」

「なら六十七両ももらうな！」

「そういうの、どぶに捨てたつもりでくれるもんじゃねえのか？」

「自分で言うな！」

　おしずはまだ荒太に鏡を押しつけていたが、一向に話が進みそうになかった――久蔵が「今のおしずは佐渡金山に売り飛ばされても気づかん」と言ったのをなびきは冗談だと思っていたが、この分ではおしずは金を工面するのに自ら和蘭陀《オランダ》商船に乗り込んで「荒太はアタシがいないとダメなンだから」とか言っているかもしれなかった。それで荒太は「あっしは全然頼んでねえのに、女はつれえな」とかほざいて涙にかきくれたらなびきはどうすればいいのか――いや、お梅の非業の最期は荒太のせいではない、と思う。あれは避けられない運命で誰にもどうすることもできなかった。そのはずだ。さっきまでの悲しい話はどうした。おかしい。

「――荒太さんを責め立てても何にもわかりませんよ。おしずさんもお茶でも飲んで、まず状況を整理しましょうよ。荒太さんに〝どこで〟〝誰に〟〝どうした〟ものか、ちゃんと説明してもらいましょう」

「なびき坊は冴えてるなあ」

「わたし、何も助けたりしてないから荒太さんは聞かれたことだけ答えて」

　なびきが間に入って仕切らなければどうにもならなかった。

　こうして辰とおしずもサクサク美味《おい》しい花棒煎餅《せんべい》と蜜芋《みついも》を食べてひと休みすることにな

った。辰はともかく頭に血が上ったおしずは食べ物の味などわかるとは思えなかったが。

「実はおしず坊と虫拳《むしけん》勝負した日、賭場《とば》で大して勝たなかったって言ったけど、本当はありえないほどのバカヅキが来た——勝ちすぎて拙《まず》いほどのが来た」

荒太は茶のお代わりを飲みながら神妙に語ったが、縁台では横顔しか見えないので本当に神妙だったかは定かでない——

＊＊＊

その日、賭場の主役は彼ではないはずだった。

胴元は浅草では名の知られた地回りの追松《おいまつ》一家で、主な鴨《かも》はこのところ懐《ふところ》が暖かくてはしゃいだ大工の彦二《ひこじ》とその仲間三人。絵に描《か》いたような芋四人。

場所はとりあえず浅草辺りの某《ぼう》破れ寺《や》としておく。

破れ寺というものの入母屋《いりもや》造りの本堂はとても綺麗に掃除されていて、雨漏りも隙間風《すきまかぜ》もない。由緒ある立派な寺なのに何となく跡継ぎに恵まれず、浅草寺別当の甥《おい》の義理の弟の従兄弟《いとこ》という僧が忙しい合間を縫って片手間に世話しており、毎日は来られないので無頼の輩《やから》がよからぬことに使っているのに気づかない——建前はそういうことになっていた。

本尊は嘘《うそ》か本当か運慶《うんけい》作と言われる木彫りの不動明王座像《ふどうみょうおうざぞう》。慈悲深い他の御仏《みほとけ》と違い忿《ふん》怒《ぬ》の相で目を見開き口も開いて愚かな衆生《しゅじょう》を喝破《かっぱ》する。その前に畳何枚か敷いて、蠟燭《ろうそく》の明かりを頼りに、壺振《つぼふ》りが賽《さい》を振って居並ぶ男たちを狂奔《きょうほん》させていた。

大工の一日の賃金をほどよくいただいて、荒太は軽く上前をはねるつもりだった——地回りが仲間同士つるんで大工の身ぐるみを剝《は》いだのでは勝たせる気がないとすぐにバレるので、大工から見て敵味方不明の流しの博徒を何人か混ぜて状況を複雑にし、勝負を盛り上げる。荒太の他にも月代《さかやき》の毛が伸びた着流しの浪人みたいなのがいた。荒太は他人の無駄毛を見たくないので目も合わせていない。こちらは旅帰りにもかかわらず羽織に腹切り帯で粋《いき》に決めているのに、賭場なんて薄汚い格好でもいいだろうというその根性が気に入らなかった。

荒太には流しの博徒としては得難い才能があって、彼が勝ったり負けたりでそのたび大騒ぎをすると鴨連中は「いくら何でもこいつよりはおれの方が勝っているだろう」と勝手に思い込んで大きな勝負に出て展開が早くなる。吉原には男の幇間《ほうかん》がいて笑い話でお座敷を盛り上げたが、賭場には荒太がいた。

これで実際に見た目通りに負けていてはいけないわけで。最終的に追松一家に花を持たせるとして、荒太はついでに中くらいに勝ってお小遣いを儲《もう》けられればよし——流しの博徒とは空気を読む商売だった。

なのにこの日、バカヅキが来てしまった。

張る目張る目、丁でも半でも六ゾロでも全部当たる。当たってしまう。

これは拙い、と思いながらも勝ち逃げもできないし、適当に負けを作らないと、と荒太が焦り始めたとき。

「おめえ……イカサマやってねえか？」

向かいに座った大工の彦二が目をすがめて、言ってはならないことを言った。

こういうときの対処は。

「神さまのツキをイカサマとは心外だが、そうおっしゃるなら納得するまでとっくり調べてくんな。褌《ふんどし》の中も見るかい？　天の神さまに好かれるのが仇《あだ》になるとは渡世たぁ因果なものよ。だが興が醒《さ》めちまったな。博打が面白くないってのはよくねえ。これまでのあっしの勝ち分、置いていくからそっくり次の勝負に使っておくんなせえ。あっしは河岸を変えて、このツキでよその勝負でも荒らしてくるとしやしょう。本物の運気なら勝ちを引っ張るくらいわけはねえ」

理想はこう。ことを荒立てずに格好よく流して出ていく。それで後日、追松一家に改めて詫《わ》びを入れる。運がいいとき、悪いときは誰にでもあり、しくじったくらいでいちいち死んでいられない――

だが格好よく啖呵を切っていたら、「とっくり」の辺りではす向かいの素浪人が立ち上がり、出し抜けに刀を抜いた。

「うぬはみどもと目を合わさんな。何かたくらんでおるのであろう。おのれ、破落戸《ごろつき》の分際で見くびりおって。落ちぶれたとはいえ武士ぞ」

濡《ぬ》れたような冷たい切っ先がほおに触れた。

途端、考えていた口上が全部吹っ飛んでわけがわからなくなった。

「ガアアアアアアアアアア！　グアアアアアアア！　ゴエアアアアアアア！」

こちらも立ち上がって何か言いわけをしたつもりだったのだが、この日に限って何だか異様に滑舌が悪くて言葉にすらなっていなかった。

ここで少し記憶が飛んだ。

どうやら荒太は歴戦の追松一家に即座にどつかれて取り押さえられたらしい。

その後、荒縄で縛られ、居合わせた全員に一発ずつ蹴《け》りを入れられて隅っこに転がされた。半殺しとも言う。大金のかかった賭場で負けが込んで錯乱《さくらん》するやつは多かった――勝って錯乱するとは我ながらどうなっているのか。いや、どう考えても先に抜いた素浪人の方が悪いのにこっちだけ半殺し？　何で？

――ともあれ人生が終わった。何て呆気《あっけ》ない幕切れ。理不尽なような、最後に勝ててよかったような。

これで明日は江戸前の海に沈んで魚の餌《えさ》か。棒手振《ぼてふり》の辰は、なびきは、久蔵は、鰯《いわし》や鯖《さば》に彼の面影を見てくれるだろうか。虫拳の娘は泣くだろうか。木彫りの不動明王のいかめしい顔に見下ろされていると、不思議なものでこれも悪い結末ではないような気がしていた――

荒太が夢うつつで人生を振り返っていると、閻魔《えんま》大王の使いが彼を覗《のぞ》き込んだ。デブなのに妙に目つきの尖《とが》った脂ぎった中年で黄八丈《きはちじょう》の羽織を着たいかにもな蔵前《くらまえ》風。ナマズ髭《ひげ》なんか生やしている。

何せ日頃《ひごろ》の行いが悪いので天女が迎えに来てくれるなんて全然思ってなかったが、今どきの地獄の鬼はこんな風なのか。やけに食い入るように顔を見てくるが、男色趣味なのだろうか。顔に触りもする。身体《からだ》もまさぐられているようだ。もう二十四なのに死んでから振り袖を着せられて野郎帽子をかぶるのは勘弁だ。今からでも「思ったほど好みではなかった」と言ってくれ。

やがて中年男は後じさると、すぐそばにひれ伏した。

「新九郎《しんくろう》さま！　大変失礼をいたしました、てっきり大火でお亡くなりになったものと！　もう十年ぶりでありましょうか！」

――は？

中年男はひれ伏したまま、つらつらと何やら語り出した。

「御曹司《おんぞうし》の新九郎さまともあろうお方が町人風情《ふぜい》に身をやつして。ああ情けない。ひどい目に遭《あ》いましたね。追松め、よりにもよって我が主君にこのような狼藉《ろうぜき》を。ええい、誰か早く医者を呼べ！」

――その名前を聞いた瞬間に魂がポンと身体から抜け出して宙に浮いた。

魂が不動明王の顔のそばまで浮かんで、何と自分の身体を見下ろすことに――しかし顔はよく見えない。普段、鏡を見ないからだろうか。「へのへのもへじ」と落書きしたようになっている。だが自分の顔ということだけわかる。馬鹿みたいに口を開けて鼻血を流してもう死んでいるような有様だというのも。

さっきまでは殴る蹴るされた身体が痛かったのにそれが急に消えた。身が軽くてふわふわする。魂だけなのだから。

中年男が荒太を縛った縄を切り、黄八丈の羽織を脱いで身体に着せかけている。追松一家の手下がたらいに水を汲《く》んで荒太の顔を拭《ふ》き、目を醒ませと呼びかけ始めた。顔が冷たいという感覚はない。

強面《こわもて》の追松親分が中年男のそばにひれ伏してしどろもどろで言いわけをする。

「いや……こいつが急に喚《わめ》いて暴れ出して……まさかそんな、佐兵衛《さへえ》さんのお知り合いとは……生まれも知れない深川の女たらしでここ何年か賭場に入り浸ってて、どこぞの御曹司なんてついぞ聞いたことが……」

「言いわけするな！　ああ、新九郎さま、気を確かに」

中年男が親分を一方的に怒鳴りつけているのを見ていると、荒太の方が気の毒になってきた。

いや、追松親分の心配をしている場合か。

魂が抜けてしまって、荒太はいよいよ死ぬのでは？　このまま、三途《さんず》の川を渡るのでは？　幸い江戸前の海には沈まずに済みそうなのだから、身体に戻る方法を――

探そうと思った矢先、手下に介抱されていた身体が勝手に起き上がった。荒太は何もしていないのに。度肝を抜かれた。

「何ダオヌシハ。ココハドコダ」

　魂の抜けた身体だけが口を利いた——自分の声とも思えない変な声だ。いつもこんな風だろうか？　中年男が床に額をすりつける。

「おお、気がつかれた。中間の佐兵衛です、お忘れですか。もう十年も経《た》って、今は札差《ふださし》です。見違えるのも無理はない。ここはしょうもない賭場でございます。不手際で若さまをひどい目に遭わせてしまいました」

「ホウ、佐兵衛カ。苦シュウナイ。新九郎ハ無事ゾ」

　荒太の身体はそう名乗った——荒太はここにいるのに〝新九郎〟が手下から渡された手拭いで顔を拭き、立ち上がろうとして佐兵衛に止められている。

「いけません若さま、すぐに医者が参ります」

「ノドガ渇イタ。腹モ減ッタ。ココハツマラヌ」

「お医者にかかったら何でも思い通りになさってよいですから」

　まるで本当に若殿と過保護なじいやのようなやり取りをしている。何だこの偉そうな口の利き方は。

　その後の展開ときたら見ておれなかった。

　年寄りの町医者がやって来て足跡だらけの身体にベタベタ膏薬《こうやく》を貼《は》って晒《さら》し布を巻いた。

　それが済むと〝新九郎〟は黄八丈を自分のもののように羽織り、もうこんな賭場なんぞに用はないと吉原の一流の妓楼《ぎろう》に繰り出し、夜中なのに河豚《ふぐ》の刺身が食べたいとかどうとか世迷《よま》い言をほざき出し――

魂だけの荒太はふよふよ浮かんでついて行くが自分の髷《まげ》が斜め後ろから見えるばかりで、美女を侍《はべ》らせても豪華《ごうか》な膳《ぜん》が並んでも何も楽しくない。代わりに、魂だけあの世に連れていかれそうな感じでもないのが幸いなのか何なのか。どうやら身体を置き去りにどこかに行くこともできないようだが、これはある種の地獄の責め苦なのか？　女どもが〝新九郎〟を囲んで扇子投げ遊びに興じたり、幇間か何かのひょっとこ面の小僧が器用にとんぼを切って軽業を見せたりするのを何となく冷めた気分で見ていた。

「十年前に亡くなったと思った新九郎さまが生きておいでだったのです。これくらいの祝いは当然」

佐兵衛は〝新九郎〟の後ろにつき従って、甘やかしたいだけ甘やかしていた。

「オヌシ、金子《きんす》ヲ持ッテイルノカ」

乱痴気騒ぎの真っ最中にふと思い出したように〝新九郎〟が尋ねた。

そこで、佐兵衛が懐《ふところ》から紙入れを取り出した――

「札差なのですから金はうなるほどございますが――折角《せっかく》です、新九郎さまにはご覧に入れましょう。ここに目黒不動尊の富くじ、一之富三百両の四人割がございます。払いはこれでいかようにも」

――三百四十九番。

それは数字が書かれ、判子を四つばかりついた紙切れに過ぎなかったが、荒太には輝いて見えた――

　だが〝新九郎〟がとんでもないことを言い出した。

「ワシニ寄越《よこ》セ」

「……こ、これをですか」

　流石《さすが》に佐兵衛が怯《ひる》んだ。

　――渡してしまったら妓楼への払いはどうなるのか、何を言っているのかこいつは。荒太は呆《あき》れたが〝新九郎〟はどういう教育を受けたのか、思いとどまるということを知らなかった。

「寄越セ。ワシガ主《あるじ》デアロウ」

「は、はあ。まあよござんす。こんなものでよろしければさしあげます。この程度は何とでもなります」

　そしてついに佐兵衛はその当たりの富くじを渡してしまった――

　どうやって元の身体に戻ったのかよく憶《おぼ》えていない。途中から記憶がない。

　気づいたら荒太は長屋の煎餅布団にひっくり返っていた。全然知らない女の部屋に転がり込んでいるのはよくあった。鏡台に襦袢《じゆばん》がかけてあるので話はついているようだ。大体、彼を引っ張り込む女というのは一人暮らしの長屋住まいで隠し女郎か夜鷹《よたか》で、「姐《ねえ》さん」と呼んでいれば間違いなかった。上等な親のいる娘が彼とかかわることなどない。女本人は出かけているのか見当たらないが。

さては夢だったのか。見憶えのない雨漏りのしみがある長屋の天井を見ているとそうも思えた。何と生々しい夢があったものだ。皆に罵《ののし》られながら蹴られた痛みが特に。痛い夢というのは初めてだ。

だがいざ起き上がろうとすると腹が重くて胸が悪いし、身体のあちこちが軋《きし》んで変な臭《にお》いがする——苦いような——

蹴られた痕《あと》に、打ち身の膏薬が貼ってあるのだ。晒し布を少しめくると膏薬の下は紫色の痣《あざ》になっていた。これは全部、男の足跡なのだろうか。嗅《か》ぎ慣れない甘い匂《にお》いも混じっているのは白粉《おしろい》？　この部屋から漂っているのか自分の身体なのか。

骨は折れていないようで、曲げ伸ばししてみると多少痛みはあっても身体は足の指先まで思い通りに動いた。顔を少し手拭いで拭くと、白粉と紅の混じったのがべったりついた。——乱痴気騒ぎに勤《いそ》しんだところまでは事実のようだ。月代と髭がざらつくのは丸一日剃《そ》っていないといったところか。

「……おおい」

ためらって声をかけてみた。

〝新九郎〟の返事はない。

「新九郎」

声に出すと少し頭が痛んだが、それだけだ。

荒太はどこまでも一人だった。

ではあれは荒太にとって何だったのか。

しかも、佐兵衛の趣味の悪い黄色の羽織が布団のそばにあった。

その下には目黒不動尊の富くじが——子《ね》年のねずみの判子が捺《お》された三百四十九番——触ると手が震えた。

四人割とはいえ一之富の当たりくじを手にすることなど人生に二度とあるまい。

あるいは目黒不動尊にのこのこ行ったら「当たり番号じゃないよ」とすげなくされるという話なのだろうか——

ここではたと気づいた。

実際のところ、阿呆《あほう》だと笑われた方が気楽ではないか。「あんた、狸《たぬき》に化かされてたんだよ。夢なんか真に受けて目黒くんだりまで行ったなんて、馬鹿だねえ。何をやってるんだい」と皆に指さして笑われた方が。

賭場で半殺しにされたまでは本当だったとして佐兵衛はむじなか何かで、ゆうべ〝新九郎〟が飲んだ酒は馬の小便だったのだ。胸が悪いのはそういうわけだ。

それなら煮売り屋〝なびき〟で話せる——荒太の滑らない話、破れ寺で不動明王に魂を抜かれ、命を救われた代わりに当たり富くじと称してゴミを摑まされた。ツカミからサゲまで揃っている。

十人も笑わせたら誰か一人くらい同情して本物の酒をおごってくれるかもしれない。

他人の金で美味しく酒を飲むとはそういうことだ。薄めた安酒でも甘露だろう。大枚はたいたお座敷遊びなど全然性分ではなかった。

むしろこれで目黒不動尊に行かない手はない。荒太はそういう人間だ。

思いついたらたまらなくなって顔を洗って、手当たり次第探し当てた剃刀で念入りに月代と髭を剃り、羽織を着て、富くじを手に長屋を飛び出した。身体は痛いし宿酔《ふつかよ》いもひどかったが心が弾んで気にならなかった。

目黒は遠い。一日中歩き回るということで目についた古着屋でいい具合の織部《おりべ》の裁付袴《たつつけばかま》を買って穿《は》いた。尻っ端折《しりばしょ》りは伊達《だて》男の性分が許さないし肌寒い日だった。これで随分足回りがよくなった。

道々屋台で蕎麦《そば》などたぐりつつ、江戸の南の端っこ、白金台《しろかねだい》に出て行人坂《ぎょうにんざか》を延々と歩いた。蕎麦を腹に入れて汗をかいていたら宿酔いは大分治った。どうせ暇だった。

目黒は風光明媚《めいび》で知られ、公方《くぼう》さまの鷹《たか》狩り場がある――つまり狐《きつね》や狸しかいないド田舎《いなか》という意味だ。鷹を使って狩るのは雉《きじ》や兎《うさぎ》か。何にせよ江戸に人が多すぎて田舎の空気で気分転換したい人向け。大名の別荘などもあった。

参道には土産物屋《みやげものや》や茶屋がたくさんあった。どこの店にも富くじの当たりの表が貼ってあったが、あえて番号は見ないことにした。着いてのお楽しみ。

茶屋の縁台であんころ餅《もち》を食べ、隣の席の中年の母と若い娘の二人連れに手など振って、店の娘も交えて皆で天気がいいと富士山が見えるとか話した。冷え込みの本番が来る前に紅葉を楽しもうというのか、よそ行きの長合羽《なかカッパ》や被布《ひふ》を着て杖《つえ》をついた町人たちでそこそこ賑《にぎ》わっていた。たまには行楽もいいものだった。

肝心の目黒不動尊。田んぼの真ん中に立派な丹塗《にぬ》りの仁王門と鎮守の森があった。紅葉はあったりなかったり。

正式には泰叡山瀧泉寺《たいえいざんりゆうせんじ》。天台宗《てんだいしゆう》の寺で、三代将軍家光公の庇護《ひご》を受け、目黒御殿と呼ばれるほど壮麗に建て替えた。由来は道々、茶屋や土産物屋で聞いた。

境内《けいだい》で寺男に富くじを見せると本堂の真ん前に案内され、眉毛《まゆげ》が白く金色の袈裟《けさ》をかけた年寄りの偉そうな僧が出てきて持ち手つきの眼鏡までかけて札を確かめた。

老僧がうなずいた途端に、寺男が鉦《かね》や太鼓や五色の紐《ひも》を結んだ鈴を鳴らし、寺の鐘まで鳴り響き、荒太は紅白の紙吹雪を寄ってたかって投げつけられた。

「いよっこの果報者！　若いのに大したもんだ！」

紙吹雪の向こうで誰かが囃《はや》した。

——これはハズレではなさそうな。

若い僧が何人も集まってお経を読み始めた——何で生きてるのに供養されなきゃいけないんだ。

お参りに来た人々に指さされ、茶屋で隣にいた母娘《おやこ》に「当たったんだって、すごいねえ」とか言われて恥ずかしくもあった。どうしてこんな注目されているときに赤の他人の羽織を着ているんだ。荒太は人に馬鹿にされて笑われるのはむしろ望むところだったが、

蔵前風の黄八丈の羽織なんか着て得意げにしているやつだと思われるのは我慢ならないと
このとき気づいた。紺の小袖《こそで》に黄色の羽織なんて。脱いだら少し寒かったが、男の意地が
あった。

この読経《どきょう》はいつまで聞いてなきゃいけないいんだ――いい加減、歯の根が合わなくなって
きた頃、おかっぱ頭で赤い振り袖で着飾った男か女かもわからない稚児《ちご》がしずしずと白木
の三宝《さんぽう》を持ってきた。

――三宝の上には二十五両ずつぴっちり紙に包んだ切り餅が二つ、磨きでもしたのか黄
金の輝きがまばゆい小判十七枚。

それに小さい四角い二分金一個。小判一枚の半分。女郎買いならこれだけでいい。
鉦や太鼓を叩きながらひいふうみい、と僧たちと寺男と七、八人でまさしく大袈裟《おおげさ》に小
判を数え、切り餅も一度紙から出して数えてまた包み直し、漆塗りの箱に入れる――千両
箱が必要なほどではないが並みの財布に切り餅二つと十七両は入らないので、おまけで寺
で作った紋入りの小箱をつけてくれるらしい。紫の袱紗《ふくさ》で包みもした。何で本堂に入れて
くれないのかと思ったが、「あそこの富くじ、当たりが入ってないんじゃないか」と噂を
立てられたらたまらないから当たりが出るたび大騒ぎして参詣者《さんけいしゃ》にもおおっぴらに黄金の
輝きを見せつけているのだろうか。

若い僧が包んだのを金の袈裟の老僧がうやうやしく受け取って、改めて荒太の前に差し
出した。

「本当は一之富は人足をつけて家まで運ぶ決まりじゃが、四分の一だからいらんな?」

動作はうやうやしいが気さくに話しかけてきた。

「へえ、てめえで運んでみたい、です」

荒太は答えて、口の中にまで紙吹雪が入っていたのに気づいて指でつまんで取った。

「よい心がけじゃ、結構。何に使う?」

「まだ決めてねえ。信じられなくて」

「そうじゃろうとも。駕籠《かご》に乗って帰るかね?」

「い、いや、歩くよ」

「結構。無駄遣いしないように。これもお不動さまのご利益! 大金を手にしても心が不動であるように! ノウマクサンマンダバサラダンセンダマカロシャダヤソハタヤウンタラタカンマン!」

老僧が歳《とし》のわりに張りのある声で唱えると、他の僧たちも声を揃えて不動明王の真言を唱え、荒太を送り出した。——賭場の仮称運慶作不動明王像の顔を思い出して荒太は複雑な気分になった。

これはツイているのか、いないのか? 少なくともオチはついていない。ここに来ても目黒の狸に化かされているような気がする。こんなはずでは。金が儲かったら全然笑い話にならない。皆にたかられるだけではないか。金をばらまいて人気者になるのは何だか違う。

——この後どうなる？　富くじは本物だった。

とするとあの途方もない夢も本当だったのか。荒太はまたあの金持ちの中年と、楽しくもない若さまとじいやごっこをしなければならないのか。この先ずっと？

また〝新九郎〟に代わってもらうのか？　それとも荒太が自分で？

どうしよう。どっちも嫌だ。

——大金を手にしても心が不動であるように。

とりあえず帰り道の途中、二分金で小粋《こいき》な灰色の長合羽を買った。これが荒太のいつも通り。黄八丈の羽織は質に入れた。質屋で言われて気づいたのだが、まだ髷に紙吹雪がひっついていた。

「……お梅さんに相談してみようかな。そうだ。金が入ったんだからお梅さんに恩返ししねえと」

思いついて、深川を目指した。大した考えはなかった。困ったときは新しい場所に行くか元いた場所に戻るか。箱根から戻ってきたばかりだから、更に深川に戻るのが筋だろうというだけ。

昔いた黒江町《くろえちょう》の長屋はこの十年で小火《ぼや》でも出したのか建て替えられていたが、知り合いに声をかければすぐに見つかるだろうと思った。小判一枚を一朱金に分けてばらまけば。

ということで荒太は当座の寝食に使うのに小判二枚を引っ張り出して両替し、一枚賭場に持っていったくらいで、目黒不動尊でもらった箱を袱紗ごと、借りたばかりの長屋の床下に突っ込んでいた。

　お梅が病に倒れ、動くことも喋《しゃべ》ることもできなくなって小石川療養所にいると知れるまでそのままだった。

　心が不動であるというよりは現実から目を背けて石のように心を閉ざした。

＊＊＊

　あまりに何もかもがなびきの想像を超えていた。

「……どうして引き換えてしまったんですか？」

「贋物だったら皆が面白がってくれると思って」

　――贋物だから面白くない、などとは言えない。

　まさか一寸法師の夢は「この男は外側こそ身の丈五尺八寸に見えるが、中身は一寸しか詰まってない張りぼて」という意味だったのか。鈴虫のようにうるさく鳴いて無駄な動きの多い十歳の心に大人の身体、手に負えない。これより賢い犬猫などいくらでもいる。二十四までどうやって生きていたのか不思議なほどだった。

「向こうからすりゃあっしがほしいと言い出したもん、怖くなったからやめるとか通らないと思うぜ」

「お前何さりげなく他人の羽織を質入れしてンだよ！」

大筋が凄《すさ》まじいものだからおしずの指摘がものすごく些細《ささい》なことから始まった。

「黄色なんて小娘か、太ったおっさんが若作りで着るもんだよ。あっしは若いから寒い時分には寒々しい色着た方がキリッと冴える」

「だからッて！　魂が抜けてたッてのも何なンだよ！」

「おしずよ、荒太は賭場で追松一家に半殺しにされたんだから魂くらい出る、それはそういうもんだと納得しろ。殴る蹴るされて身体の方が死んだと早合点して魂吐き出したものの三途の川にすらたどり着かずに助かったんだ」

辰はかなり諦《あきら》めた様子で芋の碗《わん》に残った蜜の残りを茶で溶かそうとしていた。

――なびきも深くは考えまい。浅草の賭場で地回りに取り囲まれて殴る蹴るされるのはとても怖いので心が耐えかねて、優しい夢の中に逃げ込んだ――にしてはあまり優しくない。

「それよりオレ育ちがいいからわかんねえんだけど、知らない女の部屋に転がり込んで部屋の主に一言もなく出てきてそれっきりってお前にはよくあることなのか？」

「まあ驚くほどでもねえかな」

「女の敵だなお前は。オレがどこで後家とメシ食ってたとか二度と言うなよお前と一緒にすんな。オレはもっと真摯《しんし》な気持ちでメシに向き合ってんだ」

辰には辰の道理というものがあるらしかった。

「これでさっきまで涙目でこの世で一番かわいそうな男でございって顔で身の上話してた

んだからすげえよな。もう面倒がないって、面倒は全部これからじゃねえか。目の前にぶら下がった人参《にんじん》しか見えねえ駄馬なのか？　それとも松本幸四郎《まつもとこうしろう》を超える大名跡か？　博徒より女衒より役者が向いてるぜ。当たり前の人情がつまんねえなら山奥で狼《おおかみ》に育てられた娘とか奇想天外な芝居やってみろよ」

「そんなに褒めるない」

「何も褒めてねえよ。オレも忙しいのにお前の人生どこから叩き直せば真っ当になるのか真剣に考えてやってんだよ。お前、天狗《てんぐ》の落とし子だった方が万倍マシだぞ人のフリなんかやめてさっさと故郷の山に帰れ羽黒《はぐろ》か愛宕《あたご》か高尾山《たかおさん》か。オレらを放《ほう》っておいてくれ魚屋と飯屋なんだよ凡人なんだよ」

午後の辰に仕事などないが、「こんな話につき合う暇はない」の意なら全くその通り。

「──皆で怒っても仕方ないから話を進めましょう。その中間の佐兵衛さん、本当にこの世の人なんですか？　どこにいる何者なのか、手がかりあるんですか？」

なびきは半ば不安になりながら尋ねたが、荒太の答えはあっけらかんとしていた。

「あれ以来、追松一家が妙に親切だと思ってたら、昨日、お梅さんの墓に卒塔婆《そとば》立ててお経も終わったくらいに声かけてきた。あっしが質に入れた黄八丈の羽織着て出てきたぜ。ひょっとこ面の小僧連れててよ」

「浮世の用事はお済みですか？　まさか若さまが手ずから病の女を介抱なさって亡骸《なきがら》まで

手厚く弔ってやるとは、慈悲の心にまこと感服いたしました。幼き頃から才気煥発《かんぱつ》なものの目下の者に冷酷なところがおありだったのが、ここに至って君子の器になられました。さて、まだ金子は残っておりますね？　武家に相応《ふさわ》しい羽織と袴を買いましょう。髷も今のままではいけません、武家髷を結いましょう。そして本多《ほんだ》の御家の家督を継ぐのです。この佐兵衛にお任せを。来月には新九郎さまを三千石の寄合《よりあい》にしてみせます。そうなれば若さまではなくお殿さまです」

——覗《のぞ》き見されて褒められても気色が悪い。「おめえを喜ばせるためにやってたんじゃねえぞ。見世物じゃねえんだ帰《けえ》れ帰れ」と思った。思ったが、荒太は口に出せなかった。ここに来て急に忘れたはずの悪夢の続きが始まって、がらにもなくすくんでいた。

——あるいは忘れたくてお梅の看病に没頭していたのかもしれない。彼女の病に比べたら大抵のことは些事《さじ》だったので。

愛想笑いする佐兵衛の横に場違いな、頭に手拭いを巻いたひょっとこ面の小僧が佇《たたず》んでいた。いつぞや吉原のお座敷で宙返りなどしていた軽業師。そういえば近頃、行く先々でこのひょっとこ面を見かけたような気がする。どちらかというと深く考えたくなくて見ないようにしていたのだが。毎回、同じ小僧だったのだろうか？　面白げな仕草で駄洒落《だじゃれ》の一つも言えばただのおどけた芸人なのだが、無言で突っ立っているとひたすら不気味だった。

荒太は商家の手代《てだい》にも見えない法被《はっぴ》を尻っ端折りした小使い数人に取り囲まれて築地《つきじ》の

寺に連れていかれ、次に日本橋本町《ほんちょう》の料亭に連れ込まれた。そこで豪勢な鴨鍋《かもなべ》や鯛《たい》の刺身をふるまわれて、彼が継ぐべき武家の現状、三千石の旗本がいかにあるべきかを佐兵衛に延々と説かれて生きた心地がしなかった。荒太は顔が新九郎の父にそっくりであるばかりか、胸にめでたい形のあざがあるとか何とか。

魂が出たりしなかったが佐兵衛の前では口が回らなくなってうなずくばかりで、折角の鍋や刺身の味も判然としない。〝新九郎〟に代わってもらった方が楽なくらいだった。

佐兵衛は浅草森田町《もりたちょう》で蔵宿をしているという。芸者を呼んでくれるというのを荒太は断って、縮こまって長屋に帰ったが今朝はひょっとこの悪夢にうなされた——

2

「——本多家は三千石の大身《たいしん》旗本、お父上・長七郎直長《ちょうしちろうただなが》さまは町奉行も勤めた名門中の名門！　新九郎さまはそのご嫡男にあらせられる。しかし十年前、芝《しば》から神田までそっくり大火で焼けた折に長七郎さまは火に巻かれてお薨《かく》れに。実に享年五十四。当時十四歳の新九郎さま——御曹司もお亡くなりになったものと」

荒太は涼しくて扇子の持ち合わせがないので箸《はし》で縁台を叩いてそれらしい調子を作った。唱える節回しも講談っぽい。

「すわ御家断絶となるところ、お内儀の弟御が養子となって家督を継ぐことに。本多図書頭与三郎則武《ずしよのかみよさぶろうのりたけ》さまにあらせられる。しかし御曹司は今こうしてここに生きておいでであった！　そうなればあの御曹司と称する黒焦げの亡骸は果たして何であったか！　思えば長七郎さまの亡骸は焼けただれても面影がござったが、御曹司の方は人の形をしているだけでどこもかしこも真っ黒けの炭で男か女かもわからぬ次第。さては部屋住みの与三郎が本多家の家督を狙い、大火のどさくさで長七郎さまを暗殺し、御曹司もまた亡き者にしようとした。失敗したものの御曹司が行方知れずになったのをいいことに、大火でその辺にごまんと転がっていた丁稚《でっち》か何かの骸《むくろ》を御曹司として葬儀を挙げ、長七郎さまのお隣に葬って！　ご覧ください御曹司、これがあなたさまの御墓《おんはか》にございます！　どうか御身の仇《かたき》を討たれませ！」

どの程度、佐兵衛とやらの口真似《くちまね》をしているのかわからないが荒太はなかなかの名調子で謳《うた》い上げてから、疲れたようにため息をついた。

「――とまあこんな具合でわざわざ築地の寺まで行って、生きてるのにてめえの墓参りしちまったぜ。ちゃちな卒塔婆じゃねえ、そりゃあ立派な墓石で戒名まで刻んであってよ。あっしが本当に御曹司ってなると誰が埋まってんだありゃあ」

「手前《てめえ》の墓参りして手前の仇討ちとはいよいよお笑い草になってきたな。この十年手前が死んでるのに気づきもしねえ間抜け、さっさと成仏しろよ止めやしねえから」

辰の反応は冷淡だった。

「いいこと思いついたぞ。荒太お前、吉原の幇間やったらどうだ。身の上話でお座敷沸かせて人気者になれるぜ。阿呆のまんま他人《ひと》さまのお役に立てて銭が稼げておまけにお前好みの玄人《くろうと》美女とお近づきになれる、いいことずくめじゃねえか。女衒より幇間のが随分マシだしここは一つ話芸でその名を天下に轟《とどろ》かせてみろよ」

「悪かねえがこうなっちまうと玄人女の近くでお勤めすんのはつらすぎる。心の傷を癒《いや》す間くらいほしいぜ。あっしも目黒より築地の方がドカンとウケるいいネタだと思うが生憎《あいにく》、通夜《つや》や葬式の後じゃ人笑わせる気分じゃなくってよう」

「散々笑わせといてそりゃねえよ」

「辰坊、おめえさっきからピクリとも笑ってねえじゃねえか。石地蔵みてえなツラしてるぞ」

「これから笑うんだよ。真面目《まじめ》に聞いても損ばっかりだ」

　博徒と魚屋の二人組でチャキチャキの早口でまくし立てる新たな江戸っ子お笑い話芸を披露したらなかなかの商売になるのではないか。荒太だけでは無限に話がとっちらかるので折々、辰が扇子でひっぱたくふりをするなどして締めた方がいい。お座敷より、堅気娘も団扇《うちわ》を持って応援に行けるような小屋でやってほしい。

「追松一家をひとにらみしたら追松親分の方が謝るようなおっさんに一目惚れされて大身旗本の御曹司にされるとか笑い話だろうよ。今こうしてるのも見られてるのか？　ひょっとこ面の小僧に？」

　辰は面白がって葦簀張りを勝手に動かした。

「吉原で豪遊して、目黒不動尊の当たり富クジを手放しても支払いに困らなかったようなオッサンでもあるよ！　一之富の当たりクジ程度何とでもなるッて、ならないだろ普通は！　浅草のカネモチッてのはどうなってンだ！」

おしずはもう少し深刻に捉《とら》えていた。

だが恐らくこの中で一番深刻なのはなびきだった——ひょっとこ面の小僧、なびきも憶《おぼ》えがある。荒太をつけ回していたのか。

——佐兵衛は本当に困っていなかったであろうことを、なびきだけは知っている。いや今どき一之富三百両は大きいし四人割はほどよいので、稼ぎを棒に振った。荒太、もとい〝新九郎〟のわがまま一つで。

気弱で押し切られたのではなく、六十七両と二分、〝新九郎〟に賭けても取り返せる算段があるということだ。

「……まずサンゼンゴクってどんなもんだ？　加賀《かが》百万石は語呂《ごろ》がよくて勢いで吹かしてるだけで本当に百万もないんだよな？」

「米一石で一人が一年食べてけるンだっけ？　三千人？　三千石の半分はお屋敷の普請《ふしん》とかに使うとして、家来が千人や千五百人いて当然ッて意味だよね？」

辰とおしずが二人して首を傾《かし》げていた。

「そもそも小普請ッてドレくらいもらえるモン？」

「あちら、屋敷の大きさからみて二十か三十石ってとこじゃねえか」

荒太が簡単に言って、皆、凍りついた。

「……胸に猪目《いのめ》のあざがあるだけで、荒太がその百倍のお殿さま⁉」

──ちなみにかの有名な火付盗賊改《ひつけとうぞくあらため》・長谷川平蔵《はせがわへいぞう》の役高が千五百石だった。家自体の禄《ろく》高《だか》は四百石で合わせて千九百石。

「本多って言ったか、まさか本多忠勝《ただかつ》の子孫⁉　徳川《とくがわ》四天王随一の猛将なのか⁉　蜻蛉切《とんぼぎり》の名槍《めいそう》の！」

辰も男の子で、武将に興味があったらしい。食いついたが、荒太は流した。

「本多忠勝の嫡流は岡崎《おかざき》藩？　こっちは分家、四十も五十もある分家の一つ。それでも上等な方なのかな。寄合だってよ」

「親戚《しんせき》で話し合いするのか」

「いや、三千石以上の大身旗本のこと〝寄合〟って言うんだよ。そういうもんなんだって。お上の使う言葉は田舎くせえや」

「そんなこと言ってるやつがどうして武家の当主なんかに」

「ええと今、当主やってる与三郎さまとやらはお内儀の弟で、自分ちの家督は兄貴に取られて部屋住みの冷や飯食いで。それが大火のどさくさで本多の養子で跡継ぎになって親戚筋から嫁もらって、生まれた子が娘で今年九つのおこう。ここで御曹司がおこうの婿になって家督を返してもらって与三郎さまに隠居してもらえば、全部元に戻って丸く収まるってのが佐兵衛の理屈。与三郎さまは一生部屋住みで独身のまま終わるところ、十年でも本多の当主になれていい夢見れたなって。これが息子でもいたら家督奪うみたいで角が立つが娘ならどうせ誰か婿を取って跡継ぎにしなきゃいけないから」

荒太も身振り手振り多めで考え考え説明していた。

「九歳の娘の婿ッて、荒太、二十四なんだろう⁉」

おしずが悲鳴を上げた。荒太はちょいちょい手を振って否定する。

「流石に五年くらい待つって話だがあっしもなびき坊よりちびとか無理だよ。光源氏《ひかるげんじ》なんてガラじゃねえし。妾《めかけ》囲っていいらしいけど。でもあっしは囲うより囲われる方じゃん？」

「手前で言うかよ」

おつむは十歳なので釣り合いが取れているといえばそうだ。女の方が何も望まなければ、花を摘んで折紙を折ってあやとりでもして平穏に暮らしていけるのだろうか——いや、やはり荒太に九歳の童女のお守りなど任せていいはずがない。何が起きるか知れない。

「お前が町奉行なんて高利貸し風情が世の中悪くする気満々じゃねえか。蔵前とか札差とか浅草のわけわかんねえ金持ち、要は武家相手の高利貸しなんだろう？」

辰のその言葉で荒太は急に渋い顔をした。

「辰坊、おめえのその言葉に江戸の武家の苦しみの全てが詰まっててあっしは泣けてくらあ」

「苦しみって何だよ」

「まず世の中、金子や銅銭で商売回ってるのに武家だけ石高使ってるのは格好つけてるのもあるが、要はお上に後回しにされて世間から取り残されてるだけだったりする。このせいで武家の端っこは米と金子を換えるときにそれはもうえぐいほど手間賃を引かれて禄高が三十石あっても手に入るのは二十石くらいになる。その辺、差配してるのは浅草で米蔵の番してる札差だ。米は年によって出来が違って米相場が上下する。いろいろあって米相場の不思議な手管《てくだ》で武家が困窮するほど札差の懐に金が舞い込む仕組みになってる。銭に困った武家が札差と揉《も》めて、札差は身を守るのにやくざ者雇って――地回りの追松一家ってのは武家と戦うためにいて博打はついでの小遣い稼ぎだよ。札差と武家が浅草で仁義なき戦いやっててもお上は見て見ぬふりだ。そんで〝武士は食わねど高楊枝《たかようじ》〟、武家は格好悪い台所事情なんか町人に話さねえからこんな浅草から目と鼻の先にいてもおめえら町人は〝札差とかいうわけわかんねえ金持ち〟なんて言ってる。これが苦しみ悲しみじゃなかったら何なんだよ。武家ってのは威張ってたら金になるなんてもんじゃねえんだぞ」

聞いていて、辰もみるみる表情が渋くなった――武家の苦しみ悲しみを理解したのではなく、荒太に米相場の話でひと晩中くだを巻かれてひどい目に遭ったことを思い出したのだろう。荒太は気づかないまま話を続ける。

「小普請の一家が五人やそこら、手取り二十石で食うや食わずってのは、幕臣は体裁のために使いもしねえ馬やら鎧兜《よろいかぶと》やら槍《やり》持ちやら鉄砲隊やら自前で用意しておかなきゃいけねえからだよ、町人の見えないとこによ。〝いざ〟諸国大名が何かしでかしたとき旗本八万騎が公方さまの足下に馳《は》せ参じるためによ。〝いざ〟なんてねえのに。三十石は三十石なり、三千石は三千石なりの仕度しなきゃいけないから皆それで上から下まで借金こさえてピーピー言ってんだよ。いくら吉原の花魁《おいらん》が金襴緞子《きんらんどんす》で着飾ったって大の男に鎧着せて鉄砲持たせるのに比べたら屁《へ》だぜ。それで小普請は家族の食い扶持稼《ぶち》ぐのに傘張り内職して屋敷の庭に畑作って茄子《なす》や胡瓜《きゅうり》植えて、三千石はそんなんじゃ足りねえから札差にとんでもねえ額の借金してて、お上は武家なんか減らしたいから〝嫌ならやめちまえ〟だ。そんなしょっぱい連中に尻尾《しっぽ》振って必死に武士やってその分、町人に威張りちらして、何にも面白いことなんかないぜ。吉原の幇間やった方が世の中の役に立つだけマシだ。大体、人を稼ぎの額で呼ぶとか人間の扱いじゃねえんだよ。あっしは死んでも本多サンゼンゴクなんて名前にゃならねえぞ」

「あのう荒太さん、ここ、お武家さまが通るからお上の悪口は……昼間ですよ」

たまりかねてなびきは口を挟んだ。

「うちみたいな奥まった店でお酒飲んで夜中にこっそりやってください。ご隠居さんとか聞いてくれますし告げ口もしませんから」

ご公儀の悪口は最悪、死罪だ。そういえばこの男が博打を生業《なりわい》とする無法者だったことをなびきも今更思い出した。――道端でご政道を批判してお縄を頂戴《ちょうだい》するのは勘弁してほしい。

「何でこんなすぐ切腹させられそうなやつをわざわざ旗本のお殿さまに……札差の野郎は三千石の武家、潰《つぶ》したいのか？」

「潰したいのかもなあ」

辰は呆れていたが、荒太は冗談でもないようだった。

「どうやら佐兵衛のやつは与三郎さまの家督相続が相当納得できなかったみたいだから。当主や跡継ぎが急に死んで〝遺言があった〟ってことにして養子に家督相続するの、あんまりよくねえんだ。こっそり殺しちまえば何でもありになっちまうから。その〝何でもあり〟が起きたと思い込んでやがる。三千石は親戚殺してでも奪い取りたいもんだって。本多の家にいた頃はあいつ若さまの子守りくらいしか仕事のない下っ端の中間だったらしくて、おかしいと思っても〝中間風情が無礼を申すな〟とか叱《しか》られて逆に叩き出されて、十年の間にいろいろあって札差の家に婿に入って」

「ソイツ、何でも金で思い通りになるようになって並みのお座敷遊びにも飽きちまって、ここらで一丁、軽く世の中ひっくり返してやろうッて思いつきやがったンじゃないのか。自分で御家人株買って武士になったッてタカが知れてるから、賭場で目についた御曹司似でソレッぽいアザのある荒太のバカを着飾らせて大身旗本の家乗っ取って滅茶苦茶《めちゃくちゃ》にしてやろうッて。博打に勝って半殺しにされてるような阿呆、金握らしャァ何でも言うコト聞くと思ってやがる。旗本にも金貸してるから九歳の娘の婿とかゴリ押しできると思って。とんでもない大悪人がいたモンだ」

おしずは憤慨した。――彼女は荒太が本当に武家の御曹司であるとは微塵《みじん》も思っていない上で義憤に駆られているようだった。彼女が軽く言った一言になびきはひやっとした。

「あっしは大身旗本とか町奉行とかやる気のあるやつがやればいいと思うぜ。天下泰平の世に暗殺しかけてまで他家乗っ取るなんて気骨あるじゃねえか」

無法者の荒太の言い分はこうだった。

「あっしは多少手元不如意《ふによい》でも毎日ぷらぷら気楽に遊んで暮らしたい。枕《まくら》を高くして昼まで寝て時々馬鹿やって、皆に呆れられながらちやほやされたい、できれば小股《こまた》の切れ上がった年増に。野垂れ死んでも誰を恨みもしねえし。町奉行なんて世の中よくするにせよ悪くするにせよ、老中だの何だのの偉いさんに袖の下渡して頭下げまくらなきゃなれねえんだ。それで堅物の武家に取り囲まれて必死に働いて三千石だぜ。全部逆さまだ。ここまで来て上役に胡麻《ごま》すって汗水垂らして算盤《そろばん》だの漢文だの木刀の素振りだのまっぴら御免だ」

——本物の御曹司が十年の下町暮らしですっかり骨抜きになって、こんな甘えたことを得意げにほざいている方が大問題だった。

「大体暗殺暗殺って気楽に言うけど、そんな簡単にできるもんか?」

辰はどちらの味方でもなかった。彼は気楽な魚屋だ。

「十年前の大火のどさくさって言うけどあれ、でかく燃え広がったわりに死人は少なかったはずだぜ。そんなお偉いお殿さま、逃げてねえのかよ。芝とか新橋《しんばし》とか大大名のお屋敷いくつもやられたの皆逃げて助かったんだろ。燃える火相手に逃げるのが卑怯《ひきょう》もねえだろうが」

「ああ、長七郎さまと御曹司も駕籠で逃げたらしいぜ、築地の寺に。本願寺《ほんがんじ》の裏手に斎徳《さいとく》寺《じ》って寺があってお内儀の叔父さんが別当で。燈佑《とうゆう》上人とか言ったかな。そこにご家来衆やら中間やらいろいろ連れて逃げ込んだって。今、長七郎さまと御曹司の墓があるのもそこ」

「おかしいじゃねえか。逃げたんなら荒太の身体、何で火傷の痕があるんだよ。オレ風呂《ふろ》屋《や》で見たぞ。こいつ着物で隠れるところにいっぱい火傷あるから彫物入れてもさまにならねえ。十年前は日本橋のオレも餓鬼だったから兄貴に手引かれて橋渡って両国まで逃げたよ。そのときの長屋丸焼けになったけど、オレには火傷なんか一個もねえぞ」

「そう、おかしな話なのよ」

　荒太はなぜか落ち着き払ってうなずいた。

「火が収まった次の日、長七郎さまと御曹司とお内儀と上人と、四人で京橋の蔵屋敷の焼け跡見に行って。佐兵衛は寺に残って用事してたら、いきなり長七郎さまと御曹司が焼け死んだ報《しら》せが入って、上人が〝ご遺言〟とやらを聞いてすぐに与三郎さまが家督相続することになって。長七郎さまの亡骸はご本人とわかる程度には生焼けでいいとして、御曹司のは黒焦げで誰だかよくわかんなくて。ばたばた葬式して、その夜にお内儀は懐剣で胸突いて死んでたって。――火事の焼け跡急いで見に帰ったの何だったんだって話だ。そんなもん、百年に一度の大火で芝から神田まで丸焼けなんだから見たって仕方ねえだろうが、築地から遠眼鏡で見たってどこもかしこも真っ黒焦げのすっからかんで何にもねえよ。焼け跡なんか旗本の屋敷も辰坊の長屋も大して変わらねえ。瓦礫《がれき》やら消し炭やら片づけて屋敷建て直すのにお殿さまが御自ら見に行く必要あるか？　家来がいるんだから掃除させて大工に図面引かせて新しい屋敷、普請すりゃいいだろうがって。屋敷できるまで寺の世話になってよ。〝遺言〟聞いて新当主名指しできるようなお偉い親戚がわざわざついてったのも怪しい」

荒太は手を打って拍子を取った。

「何とご一緒した上人はお内儀の親族、新当主・与三郎さまのご血縁だ。徳の高い坊主と言うもののてめえも兄貴に家督取られて寺に入るくらいしかなかったから、冷や飯食いの与三郎さまに肩入れしててもおかしくねえ。そっちも坊主なりに出世して今、もっといい寺にいるらしい。何から何まであまりにもできすぎてらあな。それでいくら何でも変だって言った佐兵衛は一も二もなく家追い出されて」

他人ごとだからなのか、不敵な彼は本当に暗殺話くらいあった方が小気味いいとでも言いたいのか、面白そうですらあった。

「極めつけがお内儀だ。胸突いて今際《いまわ》の際に〝北条政子《ほうじようまさこ》にはなれない〟と意味深に言い残しあそばした――北条っつったら暗殺上等じゃねえか曽我《そが》兄弟じゃねえか。芝居じみてら。てめえの仇どころかあっしはこのネタで芝居の一本も書いて当世の近松門左衛門目指した方が痛快なくらいだぜ。やっぱり仇討ちと心中は芝居じゃないと映えねえ」

最後は笑い交じりだった。

実に立派な御家騒動、こんなすごいことを皆に聞かれるまで黙っていたなんて――昔のお梅の弟子を呼び出して寸刻みにしたいと口走ったときは鬼気迫っていてなびきも止めなければならないと思ったが、今は「へらへらするな、もっと真面目にやれ」と荒太に説教したいくらいなのはなぜだ。

「――おいおいおい、そいつは聞き捨てならねえぞ」

何をどう逆立ちしても他人ごと、魚屋の弟なのか隠し子なのか拾い子なのかどのみち町人の辰の方が、片肌を脱いだ左腕に鳥肌を立たせていた。

「十、十、十年前の大火の次の日って、雨だぞ！　雨が降ったから火事がやんだのに次の日に焼け死んでるなんて道理に合わねえ！　本当に暗殺なんじゃねえのか！」

「――だとしてもそんだけやる気なら家督なんてつまんねえもん与三郎さまにくれてやらあ。がっついて手に入れたからにゃさぞ熱心にお殿さまやってんだろうよ。気楽な破落戸のあっしの知ったことかよ」

慌てる辰に対して荒太は吐き捨てすらした。

歴史を繙《ひもと》けば、壬申《じんしん》の乱からこっち「横にいるやつばかり盛り上がって当の本人に毛ほどもやる気がないからこその御家騒動」――この人に何かしてあげたいという周囲の気持ちが本人の希望を上回ったときに騒動は起きる。まさか荒太がそこまで御家騒動の条件を満たしているとは。

「――ちなみに荒太さん、もう一つ確かめたいんですが」

「何だ、なびき坊おめえまでかしこまって」

なびきは他にも嫌な符合があるのに気づいていた。

おしずが佐兵衛について「ソイツ、何でも金で思い通りになるようになって並みのお座敷遊びにも飽きちまって、ここらで一丁、軽く世の中ひっくり返してやろうッて思いつきやがったンじゃないのか」と口走った。その発想はなびきにはなかった。

贋富くじなんか作る人はものすごくお金に困っている金の亡者――そう思い込んでいたが。

もしや、金が目当てなどではない。

「その与三郎さまを当主にした親戚のお坊さん、今、目黒不動尊にいたりします？」

「おお、確かそうだ。何でわかるんだ」

荒太の答えを聞いて、尋ねなければよかったと思った。

――三千石の大身旗本に金を貸している人からすれば、六十七両と二分でさえはした金。

――何でも思い通りになるので、次は由緒ある寺の僧たちの鼻を明かして大わらわさせてやりたい。

偉そうにしているが金に執着している連中だと、正体を暴いてやりたい。

何でもいいから困らせてやりたい。

恨み憎しみゆえに。

3

何のことはない。順番が逆だった。

最初から目黒不動尊を潰すのが目的。

他の人に引き換えさせてあちこちで読売《よみうり》をばらまいて大々的に喧伝《けんでん》し、寺社奉行が確実に動くように仕向けていた。

贋物がすぐばれてはいけない。大名刹《だいめいさつ》に恥をかかせるのだから、〝五人目〟が出てくるまでわからない程度には隠れていなければ。それでいて〝五人目〟が出てきたらすぐにわかる程度の瑕疵《かし》がある。

〝十人割の十一人目〟では迂遠。印象も弱い。〝二人割の三人目〟では知れやすい。丁度いい〝四人割の五人目〟。

――〝新九郎〟が横からさらっていって思い通りにならなかっただけ。

仏僧は難しい御仏の教えをわかりにくいまま話す人たちだ。凡俗と同じであってはいけない。

人並みではないとして、ご公儀は妻帯を禁じている。女人と色恋したら晒し者、悪くすれば島流し。話題になるのは不義密通などいやらしい話ばかりでどんな修行をしているのか誰もろくに知らない。

仏僧を尊ぶどころか葬儀や法要でお経を読むだけでお金が入るイカサマ商売だと軽蔑《けいべつ》すらしている町人も多い。不信心なのはおしずだけではない。

寺なんて、富くじや縁日など皆が楽しいことだけ考えていればいい気楽な商売。武家や商家の病弱な男子がなるもの。尼僧《にそう》などほとんど隠し女郎扱いだ。

それなのにお金持ちなことだけは知られている。

ひどい目に遭《あ》っても同情されにくい人たち。

僧侶《そうりょ》の親戚がいない町人たちは「なかなかやるじゃないか」と喝采《かっさい》するかもしれない。陰で誰が泣いていようと面白ければいいのだ。知らないものを「気の毒」なんて思うだけ損。

皆が皆、天秤《てんびん》に分銅を載せるように慎重に他人の不幸の価値を量り、釣り合いが取れるかどうか考えながら同情を寄せる。入れ込みすぎたら損をすると思っている。

民草は前しか見えないように頭巾を着せられた馬で、ご公儀が手綱を引いた方に興味と憎悪を駆り、その先にいる人を踏み潰す。

——江戸人情なんて嘘っぱち。わたしたちはご公儀の定めた「かわいそう」にしか同情できない。

4

「そこは寒いだろう。座敷に上がっていいんだよ」

「いえ、ここでやります。火事を出したら大変ですから」

「出ないと思うけどなあ」

思う、では駄目だ。

なびきは断固として小庭に台を置いて、松の木の下で天ぷらを揚げた。由二郎の注文通りの衣に卵の入った天ぷら。海老《えび》やら鱚《きす》やら小柱やら、江戸前では珍しい小振りの牡蠣も揚げてみた。

揚げ立てを丁稚に運んでもらって、庭に面した座敷でこたつに入っている由二郎とその妻・お富《とみ》に食べてもらう——

それこそ「はい、あーん」という一幕もあったが、ここは祝言を挙げて半年経たないのでこれでいいのである。文句をつけたら馬に蹴られて死ぬ。一回くらい由二郎は煮売り屋〝なびき〟に挨拶に来たらどうだと思っていたが、来なくて正解だった。なびきは己の浅慮を恥じた。

ひとしきり揚げ物を終えて店への土産に揚げ玉をたくさん揚げてから、なびきは火を消して座敷に上がり、こたつの向かいに座った。何とこの家ではこたつ布団が天鵞絨《ビロード》だ。

小さいがわざといい感じに曲がった木などを使った〝侘《わ》びた〟座敷、床の間にはねじ巻き式の舶来の自鳴琴《じめいきん》がある。松の木のある小庭を臨んで狭くても雰囲気たっぷりで、ここは嫌いではない。友達として、たまに遊びに来て店で出せない料理をふるまうのは身に余る贅沢《ぜいたく》をさせてもらっている。

自分の分の天ぷらを食べてみると揚げ物の具としてどうかと思った牡蠣は、意外なほど美味しい。ただでも貝は旨味《うまみ》が強いのに牡蠣は滋味が濃い。辰が手に入るようならまた探してもらおう。店で中食《ちゅうじき》に出せるほどは入らない？

天ぷらを食べながら、なびきはこのところの近況を由二郎に語った——お富は最初こそ由二郎の横で話を聞いていたが、途中で理解を諦めたのか「わたし、奥で用事が」と席を立った。賢い人だった。なびきだって由二郎が「何を聞かされているんだ」という顔をしているのに気づいていたが、途中でやめても仕方がない。

「――なびきさんはまたすごいことで悩んでるね。本物と寸分違《たが》わぬ贋富くじで三代家光公ご鍾愛《しょうあい》の目黒不動尊を潰す陰謀が？　あの茶屋の用心棒の人が御家騒動？」

由二郎に呆れられる筋合いはないが、由二郎くらいしか相談できる相手はいなかった。辰とおしずをこれ以上混乱させたくないし、三両もらってしまった久蔵には言いにくいし、ご隠居なんかとんでもないことになりそうだった。

「全部わたしの思い違いだったらいっそ気楽に枕を高くして眠れるんですけど」

「まあ判子の偽造、やってできなくはない。江戸の版木師は腕がいいんだから判子の三、四個くらい。錦絵《にしきえ》は色の数だけ版木を彫ってぴったり重ねる。とんでもなく器用な職人がいくらでもいて、世の中の人は皆、絵師の名前は知ってても版木師は知らないから。富くじ二、三枚買ってきてその通りの判子を彫ってそれなりに筆跡を真似して数字を書いて……元が取れないからやらないだけだね。職人の意地が許さない、かな。やらない理由、〝流石に馬鹿馬鹿しい〟が一番上に来ると思うよ。――〝寺憎しでなりふりかまわない札差〟に頼まれてしまったらやる、かなあ……」

由二郎が真剣に考えてくれるのが頼もしいやら申しわけないやら。はたと彼は真顔になってうなずく。

「いや、錦絵ではなく読売か？　読売も版木を彫って刷るものだ。お上の悪口を書いてももし捕まったら最悪死罪なんだから、わざわざ顔を隠して売ってる。今どき読売で死罪もないだろうが、面白いだけの読本《よみほん》や錦絵とは違う心意気でやっているのかな。わたしたちはお上に怒られないように版元と相談して拙いところを直し直しやっているけど、読売はそうじゃないんだから。版元に直されるのが嫌になって読売に流れていく版木師もいるのかな」

「じゃご隠居の読んだ読売、贋富くじ作った本人がばらまいたってことですか」

「ありえるね」

　由二郎がうなずいたのになびきは打ちひしがれた。

　目黒不動尊なんて郊外、行楽地として賑わっていると言っても江戸市中に比べて遥《はる》かに人が少ない。僧や寺男は口を噤《つぐ》むだろうし、人に聞かれて困る醜聞を誰に聞いてどうやって調べて読売に書いたのかと思っていたが、何のことはない自分で仕掛けて自分で吹聴するという手があった――〝五人目〟など出ていなくても読売は刷れる。

真に受けて目黒不動尊を問い詰めるやつがこれから出てきて、これから僧たちは判子の欠けに気づいて大騒ぎするのかもしれなかった。

　ここまでご隠居の読んだ読売が大嘘で、なびき一人が「天が落ちてくる」とありもしない夢物語で悩んでいるだけかもしれなかったのに、自作自演でどう転んでも得をする商売だったとすると辻褄《つじつま》が合ってしまった。はなから寺に恨みがあって失うもののない器用で無敵の読売刷りの仕業だったのだ。逆に判子専門の職人では読売を扱えない。

読売売りには唯一「見本になる富くじを何枚も買う金がない」という欠点があるが、同じく寺に恨みがあって金がうなるほどある佐兵衛と組むことで解決する。絶望的だった。

「なびきさん、大変だったね。まあ唐饅頭《とうまんじゅう》でも食べて」

由二郎が勧める菓子はこの辺の名物で、小麦粉と蜂蜜《はちみつ》と卵のフワフワした生地で南瓜《カボチャ》を混ぜた白餡《しろあん》を包んで焼いたもの。普段ならうっとりするようなお菓子だが、なびきはすっかり心がささくれて黒文字で雑に割ってもそもそ食べていた。

「十四歳の悩みってこういうことじゃないんじゃないかしら……」

「荒太さんというのもすごい御仁だ。大火で何もわからなくなって深川に流れて神田に流れて、十年も経ってから三千石の大身旗本の跡取りになってくれるように贋富くじで頼み込まれて？　この間、橋のたもとを二人で走り回ったときは並みの人に見えたのにもうその頃には贋富くじを……」

全然人並みでない由二郎が言うのか。

「大火で親とはぐれて昔の記憶がないのはわたしも同じはずなのに、どうして一つも共感できるところがないんでしょうね……」

なびきが苦々しいのは、別に全然羨《うらや》ましくないところだ。

なびきだって十年前の大火で竜閑橋《りゅうかんばし》のたもとで親と二つ三つ上の兄とはぐれたきりなのに、大金持ちが迎えに来て「あなたはさるやんごとなき御家のお嬢さまだったのです」とか言われても気持ちが悪いばかりだということが発覚してしまった。世間の少女はもっとこういう話で心が躍るものではないのか。今のなびきは久蔵や店の迷惑になるくらいなら本当の親兄弟なんて出てこなくていいなあ、などと薄情でやせこけた考えに陥っていた。

「それでおしずさんがですね」

そう思うと十六歳のおしずはなびきよりもずっとこの話にはしゃいで浮かれていた――


「――おしずさん。先に言っておきますけど〝こうなったら自分が京橋の本多家にじかに話をつけに行く、その方が早い〟とか間違っても言わないでくださいね」

なびきから先制でおしずに釘《くぎ》を刺したほどだった。荒太に十両貢ぐために佐渡金山に年季奉公に行ったり和蘭陀商船に乗り込むのに比べたら、京橋の武家屋敷なんて目と鼻の先だった。神田豊島町の〝花棒〟から日本橋を突っ切って京橋まで小半時といったところか。おしずの健脚ならもっと早いかもしれない。

「そ、そんなコト、アタシが言うワケないでしょ。武家屋敷ッたッてドコかわからないのに。アタシがそんなバカなワケないよ」

おしずは言うものの目が泳いだ。「言っちゃダメなの?」と言わないように努力した風情があった。

その態度に、辰ですらおしずに横から冷や水をぶっかけた。

「湯島の小普請や八丁堀《はっちょうぼり》の与力《よりき》、同心なら屋敷行っても出てくるのはせいぜいかみさんか子守り、飯炊きで、お前のたわごとも洒落になるが、大身旗本の屋敷になると門番がいるぜ。門だけでその辺のどぶ板長屋よりよっぽど立派な屋根付きで住めるようなとこに本物の刀や槍持った連中がうようよだ。ことによっちゃ種子島《たねがしま》だって出てくる」

それが現実だ。

「棒手振も近づけねえ。そんなとこ、出入りは魚屋から蜆《しじみ》売りまで厳しく縄張りが決まっててもの知らずの新米が突っ込んだら古参に袋叩きにされる。道間違えただけでも一発二発殴られるぜ。女だって容赦ねえぞ。夜鷹やら芸人やらが奥向きのお内儀や姫さまのお目汚しになったら大変だからな。お前がちょっと宝蔵院流使えたって多勢に無勢だ」

「わかってるッてば」

おしずは口ではうなずくものの、そわそわして落ち着きがなく、ぶつぶつつぶやいた。

「荒太は最悪切腹でいいとして、九歳の子を亭主に切腹された後家にしちゃダメだよ」

「あっしは死ななくても逐電《ちくでん》すりゃいい。男一人なんだ。関所破りでも何でもすらあ。どうせはなから浮き草の人生よ。とどのつまり気色の悪いおやじが一匹いるってだけ、上方まで追いかけてくるほどじゃねえだろ」

おしずはこの期に及んで照れ隠ししていたのが、荒太が居直ったので、彼女一人逃げ場を失って目を白黒させた。——荒太には江戸にこだわる理由など何もなかった。

おしずはそうはいかない。女の関所破りは男より遥かに重罪だ。追いかけられない。

「三十六計逃げるにしかずってなもんよ。六十七両、分捕って逃げきってやらあ。相手があいつなら心が痛みもしねえ」

荒太がからから気楽に笑うほど、おしずが追い詰められていくのがはたで見ているなびきにもひしひしと伝わった――

この男はやっぱり人情を解さない鈴虫で、おしずの前で泣かない分別はあるのに顔さえ笑っていれば何を言ってもいいと思っていた。

なびきがこれを語ると、由二郎も顔が真っ青になった。

「あ、危ないなあ……京橋の武家屋敷なんてうちの手代でも紹介がないと行かないよ」

「由二郎さんもとんでもないって思いますよね……本当、わたしが止めたくらいでおしずさんが言うことを聞いてくれればいいんですけど」

なびきは暗澹《あんたん》となった。

「おしずさん、相当荒太さんに入れ揚げてて、こっそりお父さまの財布から十両抜いて荒太さんのとこに持っていくならまだかわいい方で。お武家さまにお手討ちにされるより身内に叱られる方が知れてるでしょう」

「なびきさんも気苦労が多いな……」

由二郎だけでも同情してくれるのが嬉《うれ》しい。

「ふん縛って転がしておくわけにもいかないし、どうしましょう」

「そちらのお父さんやお兄さんに言いつけて、蔵に押し込めるのはどうだろう。二、三日頭を冷やしてもらうのは」

由二郎がいかにもいい考えのように言った。

「あ、蔵。おしずさんも〝兄さんのもの取ったら蔵でお仕置き〟って言ってました」

「おしずさんの家に蔵があってよかった」

「神田の飯屋にはないですからねえ」

「まあ大きな物置だけど、人を閉じ込めておくにはもってこいだよ。……欠落《かけおち》を心配された娘が父と兄に蔵に込められて一人、よよと泣いて。戯作《げさく》の先生に言ってみるか」

何やら勝手に由二郎はうなずいて、こたつの天板に紙を広げ、木炭のかけらでさかさかと絵を描き始めた——墨を磨《す》る以外にこんな方法があるとは。格子にすがって泣きむせぶ娘の絵、おしずに全然似ていないのがご愛嬌《あいきょう》だ。

「わたしが最後に入れられたのは八つの冬かな。古い娘人形があって怖くって。灯《あか》りがないと暗いから。半日くらい入ってたら風邪《かぜ》を引いて熱が出て、躾《しつけ》にしてはやりすぎだのお前が甘やかすからだのと母と祖母が揉《も》めて兄が必死で仲裁して、父は見て見ぬふり。あの頃は息苦しいことばかりだったなあ！」

描きながら由二郎は語った——いかにも気まずい話なのに、何でちょっと楽しそうなのか。

「うちは兄が優しいからありがたいよ。わたしが半端者をやっていても許してくれるし」

「おしずさんとこのお兄さんはよく喧嘩《けんか》してるみたいですね」

「妹を思ってのことだろう。それは心配だよ」

――辰とその兄のことは考えないとして。

なびきも本当は妹で兄がいるはずだが、顔もろくに思い出せない。憶《おぼ》えていてももう随分変わっているはずだ。十年経てば子供から大人だ。

何だったかわからないが、魚をほぐして食べさせてもらったような気がする。「青い魚は滋養がある、骨が大きいからのどに引っかけないように、タイチはお兄ちゃんだから、器用なんだから」と母が言って――多分母が――

――たんと食え、なびき、大きくなっていいとこにお嫁に行って兄《あん》ちゃんにご馳走《ちそう》食わせておくれ――

六つや七つの兄が箸を使いながらませたことを言っていたような。誰に教わったんだか。

「うちの兄は本当は寂しかっただろうね。優しいと言ったが諦めていたんだ」

由二郎がぽつりとつぶやいた。

「母は跡継ぎにもならないひ弱なわたしにかかりきり、兄は店の商売を憶えるのに父や番頭にあちこち連れ回されて子供らしく遊ぶ暇もなくて、母と祖母の揉めごとの仲裁までして。うちは仲がいいと言うか、喧嘩の仕方を知らないんだ。兄はわたしとやり合っても勝つのが当たり前で、弱いものいじめだと母や父に叱られるのに決まってる。それで兄ばかりに我慢をさせた。代わりに兄だけ食事のおかずが一品多いが、そんなことで埋め合わせになるのか。何だか今でも申しわけないよ。叱られたり怒鳴り返したりしてるおしずさんが羨《うらや》ましいな」

由二郎は感慨深げだが、なびきは由二郎が羨ましいような。きょうだい喧嘩なんてする暇もなく生き別れてしまった。

なびきは思い出の中の兄が、もう十六や七の凜々《りり》しい少年になってどこかで上手《うま》くやっているのだと祈るしかない。

――陰気なことを考えても仕方がない。頭を振って気分を変える。

「まあこんなこと相談されても由二郎さんも困るでしょうけど、荒太さんの御家騒動、何か無責任なことでも思いつくことないですか。こんなどこ切っても無茶苦茶な組飴《くみあめ》みたいな話に失礼も何もないですよ。それこそ戯作のネタと思って。荒太さんだっていっそ芝居にしたいって言ってたし、知り合いの中でその手の商売に一番近いのは由二郎さんです。快刀乱麻を断つような解決法なんてあるわけないの誰にでもわかりますから」

「うーん」

由二郎は頭を掻《か》くと、新しい紙を広げて木炭を走らせた。恐らく荒太の似顔絵なのだろうが浮世絵風の絵の癖が強くて役者みたいなので、由二郎が見たときはあごに剃刀負けがあったのだなあ、ということしかわからない。

「五十の長七郎さまの息子が十四とは、遅くに授かったんだね」

「こればっかりは天の采配ですから」

「御曹司の新九郎さまは元服しているのか？」

「荒太さんは深川にいた頃、前髪で」

「新九郎さまの方。その辺ごた混ぜだね」

「そういえば……わたしはわりと新九郎さまが深川だの神田だので十年暮らしてるうちに道を踏み外しまくって荒太さんになったの、ありえると思ってて。新九郎さまが元服したかどうか聞いてません」

「じゃあしてないんじゃないかな。武家にしちゃ名前が短すぎるよ、本多新九郎」

確かに現当主である叔父上は、何だかわからないくらい長かった。使わないところの方が多いのだから複雑怪奇だ。

「深川の荒太さんは深川で元服したんならそこからやり直しだね。――親戚が揉めるな」

冗談ではなく由二郎は大真面目だった。

「本多さまも札差などに〝先代を密《ひそ》かに亡き者にして家督を乗っ取っただろう〟なんて言われちゃたまらないだろうな。本当に暗殺を仕掛けて十四の子を討ち漏らした卑怯者《ひきょうもの》なら、荒太さんと札差を無礼討ちにして口封じした方が早くないか？　昨日までボロ長屋に住んで地回りと博打を打っていたような人をいきなり九歳の娘の婿で次の本多家三千石のご当主ですなんて、世間にどう説明するんだ。本当に後ろ暗かったらどんなことをしてでも隠滅するだろう。今の当主の姉を北条政子呼ばわり、親戚は大激怒じゃないか」

由二郎がぶちぶちとつぶやいて、なびきはますます頭が痛くなった。――そうだった。久蔵が「この子は〝神さま〟の声が聞こえるからうちの跡継ぎ」とほざいたらそれで決まるような場末の飯屋とはわけが違う。世間には面目とか意地とかあるのだった。

「北条政子って何した人ですか」

「北条時政《ときまさ》の娘で鎌倉《かまくら》幕府初代将軍 源《みなもとのよりとも》 頼朝の御台所《みだいどころ》だが、頼朝との間にできた子は皆、早死にして将軍家は形だけになって鎌倉幕府は弟の執権《しっけん》北条義時《よしとき》のものになった。我が子を暗殺したとも言われている」

「ああ、それで札差の佐兵衛さんは暗殺説を思いついて……」

「今どきの武家は、源平《げんぺい》の戦で大した功もないのに天下だけかすめ取った執権北条得宗《とくそう》家にたとえられて喜んだりしないだろう」

執権北条時政は芝居ではものすごい悪役で義経《よしつね》を追いかけ回したりしている。

「――お父上は長七郎さままで嫡男は新九郎さまで、八が抜けてるね？」

「そういえばそうですね。八は末広がりでおめでたいのに」

「鎮西八郎《ちんぜいはちろう》とかお武家は好きそうだ。長七郎さまに〝八〟の弟がいるのか」

「だったら家督相続、お内儀の弟より自分の弟にするのでは？」

「五十の弟なら四十で、とっくによその家の跡継ぎになったか、早くに死んだのかな……築地の寺……いや、養子に出たらそっちの家の墓に入るから築地にはないのか。ややこしいな、武家は」

何だかなびきまで墓の心配をしなければならない気になってきた。

「綺麗好きなのに鏡が嫌いでいつも剃刀負けしてるって変な人だな」

「どこもかしこも変な人ですよ。面白い顔で変な人がちょっと人情見せると、落差で若い娘はコロッと」

「なびきさんがよくない言葉を憶えて……」

由二郎はため息をつくが、下町で飯屋をやっている時点でいつまでも純ではいられない。

「博徒とか俠客《きょうかく》とかあんまりまめではないのかと思っていた。ボサボサ頭で無精髭《ぶしょうひげ》生やしてて」

「そういうの嫌なんですって」

「落ちぶれた御曹司の色悪ね……」

由二郎は木炭の似顔絵の二人目を描き始めた。二人目は月代がぼうぼうの浪人。

「『仮名手本忠臣蔵《かなでほんちゅうしんぐら》』の斧定九郎《おのさだくろう》は講談では蓑《みの》を着た髪も髭もぼうぼうの野暮な山賊《さんぞく》だったのが、落ちぶれた家老の息子ということで芝居では無口で色白なうらぶれた浪人なんだ。端役から二枚目に大出世だよ」

「どうして落ちぶれた家老の息子が野暮な山賊やってたんですか」

「零落《れいらく》の身の上を強調していたら、土台を見失ってどんどん山賊に寄せてしまったのかな。中村仲蔵《なかむらなかぞう》が同じことに気づいて芝居を変えて家老の息子に戻した」

「〝江戸の講釈師は客を甘やかしすぎて全部おんなじ味にしちまう〟」

そういうことかな」

なびきは荒太の声真似をしたつもりだったが似ていただろうか。

「荒太さんは二枚目風だけど耽美《たんび》じゃないし武家にあるまじきお喋りのお調子者ですよ。あんなにぺちゃくちゃ喋ったら大人でも蔵で折檻《せっかん》されるんじゃないかしら。お殿さまより吉原の幇間になりたいとか言うんですよ。誰が聞いてるかわからない橋のたもとで。わたしの方が心の臓が縮む思いで」

「……一から十まで武家向きではないな。幇間って、わざと言ってるのか？」

この座敷は町の真ん中だが外と隔たっていて、言いたいことが言えていい。

「いくら間抜けで言うことを聞きそうでも、贋の若さまをでっち上げるならもう少しお武家さまらしいお芝居のできる人を選ぶんじゃないかしら。お芝居と言うか、腹芸」

「それこそ中村仲蔵のような役者を。──鏡が嫌いで身綺麗に生きていくのは大変そうだな」

「辰ちゃんはどうせ女の人に世話してもらってるんだからそんなに困ってないだろうって。こないだは酉助さんがいたから──」

言っていて、なびきは思い出した。

お告げの夢。荒太がまだ子供だった頃。

お梅の狭い長屋は、鏡台の前に女のなびきでも使い方を知らないような化粧道具が山ほど積まれていて──

「……深川の長屋には鏡があった！」

つい大声が出た。

夢で見た大きな鏡台に布はかかっていなかった。

「鏡嫌いは嘘なのか？」

「しょうもない人だけど言っていること全部疑い出したら目黒で狸に化かされたとか真に受けて一喜一憂してるわたしたちが馬鹿みたいです！」

「それはそうだ！」

「〝鏡が嫌い〟で女の人にもてるならともかく、面倒くさがられそうなんだからそんな意味ない嘘つかないいんじゃないでしょうか。口説《くど》くならこううつむいて〝あっしには昔の記憶がねえんだ……〟とかやるだけで十分じゃないですか」

「なびきさん、ものすごく疑っているね？」

由二郎に呆れられたが、ものを考えるには何かしらとっかかりが必要だ。

笑い話では「饅頭が怖い」と言って騙《だま》して饅頭を持ってこさせたりするようだが、鏡を持ってこさせても饅頭のように食べられるわけではないのだから得にならない。

鏡といえば女だが、女を怖がっているわけではない――

荒太は鏡の何が怖いのか？

鏡に映すと右と左が入れ替わる。人のありのままの姿を映し、魔を退ける。〝神さま〟のご神体。神聖な鏡を祀《まつ》る社《やしろ》は多い。

もしや荒太の方が天狗か狸か化け狐で、十年前に実の叔父に火事場で暗殺されかけておかしくなった〝御曹司の新九郎さま〟の身体を乗っ取って、以来、のらりくらりと人を化かして生きている。なので鏡で正体を暴かれるのが恐ろしい――そんなわけもないだろう。〝新九郎さま〟が出てきたのは何の拍子だったか。確かきっかけは鏡を見たから、ではなかった。不動明王？

十年前から時が止まっている〝新九郎さま〟からしてみれば今の荒太の有様の方が悪夢か。勝手に育って前髪も落として姿が変わってしまって。いくら伊達《だて》男ぶっていても零落した己の身の上を直視したくない。それはあるかも。

「焼け跡で見つかった新九郎さまは本当によその無縁仏だったんですかねえ」

なびきは茶をすすってつぶやいた。

「長七郎さまの亡骸は生焼けで、新九郎さまの方は丸焼け。ご家族で焼け具合がそんなに違うのって確かにおかしいんですよね。海老って揚げると曲がって丸まる、あれって人も同じである程度こんがりすると身が縮んで曲がって、背丈も身体つきもわからなくなるらしいですよ」

「なびきさん、食後によしてくれ。たまに悪趣味な人が地獄絵や無惨絵のすごいのを注文してくるが、わたしは大火もさっさと逃げてそんなに見てないんだ」

由二郎に顔をしかめられた――これは失礼。

荒太はまるで殻を剝いた海老、を超えた牡蠣だった。美味しくて滋養もあるのにぐにゃぐにゃで見てくれがいまいち。佐兵衛は衣をつけて揚げて全然違うもののように見せようとしていた。

彼がなくした貝殻はどこに？

鏡の中？

5

煮売り屋〝なびき〟に戻るのは夕方近くになった。丁稚が油を持ってくれたので、なびきは倹飩箱《けんどんばこ》に揚げ玉を山ほど入れた鉢を持って帰った。

店では辰が床几に腰かけて組紐《くみひも》のおもちゃで三毛をじゃらしていた。

「おお、なびき、牡蠣どうだった」

なびきに手を振る。

「美味しかったですよ。小粒なくらいで丁度いいです」

「そりゃ晩飯が楽しみだ」

「え、全部食べちゃいました」

「ええ、残しとけよお前。そんなのないぜ」

「少なかったから。賄《まかな》いは揚げ玉で作ります」

「揚げ玉だけとかよぉ」

辰の不満など聞いておれない。丁稚には油を間口に置いて帰ってもらい、なびきは床几に倹飩箱を置いて蓋《ふた》を開け——

　急に目の前が赤くなった。

　倹飩箱が火を噴いた。炎が熱かったが、すぐそばにいたなびきは悲鳴一つ上げられなかった。

「なびき!」

　代わりに店の奥から久蔵が飛び出した。辰と三毛が床几から飛び降りる。

　久蔵は床几の端を摑んで、倹飩箱を載せたまま床几ごと店から往来に押し出した。火の大きさに、往来の人々が悲鳴を上げる。

　久蔵は前垂れを外して水甕《みずがめ》に浸した。絞らず、びしゃびしゃに濡《ぬ》らしたそれで床几の上の火を殴りつけるように叩く。

「なびきも前垂れに水をかけい! 辰は火消しを呼んでこい!」

「お、おう」

　辰はうなずいて駆け出した。この中で一番足が速いのは辰だ。

　なびきも前垂れを外して水甕の水に浸《つ》け、無我夢中で火を叩いた。久蔵は入れ替わりにまた前垂れを水甕で濡らす。二人がかりでいじめるように水浸しの前垂れで倹飩箱を叩いた。

　途中、真横から水を引っかけられた——隣のおときが天水桶《てんすいおけ》を持ってきて火にかけようとしたらしいが、ほとんど久蔵となびきにかかった。狙いが外れただけで悪意ではないと思いたい。

おかげさまで辰が鳶口《とびぐち》を持った火消しを二人連れてきた頃には消えていた。倹飩箱はすっかり炭になって中の鉢も黒焦げ、床几には焦げ跡が残った。これはもうバラバラに分解して焚《た》きつけにするしかあるまい。

「大丈夫か」

心配そうな火消しに、久蔵は憮然《ぶぜん》として答えた。

「ずぶ濡れで寒い、火を焚いてくれ」

――お後がよろしいようで。

火消しは念のために一人、店に残り、一人、辰とともに「もう消えた」と言いに帰った。呼ばれてすぐに飛び出してきたのが二人で、そのままだとよ組の町火消し数百人が刺子半纏《さしこばんてん》を着て纏《まとい》まで持って煮売り屋〝なびき〟の前に大集合してしまうということだった。

よ組の大伍《だいご》はこの辺では一番の偉丈夫《いじょうぶ》。江戸の男前番付があったら間違いなく上位に名を連ねるいなせな男だった。顔がいいのは勿論《もちろん》、気《き》っ風《ぷ》がよくて筋骨隆々の体躯《たいく》で背中に琵琶《びわ》をかき鳴らす弁財天《べんざいてん》の彫物まで背負っている。やっぱり彼も腹掛けに股引《ももひき》で法被は腰の辺りに巻きつけているだけの「涼しそうな格好」で眼福な身体つきと背中の彫物が丸見えなのだった――江戸には「いい男は寒いとか言ってはいけない」という掟《おきて》があるのかもしれなかった。

その弁天の大伍が、濡れ鼠《ねずみ》の久蔵となびきのために店の竈《かまど》で番茶を沸かしてお茶汲みをすることになった。二人とも前垂れはボロボロなので外し、手拭いで多少水気を拭いたが寒さで歯をガチガチ鳴らして、なびきは火傷はないが睫毛《まつげ》が燃えてしまった。あってもなくても大差ないが、目の近くまで火が迫ったのは少し怖い。

騒ぎのせいなのか大伍がいるからなのか、ちらほらと往来から店の中を覗く人がいた。

「芝から神田まで焼け野原にした百年に一度の大火の折に〝神さまのお告げにない〟とほざいて逃げなかった伝説の神憑《かみがか》り爺《じじ》いに恩着せられると思ったのになあ。もうちょっと燃えてても消せたのに」

ヤカンに茶葉を入れながら弁天の大伍はこううそぶいた——全然褒められていなくて恥ずかしい。

「爺《じい》さんは神憑りでよくても、孫娘は先が長いんだから火事のときの逃げ方くらい憶えた方がいいぜ。爺さん放《ほ》っぽって逃げてもおれたちは親不孝者なんて言わないからよ。十四の身空で死んだら損だ」

なびきは神田で育ってもう十年だが、世間で評判の快男児のこの言動、親愛の情として憎まれ口を叩いているのかただ久蔵が嫌われているのか判断が難しい。なびきには親切で言ってくれているのだと思いたい。

「火が消えそうにないときは銭や鍋釜や帳面を井戸に放り込んで、風上に向かって逃げるんだよ。盗まれるとか言ってらんねえ。こう指先唾《つば》で濡らして、涼しい方に向かって」

「帳面って紙、水に浸けて大丈夫なんですか」

「紙がいいと意外と乾かして使える。暇なときに裏に穴掘っておいて、皿やら茶碗やら家財道具を埋める手もあるぞ。無事だったらよし、駄目なら諦める、だ。芋は埋めておくとたまにいい塩梅《あんばい》の焼き芋になってる。大根は持って逃げろ。逃げた先で腹減ったらかじるんだ。米なんか持ってっても炊けないが、大根なら生でも食える。火事がでかいと寺で炊き出しやってたりするけどあてにできねえ」

――理屈はわかるがあんまり実践したくない。辰も十年前は大根を持って逃げたのだろうか。

大伍が湯呑みに注《つ》いでくれた茶は渋かった。それでも温かい飲み物で一息ついた。

「念のためって、大伍さんは何で残ってるんですか？」

「火ってやつは生き物でもねえのに一人前に死んだフリしやがる。消えたように見えても火の気が残ってるもんだぜ。半時くらいは見張ってないと安心できねえ」

「天かすは油気を帯びていて、特に目に見えん火の気が溜《た》まりやすい」

久蔵も渋そうな顔で湯呑みの茶を飲んでいた。

「風がないと火は寝ていて消えて見えるが、風が通った途端に爆《は》ぜる。倹飩箱の蓋を開けた途端に火を噴いたのは、風に当たったからじゃ。竈の火に火吹き竹で息を吹きかけるのは風を送って大きくするため。風が火を起こす」

「……テンカスって何だ？」

「揚げ玉ですよ。天ぷらの衣だけ小さく揚げたの」

大伍が久蔵の上方言葉に戸惑っていたので、なびきが教えた――なびきは〝天かす〟という言葉が嫌いだ。食べ物に〝かす〟なんてひどい。〝酒粕《さけかす》〟は他に言い換える言葉がないので例外とする。

大伍はびっくりしたようで、外の焦げた床几を振り返った。

「揚げ玉？　蕎麦に入れる揚げ玉か？　そんなもんが火を噴いて？」

「火消しのくせに知らんのか。天かすは結構火を出すぞ。揚げた後、広げてよく冷ましておかんと」

「揚げ玉が燃えてあれかよ。何してんだこの店は……」

「火は竈から出るとは限らん。火消しは蔵ばかり怖がるが、恐ろしいものは他にいくらでもあるぞ」

「火消しって蔵が怖いんですか？」

「怖いよ」

大伍が素直に認めたのでなびきは驚いた。火消しというのは勇猛果敢が身上だ。火を恐れずに最後まで火事場に残るから皆に尊敬され、子供が憧《あこが》れる。本当に怖くても口先では怖くないと強がってみせるものかと。まして、蔵なんかただの物置だ。

「この辺にはあんまりないからなあ、蔵。あいつは手強《てごわ》い。長屋なんか木っ端だから火の大好物、鳶口で端から叩っ壊して燃え移らないようにするが、蔵は漆喰《しっくい》塗りで瓦葺《かわらぶ》きで壊れないし燃えない」

「燃えない？　なら江戸中の建物を全部蔵にしちゃえば火事は起きないんですか？」

「中身燃えちまうからあんまり意味ねえな。中がボーボー燃えると漆喰が脆《もろ》くなるのか外も崩れて落ちる。夏暑くって人の住むとこじゃねえし冬寒いからって中で火焚いたら何してるかわかんねえ。蔵は逃げるときに、戸の鍵閉めたら隙間に土を詰めて火の気が入らないようにするんだ。火が出たら近所の左官が順繰りにあちこちの蔵の戸の隙間に土を塗って回る。日本橋辺りの左官は塗るとこ多くて大変だろうな。隙間がないと燃えずに残るから、大事なもの全部入れておくんだ」

「大事なものってたとえば？」

「そりゃあやっぱり米かな。米は燃えなくても外の方は炊いて食えなくなってるかもしれねえ。そういうの粉に挽《ひ》いて団子や煎餅にしたりして安く売る。捨てるのは勿体《もったい》ない。誰か必要なやつがいるさ。中の方はわりと無事だろう。布団はいいけど、あんまり上等な着物は外から炙《あぶ》られて色が変わっちまうかな。瀬戸物が一番持つ。煤《すす》で汚れるだけだから磨けばいいし、割れてても金継ぎとか細工で何とか。武家なら先祖伝来の鎧兜。ああいうのはおおよそ残ってたら傷んでも直せるはずだ。鉄砲は火薬だけ持って逃げるのかな。鉛玉、溶けちまうから玉も持っていくのか。元に戻らないもんは戻らないなり、戻せるもんは戻せるなりにやり方がある」

「じゃあ——もし中に人がいたら？」

なびきが思いついたことを言うと、大伍は薄寒そうに顔を歪《ゆが》めた。

「……こ、怖いこと言うなあ、孫娘。思いつくかよ」

こうしてなびきは神田で一番の快男児、弁天の大伍を一言でびびらせた女になった。

6

今日の〝神さま〟は金の烏帽子《えぼし》をかぶって艶《あで》やかな花柄の振り袖で着飾っていた。

なびきが串《くし》に刺した鯖を差し出すと、ふーっと息を吹きかける、その息は小さな炎でちりちりと鯖がよく焼ける――焼けたら味噌《みそ》だれを塗って美味しそうな鯖の味噌焼きに。意図するところはわかる。なぜ鯖なのかわからないだけで。

すぐそばに置いてある緑色の大きな釣り鐘は、本物でなく芝居の大道具。見るからに張りぼてで真ん中で二つに割れる。うっすら線が見える。

娘道成寺《むすめどうじょうじ》。

美僧の安珍《あんちん》を慕って火を吐く蛇と化した清姫《きよひめ》――だが今どきの清姫は悲恋に悩んで苦しんだりしない。ちょっと僧を脅《おど》かすだけで歌って踊れるかわいらしい蛇女で、華やかに着飾って舞うばかり。舞台によっては新参の女形を紹介するため仲間を連れている。

ついに、恋慕の炎で鯖なんか焼き始めた。さぞいい女房になるだろう。

――恋に命を懸けるなんて馬鹿みたい。そうせせら笑っているようだ。八百屋お七が見たらどう思うのかしら。

では鐘の中には？

清姫を拒んで鐘に逃げ込んで焼き殺された安珍は、言うほどひどい男でもない。断り方が下手《へた》だっただけ。女に恥をかかせた。そんなに罪だろうか。生きながら焼かれるほど？

清姫一人が楽しげにしていると、彼だけ貧乏くじだ。

パカッと二つに割れた鐘の中には、あちこち焼け焦げた着物の少年が一人、膝《ひざ》を抱えている。安珍とみるには身体つきがまだ幼い。

顔は丸い鏡になっている。

少年は一人、軽薄な清姫が忘れた炎の中に取り残されている。

なびきは彼に焼き鯖を――

焼き鯖をどうする？

こんなもので痛み苦しみが癒《い》えるのか？

7

翌朝、おしずがちゃんと煮売り屋〝なびき〟に来たので、なびきと辰は胸を撫《な》で下ろした。昨日、火事騒ぎでばたばたして彼女の世話をするどころではなかったが、おしずは自分で諦めたのだ、そう思った。

「エーットエーット何て言ったらいいのかな」

おしずは気まずそうに頭を掻いた。

「いや早まった真似しなくてよかったですよ。わたしたちにできることなんて高が知れてます。なるようになるのを待ちましょう。無理に十両用立てて札差の人にお金返しに行くのもやらない方がいいですよ」

なびきは笑っていなしたが、おしずは照れくさそうに言った。

「いや、早まった真似はしちゃったンだよね」

「は？」

「昨日、京橋でアッという間に中間に捕まって本多さまのお屋敷でミッチリ怒られて、洗いざらい白状しちった」

おしずはとんでもないことを言った。

「……白状って、白状しちまったのか？」

「ウン。いや三千石ッてどんなモンかチョット様子見に行っただけで特に何するつもりもなかったンだけど、ソレはモウあっさり捕まって。一応医者がいた方が妙なトコうろついてる言いわけになるかと思って兄さんの友達連れてったンだけど、アタシはともかく前途ある若い医者が荒太なんかのために無礼討ちにされちゃったらサア。命懸けるほどのコトかなッて」

「えっ……いやまあ、命を懸ける必要はないですけど……」

なびきはそれ以上の言葉を失った。

——何で彼女は、荒太が好きなのに彼女を憎からず思う兄の友人を巻き込んでしまうのだ。つき合って武家屋敷まで行く兄の友人もどうかしている。惚れているなら止めろ。

「友達がお宅の家督を狙ってますけどタダひたすら阿呆で間抜けでおだてられて木に登ってるだけで悪いヤツに騙されてるンですッて、一生懸命誠心誠意説明して泣き落として。流石に不動明王に魂抜かれたとか言えなかったけどさ」

「で、どうしておしずさんは今、ここにいるんですか？」

「どうしても何もフッーに家に帰ったから？　そういうワケで今日の昼、本多与三郎則武サマが店に来るコトになったからヨロシク」

「は？」

「だって当人同士話するのが一番手っ取り早いでしょ？　どうせ荒太、昼頃メシ食いに来るでしょ。荒太が九歳の娘の婿に相応《ふさわ》しいか、決めるのは本多与三郎則武サマじゃない？今日は鯖か。マアお武家さまもたまには鯖が食べたくなるってことで。ココ、そういう店でしょ。清く正しい飯屋で、ヨソ行く途中のお武家さまが気分で通りかかって来たり来なかったりする。三千石の大身旗本もたまにはお忍びで羽伸ばして町人の飯食って〝鯖は神田に限る〟とか言いたいンだって。阿呆だけどブッタ斬ったりしないッて約束したから」

　おしずの悪びれない様子に、なびきも辰も腰が抜けそうだった。なびきはひっくり返らないのが不思議だったし、辰はしゃがんで三毛をあやしていた。

「……こいつといい荒太といいオレ、真面目に生きてるの馬鹿らしくなってきたな」

「アタシを荒太と一緒にすんじゃないよ」

「大差ないですよおしずさん」

るか。……それはおしずが無事であるように祈っていたが、ここまでびくともしないことがあるか。

おしずは焦げた床几が店の壁に立てかけてあるのにぎょっとしたらしく、指さした。

「なびきさん、どうしたのコレ」

「揚げ玉燃やしてやっちゃいました」

「やっちゃったッて火事？　危ないよ、何かあったらどうするのさ！」

よりにもよっておしずに叱られた。——考えなしに無謀なことをしていたおしずよりも、この店で火事を出しかけていたなびきの方が命の危険に晒されていたと言うのか。知ってはいたが、人生って理不尽だ。

久蔵は武家が来ると聞いても

「まあたまには来る」

の一言で、鯖を焼いて味噌だれを塗っていた。〝ご飯の神さま〟だけでなく不動明王の加護もあって心が不動なのかもしれなかった。なびきも料理にだけ専念したかった。

そうして昼頃に本多与三郎則武さまがご到着なさった。

中間などはおらず一人で「まあこれくらいのお武家さまはたまにいるかな」という地味な灰色の羽織袴で、想像より線が細く目が細い神経質そうな顔立ちだ。三十代半ばなのだろうか。今どきの武家は武術や馬術とは縁遠い算盤侍、そんな印象だ。荒太に似ているかどうかはわからない。

「アア、与三サマ、ココすぐわかった？」

おしずは手を振っていきなり馴《な》れ馴《な》れしく話しかけた。

「普段来ないところでちと難儀したな。主人、今日はよろしく頼む」

与三郎は店内で一番年かさの久蔵に頭を下げ、床几に二分金を置いた。久蔵は一瞥《いちべつ》して頭を横に振った。

「多すぎる。もっと細かいの。今日は鯖をぎょうさん焼いた、貸切にはせんぞ。作った飯は客にふるまうと決めておる」

「あちらは毎日来るのであろう。貸切ではかえって目立つ。食事の後に話をさせてもらう。これより細かいのは持ち合わせがない」

「なら荒太から多めにもろうておる。やつにつけておく。そちらは今日が済んだら二度と来んじゃろう。うちは見ての通りの飯屋で今日は鯖の味噌焼きと蒟蒻《こんにゃく》の味噌汁、小芋の炊いたん、糠漬《ぬかづ》け、飯はお代わりあり。泣いても笑《わろ》てもそれだけじゃ。二分もいらん」

久蔵はこのつっけんどんな言いようで六十まで無礼討ちされずに生きてきたのだから間違いなく神の加護があった。与三郎は二分金を引っ込めた。

与三郎には座敷に座ってもらい、しばし番茶を飲んで待ってもらう。

すぐに桶職人などが床几で中食を摂《と》り始め、いつも通りの賑やかな店になった。

そんなとき、がらっぱちの笑い声がした。

「――おめえそりゃ歌麿《うたまろ》の見すぎだ。バッカでねえの」

「蛸《たこ》はともかく鱏《えい》はいいらしいぜ。人に似てて」

「木の穴にでも突っ込んでろよ。なびき坊やおしず坊に聞かすなよ、娘ぇ卒倒するぜ」

荒太と鶴三が入ってきた——よりにもよって聞き苦しい冗談を言っていたようだ。飯屋の娘はこういうとき「何の話ですか、詳しく聞かせて」と言ってはいけない、絶対に。座っていた与三郎の目が一層細くなった。

誰が誰と言っていないのに彼は三つ指を突こうとした——それだけでもう十分だった。荒太の方でも与三郎を見ると、表情豊かなのを落っことしたように顔が強張《こわば》った。

「床几、昨日一個焦げちゃったから荒太はコッチで相席ね」

おしずが荒太を与三郎の向かいに座らせた。荒太は下駄を脱いで座敷に上がると、いつになくきちんと背筋を伸ばして正座した。

「何だ荒太、小娘みたいに足閉じてんじゃねえか。武家の前に座るからってよ」

鶴三が軽口を叩いておしずに頭をひっぱたかれた。

並みの客には折敷《おしき》で料理を出すが、武家には二人まで膳で出すようになった。久蔵が言った通りに今日は鯖の味噌焼きと蒟蒻の味噌汁、里芋の煮ころばし、それに糠漬け。

——驚いたことに、与三郎と荒太で全く食べ方が同じなのだった。まず味噌汁をひと口味わって、鯖の皮を左下から剝いて骨を探り出してから、ほじった身を味噌だれにつける。鏡で映したようだった。いや鏡は左右が逆になるからそうではない。血のつながりでこんなところが似るのだろうか？　顔は大して似ていないのに。

なびきは見ておれなくなって店の外を見やると——

ひょっとこ面がいた。左目を細めて口をすぼめたひょうきんな顔だが、張り子にそんな絵が描《か》いてあるだけ。ぽつんと向かいの店の隙間に。

正体が知れるとそれほど怖くない。むしろ面白いような。

——おしずが好き勝手生きているのになびきだけ真面目にしているのも馬鹿馬鹿しい。

なびきは軽く飯を握って握り飯にし、味噌焼きの鯖に串を刺した。

それらと糠漬けをひと切れ、竹の皮に包んで店を出、桶屋と煙草屋《たばこや》の隙間にまっすぐ向かった——

ひょっとこは逃げもせずに佇んでいた。なびきよりは少し背が高い小僧で、髷は結わずぼさぼさの髪を後ろにまとめていた。

「どうぞ」

なびきは竹の皮の包みを差し出した。ひょっとこが首を傾げる。

「……おいら物乞《ものご》いじゃねえぞ」

歯が空いているのか年寄りみたいにふわふわして滑舌がはっきりせず聞き取りにくい。

声は大人びた少年だ。——言葉は通じる。人だ。

「〝神さま〟のお告げがあったので差し上げます。わたしは神憑りで時々そういうのがわかるのです。いらなければ捨ててかまいません。慈悲や施しではないし恩に着せるつもりもありません」

なびきははきはきとそう答えた。

「……変な女。神さまのお告げと来たか」

ひょっとこは戸惑ったようだが、なびきは声を上げるのを何とか堪《こら》えた。

面の下は凄まじかったが、なびきは声を上げるのを何とか堪えた——

顔の左側が引き攣《つ》れて歪んでいた。左目はほとんど閉じていて目やにが固まっている。鼻が途中でなくなって左は穴が剝き出しだ。口の端がおかしくもないのに吊《つ》り上がったまんまで乱杭歯《らんぐいば》が覗く。前髪が伸びっ放しなのは丁寧に剃ると傷が剝き出しになるからか。

痛そうでもないが、古い火傷の痕に皮が張ったのだろうか。

——清姫がとうに忘れた炎の中の安珍。

釣り鐘の中にいたのは彼だった。何となく言ってみただけだったが間違いなくお告げの当人。

一時の激情で、やった方はすっきりして終わりでもやられた方は忘れない。決して。

店に誘わなくて正解だった。彼も絶対来なかっただろう。

面を脇《わき》に挟んで、彼は竹の包みを受け取った。左側は歯が足りないのか右側で串の鯖や握り飯をかじる。口が閉まらないので左側から少しこぼれる。

それでも最後まで食べ終わると、彼は口もとの米粒や味噌だれを手で拭って舐《な》めた。

「ご馳走、思ってたのと違ったけどまあ美味《うめ》えや。鯖なんか食ったの久しぶりだ。おっ母《かあ》思い出した」

「そう」

「お前は思い出さないか」

「憶えていません」

「そうか」

何となく憐《あわ》れまれたような気がした。

「思ったより変な顔でびっくりしたか」

変なんて——否定しようと思ったが、彼の顔を見ているとどんどん言葉を忘れる。

「餓鬼の頃の火傷、十年も経ったらちったあましになるかと思えば、頭はでかくなったのに傷だけこのまんまだ。目ん玉はあってこうしたら見える」

左の人さし指で垂れたまぶたを持ち上げた。あかんべえとは逆だ。まぶたを開けるとギョロリと黒目がなびきを見つめた。

「十年……大火ですか？」

「そう、中途までは逃げてたのにしくじった。こっちの目で綺麗なもの見るのは久しぶりだが、娘っ子脅かすのもかわいそうだな」

かわいそう——いちいち言葉がつっかかる。他の相手ならもっとちゃんと返事ができるのに、話が切れ切れになる。

彼が面を戻したら少し安心した。——安心？　自分で自分の気持ちに裏切られる。

「煮売り屋〝なびき〟、店の名前からつけたのか」

「わたしの名ですか。いえ、わたしの名前から店の名を変えました」

尋ねられて何も考えずに答えた。よく聞かれることだった。

「お前、生まれたときからなびきか」

「はい」

「変な名前」

それもよく言われる。

「あなたは？」

「真蛇《しんじゃ》だ。まことの蛇と書いて真蛇。最近手前で考えた」

「能面の名前？」

「物知りじゃねえか」

鬼の面の名だ──女鬼の。男の鬼は生まれつきの地獄の獄卒《ごくそつ》。女鬼は妄念《もうねん》で人から生成《なまな》り、中成りと化身する。

〝真蛇〟は完全に魔道に落ちた顔。蛇は仏敵。

もう戻れない鬼。

鬼の面で市中は歩けないからおどけたひょっとこの面で人を油断させているのか、ひょっとこもまた火にまつわる神だからか。

「もしかしてあなた、読売売り？」

「まあな。顔隠してできる仕事は大体やってる。獅子《しし》舞《まい》とかな」

冗談につき合うつもりはない。

読売売りは顔を隠していると相場が決まっている。以前にすれ違って、気づいていなかったのだろうか。この人が読売を読み上げても聞き取りにくいから、多分売るだけの役だ。刷る方は誰がしたか。

「――もしかして版木彫りが得意で、目黒不動尊の富くじの判子を作って一之富の当たりくじを写した？　あなたが？　それともあなたの相棒が？」

「おお、驚《おどれ》えたな。小娘なのに事情通じゃねえか。そりゃおいらだよ。お前も作ってほしいか？　紙切れ一枚で六十七両と二分だぜ」

驚いたと言いながら真蛇は楽しそうで、馬鹿にされているようだった。

「逆よ。あなたのせいで仲のいい人が二人も罰当たりになったわ」

胸がむかむかした。

お梅のために願いをこめて天神さまの銀杏《ぎんなん》を拾っていた荒太と、毎日〝神さま〟にご飯を供えている久蔵と。

僧から騙し取った金だと知っていたら二人とも使わなかっただろうに。

荒太に六十七両は重荷ですらあった。

「二人の信心を台なしにした！　あんなもので！」

「面白《おもしれ》えな、神憑りの女。おいらよりお前の方が火を吹いてら。罰当たりになったら雷にでも打たれるか。死んでから行く地獄がそんなに怖いか。金子に汚いも綺麗もあるかよ」

真蛇はせせら笑った。声だけで嘲《あざけ》っているとわかる。

「目黒の金満坊主ども、飢えて死んだりしねえだろ。あれはやつらが汗水垂らして働いた金か？　何が目黒御殿だ。頑張って判子写して、おいらの方がよっぽど働いてるぜ。おいらみたいなのは働くのも媚びへつらうのも人の三倍できてやっと人並みだ。富くじ買うやつなんか元から金持ちじゃねえか。上前はねて何が悪い」

「あなた、人を騙したのよ！」

「そうだよ」

なびきが叱りつけても屁でもないようだ。

「おいらみたいなのじゃ金子は集まらないからよ。世間は不細工な餓鬼には屁もひっかけねえが江戸の三富、三代家光公ご寵愛《ちょうあい》の目黒御殿の普請って言えば気持ちよく金出すんだろ。あいつら看板だけ、名前だけの商売じゃねえか。仏さまがそんなに慈悲《じひ》深《ぶけ》えならおいらにも軒先貸してくれたっていいだろ」

聞いていてぞっとした。

「――あなた、自分でも引き換えたの？」

「そうだよ。何驚いてんだ。こんな上手い商売、手前でやらなきゃ損だ」

自分でと言うが、ふざけた面を着けて目黒不動尊に入ったら叱られるかもしれない――最初になびきが思いついたように、端数七両程度で人に頼んで？

「どうやら当たりの四人のうちに引き換えてない馬鹿がいてあんまり騒ぎになってない。

買っといて忘れるくれえの信心だよ。間抜けが当たりくじ簞笥の肥やしにしたんじゃ不動明王も浮かばれねえからおいらが使って世の中に回してやるよ。折角佐兵衛の旦那《だんな》が金出して富くじ買ってくれたんだ。旦那、男妾《おとこめかけ》に夢中でおいらのこと忘れたみてえだからしばらく暇もらって遊んで暮らすさ。面白い兄ちゃんだけど若くもねえのに何がいいのかね。金持ちの気持ちはわからねえが、これからわかるのかな」

「仏さまが許さないわ――」

「お前は許されてて天の神さまに守られてたら絶対に店は火事にならないか。おいらのおっ父《とう》おっ母は守られてなかったか」

――痛いところを突かれた。

「一生懸命やってたら気持ちは伝わって日々ささやかに生きていけるか。いいよなあ見た目がそれらしくて、当たり前で真っ当にやれるやつは。人前にもまともに出られないおいらみたいなのは、はなから当たりの富くじ手前で写して銭にするくらいでやっと人並みだ。はずれのくじ買う金なんかねえ。神さま仏さまの許しなんかいるかよ。罰当ててみろよおいらは怖かないぜ。しくじったって橋の下で寝るだけだ」

言葉が通じるから何とかなると最初に思ったのが思い上がりだったのか。

それとも言葉が通じすぎたのが拙いのか。

「汚い綺麗があるならお前だって札差と武士が争っていじり回した浅草の米食って生きてんだ。腹の中は真っ黒だ」

なびきは真蛇が放った呪《のろ》いを真正面から受けた。

言い返そうと思えば言い返せたが、できなかった。

憐憫《れんびん》の情で弱みを見せたと言えば、そうだ。

8

真蛇とやり合っている間に中食の一番忙しい頃合いは過ぎていたが、久蔵もおしずも文句を言わなかった。多分それどころではなかった。

もうとっくにお膳《ぜん》を下げていたが与三郎と荒太は無言で番茶を飲んでいた。鶴三が横から話しかけた。

「おい荒太、行かねえのかよ」

「悪いな、野暮用だ。またにしてくれ」

「何だよお前、消え入りそうな声しやがって。武家にも借金して催促されてんのか？　おしずちゃん助けてやれよ」

減らず口を叩いて鶴三が出ていくと、店は久蔵とおしずとなびき、事情を知る者だけになった――

いよいよ与三郎が三つ指を突いて深々と頭を下げる。

「新九郎どの、ご存命であったか！　よくぞ今までご無事で！」

対して、荒太の方は泡を喰《く》っている。

「な、何かの間違いじゃねえんですか。あっしはそんなんじゃ」

「いや、げん――お父上に瓜《うり》二つのそのお顔が何よりの証《あかし》！　そなたこそ本多の嫡男、我が姉の一子、新九郎どの！　正直を申すと、札差ごときが何を申してもたわごとと思い二人まとめて成敗するつもりであったが、紛うことなき姉の忘れ形見を前にしてそのような気持ちは消えて失《う》せた。まことこれまでご苦労をおかけした。この上は一刻も早く我が家に入り、娘の婿となって家督を継いでいただきたい！」

「な、何でそうなるンだよ、約束が違うよ与三サマ！」

与三郎が早口で言うのに、おしずが白目を剝いていた。――何でって。

破天荒なおしずの話をきちんと聞くような真面目一辺倒のお人好《ひとよ》しならそうなるのに決まっているだろうが。少しでも小ずるい人ならこんな場末に自分で来て久蔵に冷たくあしらわれて金を引っ込めたりしない。おしずは与三郎とどんな約束をしていたのだ。

どのみち与三郎はおしずのことなど忘れて、ひれ伏したまま荒太をかき口説いていた。

「元々拙者は本多の者でもなく、中継ぎの身の上だ。――新九郎どの、そなたの母はそなたの葬儀の次の日、胸を突いて自刃して果てた。そなたに詫びていた。いかなる手違いがあったのか、そなたがこうして立派に生きていると知っていれば違ったろうに、拙者が止めていれば。全てを元に戻すことはできぬがせめて家督くらいそなたにお返ししたい。おこうは、家督を譲られた折に縁づいた妻の子、ご恩を返すために授かった娘なのだろう。何も遠慮することはない！」

「こういうのが面倒で逐電したかったのに、弱ったな」

ほとんど膝にすがるような与三郎を前に、荒太がぼそっとつぶやいた。ここに来ておしずより荒太の方が問題を真面目に考えていたことが発覚した。

――荒太が御曹司として贋物だったら佐兵衛と与三郎は札差対武家で血で血を洗う浅草やくざの抗争まっしぐら、本物だったら三千石の大身旗本の跡継ぎに相応しくなくて本多家がお先真っ暗。

むしろ与三郎がその気になってしまう方が拙かった。九歳の娘を花嫁に育てる五年の間で、荒太を躾《しつ》け直してこの十年の放蕩三昧《ほうとうざんまい》を帳消しにするなどできるだろうか。いや、叔父の心がちょっと動いたくらいで煎餅屋すら勤まらなかったボンクラ男を武家の当主にしてめでたしなんてはずがない。九歳の娘の運命ももう少し慎重に検討した方が。

かと言って横から「この人、パッパラパーだからやめた方がいいですよ」と直截《ちょくせつ》に口を挟んでは角が立つ。

「……母上、亡くなったんですか」

荒太はぽつりとそう言って、少し洟《はな》をすすった。佐兵衛からこう聞いた、と言っていたときは「芝居じみてらあ」と笑い飛ばしたのに、叔父に言われるとまた違うのだろうか。

与三郎はますます頭を下げる。

「面目《めんぼく》ない。拙者がついていながら……」

「いいえ、何となくわかってやした。よく憶えてないし。……もとより親の死に目に会えるようなやつじゃないのに、思ったより……目にしみる……」

荒太は顔をこすっている程度なのに、横で聞いているおしずの方が座り込んで泣き出してしまった。なびきはむしろ「会ったこともないのにすごいなあ」と思った。久蔵は何も聞いていないように竈の掃除なんかしていた。

「母御の供養のためにも本多家に戻ってくれ。親孝行と思って。そなたが家督を継ぐのはあの人の最期の願いなのだ」

与三郎は懇願した。真摯《しんし》な声に聞こえた。

「……できやせん。すいません。親不孝はそうなんでしょう。でも新九郎はとうの昔に死んだんですよ。築地に墓もあるんでしょう。あっしはしょうもない男で……」

荒太はぼそぼそと言っていたが、顔を上げた。覚悟を決めた目だった。

「あっしは甘えた男で人に笑われて、たまに優しくしてもらえる、そんなのが好きなんですよ。餓鬼とつるんで馬鹿やって。武家は笑われちゃ駄目でしょう。立派な人じゃなきゃ。あっしはお上のため御家のために立派に生きるなんて無理なんですよ。そんな根性ない」

堂々と言うようなことではないが、彼は言い張った。

――彼がなぜ武家に向いていないかというとこういうところだった。

大義のために生きていくには、意気地がありすぎる。

しょうもないもののためなら命を張れるのに、ご公儀や御家となるとやる気がなくなる。

金ですらあんまり多いとどうでもよくなった。はずれの富くじのために目黒まで行って当たってがっかりする人なんかいない。

他の人が担いでいるものに興味はないのだろう。

見た目より面倒くさい天《あま》の邪鬼《じゃく》だ。こんなへそ曲がりをお殿さまと仰ぐ家来がかわいそうだ。

御家に閉じ込めてもそのうちふらっといなくなるのは目に見えていた。

「あっしなどこの十年、御家が大変なときに深川で遊び呆《ほう》けてただけの大馬鹿野郎。博打で勝ったり負けたりして道端で野垂れ死ぬのがお似合いです。親や先祖には申しわけねえが、戻れやせん。算盤も刀ももうよく扱えないし。御家は叔父上のものです。その方が向いてる。これまで通りでいいじゃないですか。あっしは何も困ってやせんし娘御は急がなくてももっと相応しい婿が見つかるでしょう。あっしはただの……あんたの甥《おい》に似てるだけの破落戸《ごろつき》ですよ。何も見なかった、そういうことにしておくんなせえ、後生です」

今度は荒太が頭を下げた。

「母のためでも戻れないか」

「へえ、親不孝者は墓参りもできないでしょうが、これまでもしてなかったし。博徒なんかどうせ皆、親不孝者です。本多さまの方から御霊前に詫びておいてください。面倒なこと、何もかも押しつけて申しわけありやせんが」

「面倒など。拙者ばかりがいい目を見て、そなたが不憫《ふびん》で」

「不憫も何も上機嫌で楽しく生きてきやしたよ。この辺の皆、優しいし飯も美味い。幸い女にもてるし、恵まれてやすよ」

「何せそなたのために思い詰めた町娘が我が家に駆け込んでくるくらいだからな。おしずとやら大事にしてやれよ」

「え、聞いてねえ。そんな話だったんですか」

ここでやっと、二人とも顔を上げた。おしずはしゃがんだまま、耳まで真っ赤になっている。

「九歳の童女などいらんか」

「まあ、言いにくいけどそうです。十歳くらいの婿、探してやってください」

堪《こら》えきれずに二人とも吹き出した。顔立ちは全然違うのに笑い顔もなぜかよく似ている。冗談のダシにされた娘はたまったものではないだろうが、荒太と結婚せずに済んだのだから不幸中の幸いと思ってもらおう。

これで今度こそめでたし——

「……あの、本多さま」

和やかな空気は、辰のいつになく腰の引けた声で破られた。

棒手振の辰は偉そうな人が怖いのではない、面倒が嫌いなのだ。同じに見えるが全然違うらしい。武家やら金持ちやら面倒くさそうな相手を見ると自分の姿を見られる前にするっといなくなるのが彼の渡世術だった。

ご公儀に盾突《たてつ》くつもりはないがわざわざへつらうのも嫌。長屋の女房と飯屋以外はどうせ魚を買ってくれるわけでもないのだから、愛想を振りまいても無駄——客にもそんなに愛想がいいわけではないが、そう言い張っていた。彼が諸手《もろて》を挙げて応援するのは贔屓《ひいき》の相撲取りだけで我慢するのは大根おろしが思ったより辛いときだけだった。

それがいかにもかしこまった武家がいるのに煮売り屋〝なびき〟に入ってきて、自分から声をかけた——

その隣に黄八丈の羽織の男がいた。いかにも金持ちの蔵前風の髷にナマズ髭、太り肉《じし》の中年。

後ろに何やらいかつい法被に俠客髷の男もいるようだ。

「こちらの方々が話があるとか……」

辰は青ざめた顔でぎゅっと三毛を抱いていて、か細い声でそう言った。

「いけませんなあ、新九郎さま。くださるとおっしゃるものを勝手に断っては」

噂の、札差の佐兵衛が慇懃《いんぎん》無礼《ぶれい》に言い放った。

「与三郎則武さまが折角その気になっておられるのです。いただけばいいではないですか。三千石のご当主の座。欲がなくて褒められるのは坊主くらいのものですよ」

9

「てめっ辰坊に何した、あっしの弟分だぞ!」

荒太は勇ましく声を上げたが、小さく呻《うめ》いてよろめいた——長く正座していたせいですっかり足が痺《しび》れて座敷を降りるのもままならなかった。涙目になるほどひどいらしい。

与三郎の方はそんな無様なことはなく、すっと片膝をついて刀に手をかけた。

「新九郎どのが決断なさったことに横から水を差すか、札差風情が」

「新九郎さまは魚屋だの飯屋だのと馴れ合って武家の本分をお忘れのようで」

「すっかり忘れてこの有様だよ！　正座もできなくなった男、もう放《ほ》っておいてくれ！」

凄《すご》む二人に比べて本人だけがよれよれで締まらない。おしずはほうきをかまえ、久蔵すら鉄鍋をそれらしく掲げていた。

なびきはといえば佐兵衛の連れてきた用心棒がひょっとこ面でなかったことに安堵《あんど》すればいいのかどうか――彼は荒事が不得手だからいないだけなのか、それとも主《あるじ》を見限ったのか――

――はした金、手に入れたら面倒にかかわる必要もねえだろ。

彼はここにはいないのに、声が聞こえたような気がした。

「そういうわけにいきません」

佐兵衛がにたりと笑った。

「あなたさまが本多家の跡をお継ぎにならないなら、あたしらはあなたさまを寺社奉行に引き渡します」

「へ？　寺社奉行？」

荒太は四つん這《ば》いで間抜けな声を上げた。

「……何で寺社奉行？　破れ寺で丁半博打してた罪で？　あそこは浅草寺別当の、ええと何だっけ」

「そんな瑣末《さまつ》な話ではありません。こんなことを申し上げたくはなかったのですが――あ、あ、あ、あ、あなたさまに差し上げた目黒不動尊の富くじは、うちの器用なチンピラが作った贋物でございまして。贋物で金を騙し取られた目黒不動尊は大変困っております。六十七両と二分は大金ですから。あたしも主と仰ぐお方を陥れるつもりはなかったのですが、あなたさまがぜひほしいとおっしゃるから」

　ぬけぬけと佐兵衛はほざいた。

「そういえばあなたさまには、あたしが変わったものを持っているとほしがられるくせがございました。根付けでも守り袋でも矢立でも。いずれもつまらぬものなのでさしあげましたが、そうすると今度は放り出しておしまいになる。よくない性分です」

　衝撃の事実に、荒太はといえば――ひたすら当惑していた。

「え、な。そんなまさか。目黒不動尊の坊さん、本物だって」

「目黒不動尊すら本物と見紛うくらい精巧に作ったのです」

「そんなこと、あるのか？」

「はい、やつらの目は節穴です。本物は判子が欠けておりますが、贋は欠けておりません」

「証拠は？」

「贋の判子がそっくりそのままあたしの手元に」

「ええー……」

——あるんです。なびき一人が頭が痛い。これでもう、大声を上げて大寅や弁天の大伍などに助けを求めるわけにいかなくなった。何が大問題って、なびきが前もって荒太にこの事実を知らせていても特に何もできることなどなかった。

「てめえ、あっしの純情弄《もてあそ》びやがって！」

「何と卑劣な！　新九郎どのを陥れるとは！」

脱力から戻ると荒太は憤り、与三郎も追随したが——はずれや贋なら怒られると思って心躍らせながら妙なものを持っていくのが「純情」か。目黒不動尊の僧たちは荒太を半殺しにでもすればよかったのではないか。半殺しの翌日にまた半殺しにしたら今度こそ死んでしまうのか。

「あなたが寺社奉行に訴えたら、作った張本人はどうなるんです。真蛇さんは承知してるんですか？」

「ん？　小娘、真蛇の夜一《やいち》の名をなぜ知っている？」

たまりかねてなびきが声に出すと、佐兵衛が目を細めてこちらを見た。

「さっきお話ししましたから。わたしは知っていますよ。贋富くじは読売売りの真蛇さんが二枚作ったの」

「二枚だと」

なびきの言葉は佐兵衛の意表を突いたようだったが、少し舌打ちさせただけだった。

「小僧、あたしを出し抜いたつもりか。知らぬ間に飯屋の娘などに絆《ほだ》されて。あんなりで色気を出したか。子供ではないか」

その言い草にかちんと来たが、やはり真蛇はもう佐兵衛を見限って姿を消したのだろうか——目の前で言われても傷ついたりしないのだろうか。

「——まあいい。小者がどうなるかなど知ったことか。贋富くじは新九郎さまと真蛇の小僧が組んで仕掛けなすったのです。何せ目黒不動尊はそちらの与三郎則武さまの叔父上、燈佑上人がいらっしゃる。あなたさまは御家の仇を討とうとなさったのですよ。武家らしくもない策を弄《ろう》して。ああ、あたしが器用なチンピラなど紹介しなければ」

佐兵衛はわざとらしく嘆いてみせた。

「おのれ、奸計《かんけい》で主を謀《たばか》るとは不届き千万な」

与三郎は憤るが「あなたの甥が天下一の間抜けなんです」とは言いづらい。

「どうしてこの人にこだわるんです。荒太さんならあなたの言うなりになるから？　残念ですが荒太さんはいろんな意味であなたが思っているような人ではないですよ。器が大きすぎて絶対持て余すからやめた方がいいです」

なびきがしゃしゃり出るよりなかった。どうやらこの局面、盤の大局が見えているのはなびきだけだった。

「ふん、小娘に男の器量がわかってたまるか」

佐兵衛はナマズ髭をひくつかせた——

「新九郎さまは十歳のみぎりよりあたしが手塩にかけてお育てした立派な若君。夜、一人で眠るのが怖いとおっしゃるので手をつないでさしあげたこともある。新九郎さまが長屋で暮らして博打を打って子供に馬鹿にされたりしてはいかんのだ！」

佐兵衛は熱っぽく語ったが、

「知らねえ。そんな餓鬼の頃のことなんか憶えてねえよ」

荒太の返事はしょっぱいものだった。——どうやら片思いらしい。憶えていてもそんなことで大の大人の弱みを握った気になってもらっても困るか。

——十年前の大火で火傷を負ったのは荒太と真蛇で同じなのに、真蛇のことは育てていないからどうでもいいのか。なびきはむかむかしていた。

彼は胸にあざがなくて立派な若君ではないから。それらしい武家の名前がないから。かわいくないから。

世の中の皆に優しくするなど無理だ。手下その一に情などかけておれないだろう。

だが、真蛇本人が「不細工だから仕方ない」と言うのは悲しすぎる。彼と荒太で何が違う。火傷の位置？　愛嬌《あいきょう》？

——何だか気にしてしまうのは、かわいそうだから？　あんな人、初めて見てびっくりしている？

——もっと胸がすくと思ってたのに自分ばっかり惨《みじ》め、って最近どこで聞いたのかしら。

なびきが悩んでいる間も、佐兵衛は悲劇に酔って訴えていた。

「陥れるような形になったのは残念ですが、あなたさまは悔しくないのですか！　御家を奪われてお父上お母上を喪《うしな》って流浪の身で！」

「別にそんなに……」

肝心の荒太には微塵も伝わっていなかった。

「母上のことは謝ってもらったし、チャラだろ。叔父上のせいじゃねえよ。もう十年も前のことぐだぐだ言うの男らしくねえし」

「武家の誇りはないのですか！」

「贋物の富くじ換えに行くようなやつにそんなもんあるわけねえだろ、馬鹿かおめえ」

荒太は吐き捨てたが──全くもって「お前が言うな」だ。

「女がわけわかんねえこと言って別れる仕組みが何となく見えてきたぜ。世の中こんなに察しの悪い野暮天がいるとか、言わずともわかれ間抜け」

「ではお父上の無念は！　長七郎直長さまの尋常ならざるご最期、この方が仕組んだことでなければ何と！」

「待て！」

佐兵衛の勝手な言い草に与三郎も声を荒らげた。

「何も仕組んだりしておらぬ。長七郎直長さまのご最期は、拙者もよく知らぬのだ！　亡骸の有様から火に巻かれたのは確かであるが、姉上も燈佑さまもはっきりしたことはおっしゃらなかった！」

「よくぬけぬけとまあおほざきに。大火の翌日は雨が降っておったのに、焼け死んだなどという話を誰が信じるか！　新九郎さまの亡骸も用意していたのではないか！　若さまはここに生きておいでだというのに、なぜ墓など立てた！」

「何かの手違いだ！」

男二人で怒鳴り合っているとなびきは怖い。荒太の声は怖さがないとわかった。――真蛇も。

この「怖い」は、剣豪なら「殺気」と呼ぶものかもしれない。

荒太はといえば――まだ座敷に這いつくばっていたが、顔が青い。急に脂汗まで掻いていた。ついさっき、佐兵衛をいなしているときはこんなではなかったはずだ。腹でも痛むのか。

鯖が悪かった？　いや、〝神さま〟のご加護のご飯で食あたりなどない。大体、鯖で中《あた》るときは食べた人、皆が具合悪くなる。

「拙者も今日このようにお会いするまで新九郎どのも大火で亡くなったと思っていた！　亡骸は、取り違えたのであろう」

「白を切りおって、どんな手違いがあったら亡骸が増える！　あんた以外に誰がする！」

「無礼を申すな！　札差の分際で見くびりおって――」

その瞬間、荒太の唇が動いた。

「――違います、見くびってなど――」

ごく小声だが、確かに答えた。

ついに与三郎が足袋《たび》のまま土間に降り、刀の鞘《さや》を払った――

「駄目です、与三郎さま、駄目！」

なびきはその前に飛び出した――

その横から吹っ飛ばされた。刀ではなく、荒太が座敷から頭突きしてきた。なびきは土間に尻餅《しりもち》をついて――

土間に飛び降りた荒太の目の前に、抜き身の切っ先があった。

「新九郎どの、止めるな、そやつを――」

与三郎の言葉など荒太は聞いていなかった。

ものすごい獣じみた吠《ほ》え声が響いた。耳が痛いほど。酔っぱらいが怒鳴ったりうめいたりはあるが、こんな声は聞いたことがない。荒太の――悲鳴？

彼はよろめいて――

三毛を抱いていた辰の、下駄を履いた足を踏んづけた。

「痛って！」

声を上げた辰も痛かっただろうが、荒太はいよいよすっ転んで何の拍子か久蔵のかまえた鉄鍋に頭をぶつけた――だけに終わらず、おしずのほうきが胸を突いた。

「ア、ごめん」

おしずがわざとでないのは声の調子でわかったが、荒太は土間に倒れてぴくりとも動かない。足を踏まれただけの辰が焦った。

「お、おい、やっちまったんじゃないのか」

「そんなつもりなかったンだけど。いきなりコッチ来るからつい」

辰とおしずで荒太を床几に寝かせ、おしずはその胸に耳をくっつけた――自分でやっておいて役得だ。

「息はしてるし心の臓も動いてる。ノビてるよ」

「白目剝いてて怖いぜ、目ぇ閉じさせろよ」

「臨終の仕草みたいで不吉じゃない？　何だったの、スゴイ声」

――いや……こいつが急に喚いて暴れ出して――

なびきは土間にへたり込んだままだったが、一部始終を見ていた。

――そうだったのか。

今、最後の仕掛けが揃って舞台装置が完成した。これまでわからなかったことが全て見通せるようになった。

彼が一体何者だったのか、その正体。

10

「何だい今の声」

隣のおときがひょいと店の中を覗いてきて、佐兵衛の連れてきた用心棒と目が合って気まずそうな顔をした。

もう与三郎は刀を鞘に戻していたが、荒太がひっくり返ってなびきが尻餅をついて、ひと騒動あったのはよそからも明白だった。

久蔵がわざとらしく咳払《せきばら》いをする。

「荒太のやつ、間抜けにも一人だけ鯖に中りおった。痛いかゆいと喚きおる。うちには鯖に中ったときの秘伝があるゆえ、お前さんは気にせんでよい」

「さ、鯖？」

「皆平気なのにこいつだけとはツキのないやつじゃ。見ても面白いことなぞない」

久蔵は嘘をつくときもきっぱり言い切るのだった――

「何か揉めてなかったかい、武家がどうの札差がどうの」

「うちの店で借金の督促とは面倒な連中じゃ。大寅を呼んだりするでないぞ、こちら大層なお家柄で同心やら小者やらが間に入っても一層揉めるだけじゃ。武家の意地の何のと」

「そ、そう」

おときとしても武家が札差相手に刀を抜く騒ぎにかかわりたくないのだろう。すぐに荒物屋に引っ込んだ。

「新九郎さまをお医者に診ていただかねば」

「札差風情のいいようにされてなるか――」

「無理に起こすとよくないですよ。今、〝魂が抜けてる〟と思うから」

ぐったりした荒太の両手を佐兵衛と与三郎で摑んで右と左に引っ張って大岡裁きなど勘弁してほしかった。

なびきは立ち上がってお尻の埃《ほこり》を払い、二人の間に立った。

「むしろこれで内証の話ができます」

佐兵衛はじろじろとなびきを見た。

「内証の話？　そもそもお前は何なのだ、娘」

「佐兵衛さん、わたし荒太兄ちゃんの秘密知ってます。本多長七郎直長さまのご最期のことも――兄ちゃんがのびてる間に聞いちゃうのをお勧めします」

なびきはわざと歳より幼い甘えた声を出し、しなも作った。与三郎が鼻白む。

「先代のご最期を？　なぜ飯屋の娘などが」

「荒太兄ちゃんは酔っぱらうと必ずわたしに絡んできて愚痴るのです。素面《しらふ》になると忘れてます。大人の人の前では格好をつけて絶対やりませんが。素面の荒太兄ちゃんが絶対言わない昔のこと、わたしだけは知っているのです」

「本当か」

佐兵衛も与三郎も目の色を変えた。

――これがなびきの取り柄だ。「考えてわかった」など信用されない。実際、荒太は自分にだけよそでは話さないことを話した――素面でだが。

「そんなこと聞いてたのか、なびき。水臭いぜ！　オレが聞いた米相場は何だったんだ！」

辰が混ぜっ返した。――〝花棒〟で盗み聞きしていたなら辰となびきで同じことしか知らないはずだが。しっかりしてくれ。

「気絶してるときって結構耳が聞こえてるらしいですよ。耳に栓をしましょう。往来から見えないように手首だけ縛って床几にくくりつけましょう。着物を着せかけて、鯖に中って秘伝の薬飲んで寝てることにしましょう。荒太兄ちゃん、暴れて憶えてないことよくあるから」

正確には「新九郎が好き放題した挙げ句、しっかり憶えている」なので正反対だが、どのみち出鱈目《でたらめ》をやってもらっては困る。

耳栓は、襤褸《ぼろ》布《きれ》を少し湿らせるといいらしい。あまり水気が多いと耳の中が腐るので少しだけ。

「新九郎どのは酒も飲んでいないのに、なぜ暴れると言うのだ」

「わたしもそうですけど大火に遭った人は起きてても思い出すと悪い夢、見て暴れるんですよ。百年に一度の大惨事ですから。まして荒太兄ちゃんはお父上さまを目の前で亡くしたんですからそれはひどい心の傷が」

――これは大嘘。そういうことにした方が楽なので。

「大人の人が暴れたら大騒ぎですよ。野次馬が集まるかもしれないし、さっきのおときさんがお医者を連れてくるかも。昼日中にご立派な〝若さま〟がみっともなく暴れてるところ、人に見られたくないでしょう？　鯖に中ったってだけにしましょうよ」

こうしてなびきは佐兵衛の弱みにもつけ込んだ。一つ嘘をつくと芋の蔓《つる》だ。次の嘘が引っ張られて出てくる。

――いいよなあ、見た目がそれらしいやつは何やったって様になる。おいらとお前じゃ誰だってお前を信じるよ。

真蛇が笑っているような気がする。

余計なことを考えるな。この十年でもつれて絡んだ糸の、結び目が現れた。ほどけるのは今このときだけ。

大道具の釣り鐘の線が見えるのはなびきだけ。仕掛けを動かして釣り鐘を割ってみせなければならない、役者が揃っている今このときに。絶対に段取りを間違えてはいけない。

演目は『道成寺』。

紀伊熊野《きいくまの》は真砂《まなご》の長者の娘、わずか十三歳の清姫、邪恋から蛇体の鬼と化し火を吐きながら日高川《ひだかがわ》を飛び越えて愛《いと》しい安珍を追う――

十年前の大火では炎はいくつもの川と堀とを飛び越えた。宇田川《うだがわ》、京橋川《きょうばしがわ》、竜閑川《りゅうかんがわ》。熊野の清姫は一途《いちず》でも、江戸では清姫一人に無数の釣り鐘と無数の安珍。浅薄で貪欲《どんよく》でまさに邪恋。

人には決して理解できない大妖怪であるがゆえ、かわいらしく可憐《かれん》に着飾った姿で崇《あが》め奉られる。恐ろしすぎて怖いままにはしておけない。せめて芝居で人の愛を注いで少しでもわかったふりをする――

　十年前、本多のお殿さまに何が起きたか語るのに、そのわかりやすい物語を借りる。佐兵衛の用心棒が荒太の手を床几の下でくくって、今度は与三郎が羽織を脱いで彼にかけた。

「して、そちが聞いた長七郎さまのご最期とは」

　与三郎が座敷に腰かけて、舞台が始まる。

「ええと、佐兵衛さんは大火の焼け跡なんて何も残ってないんだから遠眼鏡覗いたら築地からでも見えるって言いました？　そんなわけないですよ、結構いろいろ残ってます。日本橋や京橋には――蔵が」

　なびきは想像しながら語る。黒焦げの焼け跡にぽつぽつと白い漆喰の蔵が――白くはないのか、煤けて黒い？

「大火の次の日に雨が降って、長七郎さまと新九郎さまとお内儀と上人さまは蔵を見に行ったんですよ。焼け跡に用事があるとすれば蔵です。火事の後の蔵って怖いんですって、よ組の弁天の大伍さんがひとくさり教えてくれました。蔵のある辺りでは火事が出ると左官が順繰りに戸の隙間を土で塗って詰めて回る。そうやって隙間をなくすと風が通らなくなって漆喰の壁自体は燃えずに残っている。でも百年に一度の大火に晒されたら、蔵の中は熱くて見えない火の気でいっぱい――道成寺のお坊さんが安珍を釣り鐘に閉じ込めて庇《かば》おうとしても清姫の炎で外から蒸し焼きにされてしまったように。なまじ雨が降っていたから平気そうに見えたけど、焼け残るような蔵はしっかりした瓦葺きだから雨が降っても下まで冷えない。戸を開けた途端に風が通って蔵の中の火の気が立ち上がって蔵が落ちる。昨日、わたしもやっちゃいました。そこの床几。揚げ玉でしたけど」

なびきは壁に立てかけた焦げた床几を指さした。

「火消しが一番怖いのが、火事の次の日の蔵ですって。蔵を開ける前に外から蔵の壁に水をかける、その水がどんどん乾いていくような蔵が特に怖いって。中に火の気が眠っていて風が通るのを待っている。そんな蔵を開けたら開けた人も、噴き出した火で一瞬にして吹き飛ばされる――長七郎さまは蔵を開けてしまったのです。大火の次の日が雨だったからこそ、蔵が落ちる条件が揃います。陰謀などではありません。新九郎さまは目の前でお父上さまが火だるまになるのを見てしまい、ご自分も火傷を負いながら必死でお逃げになった――幸い新九郎さまの方は横にいたので火に巻かれたといっても雨のおかげですぐに消えて、お命にかかわるほどではなかった。でも恐ろしさのあまり、それまで生きてきた全てを忘れて深川まで走り、戻れなくなった。そこによくしてくれる人もいた」

清姫にひと撫でされただけで前髪の少年は必死に走って日本橋の焼け跡を通り抜け、更に川の向こうへ――

辰はその頃とっくに兄と両国に逃げて「こうなったら慌ててもしょうもない、なるようになる、魚河岸はまたできる」と大根でもかじって、他の逃げた人と一緒に寺の炊き出しに並んだりしていた。火傷一つせず。それが人並み。

なびきは神田紺屋町で運よく難を逃れた煮売り屋で「神憑りのじいさん」とのんびり味噌汁を飲んでいた。――真蛇は多分雨が降る前に火傷を負って全然違う日に遭っていた。

あの日、そこにいたのは武家の少年一人だけ。焼け跡をさまよっていたのは彼だけだった。火消しも何もいない。火消しが仕事をするのは燃えているところと燃えていないところの境目で、燃えつきた後の場所に用はない。逃げた人が戻って火事の片づけを始めるには早すぎる。まだあちこちに火が眠っている。

百年に一度しか現れない夢と現《うつつ》のあわい、この世の果てで彼はたった一人だった。

そこで大事なものと大事でないもの、立派な名前やら何やら取りこぼしてしまった。人の世でしか意味がないもの。

信じていたもの全部なくして、振り出しに戻る。

道も何もない中、見渡す限り黒焦げの町をいくつも越えて、たくさんの人が逃げた後の橋を渡ってやっと火事と無縁の「いつも通りの江戸」にたどり着いた。

とぼとぼと歩いていたら、寂しい女に拾われた。

女は女でいいことのない人生から逃げて捨て犬を拾うように彼をかまっただけだったかもしれないが。彼もすぐに素直に従ったわけではなく、最初はぎこちない暮らしだっただろうが。

新しい名前と新しい生き方に馴染《なじ》んで、どんどん武家らしからぬ方へ――

「それならそれで姉上も叔父上も、拙者には教えてくださればよいではないか！　水臭い！　黙って胸を突くなど！　叔父上に至っては今でもだんまりを決め込んでおられる！」

与三郎は悔しげに握りこぶしで己の膝を打った。

「白々しい芝居を。何度も言うが亡骸は何だ！　行方が知れぬなら捜せばよいだけのこと。わざわざ葬儀を挙げて戒名もつけ、長七郎さまのお隣に葬ったのだぞ！　小娘、お前は大方、小遣いをもらってこの殿さまに都合のいい話をしているだけだろう！」

佐兵衛も全く納得しておらず、口角泡を飛ばした。

舞台はここからが佳境だ。

「それは間違いなくその亡骸が長七郎さまのお隣に葬られるべきお方だったからでしょう。与三郎さまに都合のいい話なんてとんでもない。きっとものすごく都合は悪いですよ」

「何だと？」

与三郎は眉をひそめた。真面目な人、本当に心当たりはないのだろう。

「あのさあ。お殿さまが手前で蔵開けたって、何でだ？　火消しなら蔵が拙いの誰でも知ってるのに誰も止めなかったってことか？　お殿さまだろ？　拙いなら拙いで家来に命令したらいいじゃねえか。危ないので拙者が代わりに、とか手前で言い出す命知らずが一人二人いるんじゃねえか？　武士道だろ？」

辰は二人と違って白けている。

「蔵の中に、家来に見られてはいけない宝物があったんですよ。どんな忠義者にも絶対に知られてはいけない。誰にも相談できなかったんです」

「宝？　刀やら鎧やら入ってた？　先祖伝来の家宝とか？」

「そういうのって後から磨いたり直したりすればいいから、急いで蔵を開けて確かめなくていいんですよ。盗まれて困るならそれこそ家来を見張りにつけておいて――むしろ物を知らない泥棒が勝手に蔵を開けてしまったらおじゃんになるので、誰も戸を開けないように見張りするくらいでいいんです。三日ほど火の気がなくなるまで放っておくしかありません」

なびきもそこは考えた。

「じゃ、ええと。何とかの壺とか金襴緞子の嫁入り衣装とか？」

「瀬戸物も磨いたり直したりで何とでもなります。布は逆に色が変わったりして多少急いだところで取り返しがつかない。よく燃えるから、何日も間を置いてから確かめなきゃいけないでしょうね」

「お殿さまが蔵開けるほどのお宝、ないじゃねえか」

「一つだけあります。誰にも見せてはいけなくて、それでいて急いで蔵を開けて確かめなければならないもの」

「見られても知られてもいけないって柳生新陰流《やぎゅうしんかげりゅう》の秘伝の巻物でもあったかよ」

それは考えていなかった――が、大伍によると紙は水に濡れても意外と何とかなるのだったか。布と同じようなものだろう。

「与三郎さまはご存知でしたね？」

「拙者が何を？　家宝など伝えられておらぬ。そなたの聞き違いではないか」

与三郎は眉をひそめた。――言いかけて憶えていないのか。

「蔵の中にいたのはお殿さまが家来といえど決して人目に晒してはいけないもので三日と言わず半日も放っておけないかけがえのない宝、ご家族揃って確かめなければならないもの――新九郎さまの兄上、ゲンパチロウさまです」

大仕掛けが動き出した。前髪の新九郎の頭の上から張りぼての釣り鐘が落ちる。

釣り鐘が真っ二つに割れて、そこには――

早変わりして、見たこともない安珍がいる。

名前に八のつく人。

「とっくに息が詰まって亡くなっていると聞かされても、放っておけないのが親心じゃないですか。万が一にも生きているなら何とかしてやりたいと思うものではないですか。子を思う親の気持ちは長屋の魚屋でも三千石の大身旗本でも同じでしょう」

釣り鐘がまた閉じる。道成寺の僧たちが焼けた釣り鐘に触れて熱がる。誰も近づけない。

実の父だけが釣り鐘を開けて、清姫の愛の抱擁《ほうよう》を正面から受ける――

「お内儀の遺言、〝北条政子にはなれない〟とは〝息子を殺した〟ではなく〝二人も息子を亡くして悲しい〟くらいの意味でしょう」

――だから、道成寺には今も鐘がないのです。

今の本多のお屋敷に蔵はあるのだろうか？

「あなた荒太さんを一目見て、瓜二つだとおっしゃったじゃないですか」

なびきの問いに与三郎は答えなかった。がちゃんと音がして——壁に背中をぶつけた拍子に腰の刀を鳴らした。あたふた手で押さえる。

「げ、玄八郎《げんぱちろう》さまはきょ、享年十六と聞いている！　病で身罷《みまか》られた。流行《はや》り病ゆえ早々に荼毘《だび》に付したと——拙者が中継ぎを最初に頼まれたのはそのときで——た、大火より六年前。根も葉もないことを申すな！」

与三郎は言い返したが、佐兵衛とやり合っているときと違って舌がもつれている。

「じゃ、お内儀の弟御なんてお身内すら知らないまま六年も蔵にいらしたんですねえ。ご家族皆さままで必死で隠してたんですねえ、水臭い。外聞が悪い？　夏は暑くて人の住むところじゃないと聞きますが、頑張りましたねえ。——隠しすぎて、逃がす前に何も知らない近所の左官が戸の隙間に土を塗ってしまったんですね」

なびきは淡々と答えた。残念ながら、彼に気遣う理由を見つけられない。「親戚が喋ってくれない」で済ませて深く追及せず、闇《やみ》を闇とも思わずこの十年、暢気《のんき》に棚からぼた餅でお殿さまをやっていた彼には。

「し、知らんぞあたしは！　新九郎さまに兄上など、たわごとを！」

「中間風情は知らなくていいことだったんでしょう」

わなないた佐兵衛に対してはこう。これ以外に何がある。「蔵などなかった」なら困るが。

この十年、何を言っても誰にも取り合ってもらえなかったのは多少気の毒ではある。

「葬儀を出さなければなりませんし、長七郎さまの隣にお墓も必要でしょう。戒名も。家来に説明できないから、亡骸は新九郎さまだということにするしかなかった」

「は、墓は別にある、十六で身罷った折に――」

「そちらは空っぽなんでしょう」

長七郎は外にいて、雨で多少は火が消えたので面影が残ったが、玄八郎は蔵の中にいて人が入れるまでになるのに待たねばならず炭になった――炭になってしまえば身体が縮んで、八つ下の弟だと言ってもわからないくらいになった。

「荒太さん、鮭の頭食べたことがないって。お武家は魚の頭だけ出すのを嫌がるのかと思いましたが、二つに割ってもお父上と兄上の分しかないから嫡男でも弟の新九郎さままで回らない」

弟はおかずが一品少ないと言っていたのは由二郎だ。

荒太は絶対長男ではないと言っていたのは辰。

「それに荒太さんは鏡が怖いのです。小娘の持つ小さなものでも怖がる。でも前髪の頃はそうではなかった。その頃はまだお兄さんにそれほど似ていなかったのです。歳を取るとどんどんそっくりになって――荒太さん、月代や髭が伸びるのを嫌がって無理矢理深追いしていつもどこか剃刀負けしている。月代や髭の伸びた人が怖いんですよ。蔵の中にいたら髪結床に行けないから」

前髪を落として以来、鏡に映るのは今の彼ではなく、とうの昔にいなくなった亡霊。零落した殿さまの息子。

誰の目にも見えなくなったがずっと彼のそばにいる。彼にだけそれがわかる。

月代や髭がぼうぼうに伸びた山賊のような家老の息子、斧定九郎。少し工夫すれば全然別人のようなしどけない二枚目。同じ人でも姿が変わる。

「ついでに言えば荒太さんは、刀が怖いです。鉄火で男気のある江戸っ子には意気地がある。ましてや荒太さんは無頼で食っている人、怖いものを怖いと正直に言ったりしないのです。鏡程度なら小娘にいたずらされるくらいで大したことにならないけど、刀が怖いなんて人に知られたら殺されてしまうし――絶対に武家の跡継ぎになれません。佐兵衛さん、あなたには言わなくてもわかってほしかったのです。あなたが本当に荒太さんのことを思うなら」

荒太の性根は武家には向かない――元々そうなのか、武家になりたくないから後から言いわけを増やしたのか。たくさんあった方がいい。どれが一番拙いかわからないように。

恐らくさっきの騒ぎと同じことが浅草の賭場でも起きたのだろう。

月代や髭の伸びた素浪人に凄まれて縮み上がったところに刀を抜かれて、恐怖で我を忘れて喚いて暴れたので皆で殴ってでもどうにかしなければならなかった――

彼には怖い言葉もあるようだ。〝分際で〟〝見くびりおって〟？

組み合わせれば、十六の兄君がなぜ蔵に閉じ込められることになったのか、その理由がうっすらわかる。

――歳の離れた弟。何もできないのにかわいがられる。美形でもなく阿呆のくせに愛嬌だけで皆に愛される甘え上手――

彼に愛する女を奪われた者には、その全てがはらわたが煮えくり返るほど憎い。

辰が荒太のことを「いつか人妻に手出しして刺される」と言ったが、恐らく既に刺されたことがある――人妻というのは母で、思いあまった兄に。由二郎の兄は立派な人のようだが皆が皆、そんなに立派ではいられない。

兄が閉じ込められた後も彼には京橋での暮らしはつらいことだらけで、焼け跡を走って深川に行くまでに全部忘れた。

忘れたかったからだ。

肝心なところばかり残っていたので、忘れたふりをしていたのかもしれない。

お内儀は全部知っていたのに何も言わずに死んだ。夫ともう一人の息子の死に耐えかねたのもあるだろうが、武家に向かない子よりも御家の秘密を頑《かたく》なに守る方を選んだ。

捜してもらえない子供がどんなにつらいか考えもしないで。

築地の寺にお内儀の墓もあるのだろうか。父母と子と、並んでいるのか。

今ここにいるのは、その墓に入れなかった人だ。名前と戒名を兄に横取りされた。そう決めたのはお内儀だ。

それからもう十年。

不憫《ふびん》も何も十年、上機嫌で楽しく生きてきた——そういうことにしてやれ。

武士の情けはないのか。

不意に、けたけたと子供のような笑い声がした——ぎょっとして振り返ると、床几の荒太の左耳から詰めていた襤褸布が落ちていた——

「娘ェ、見テキタヨウニ面白イ話ヲスルデハナイカ。大儀デアルゾ。褒メテツカワス」

荒太だが、頭だけ床几から落ちかけてひっくり返ったまま笑っている。顔が逆さまになるだけで全然違う人に見えるし言葉遣いも彼らしくない——これが〝新九郎〟？

「何か間違いはありませんでしたか」

「ソウジャナア。父上ハ最後ニ兄殺シノ新九郎ナド廃嫡ジャ、ワシコソ蔵ニ入レルトオッシャッタ。蔵ヲ閉ザシテ逃ゲタノヲ、ワシノ仕業ト思ッテオラレタ」

与三郎が膝を折った——つい先ほど知り合った気さくな甥が消えて失せ、彼の知っていた姉一家の思い出は全部嘘になった。

〝新九郎〟が逆さのままにたにた笑っている。

「蔵ニナド入ルモノカ。父上ナド死ネバイイノジャ。ソウ思ウテオッタラ蔵ガ爆ゼテ死ニオッタ。イイ気味ジャ。ワシガ父上ヲ殺《あや》メタノジャ」

「——たまたまですよ」

これが本心とも限らない。

「父上ハワシガ嫌イジャッタ。ワシトテアンナ老イボレ、大嫌イジャ。イツマデモ兄上兄上ト。兄上モ大嫌イジャ。ワシヲ刻ンデ殺スト脅シテバカリ。先ニ生マレタダケデ無駄飯食ライノ役立タズノクセニ。アンナ家ハ嫌イジャ。優シイノハ母上ダケジャ。母上――」

「あなたはもう十年も前に死んだんですよ――」

夢見るような〝新九郎〟のささやきをなびきがなだめすかそうとした。なびきが思うにこれは未練だ。母親が深川まで迎えに来てくれていたら無理矢理でも武家に戻った、戻りたかったという――

だがおしずが横から茶碗で荒太の顔に水を注いだ。効果はてきめんで荒太は海老みたいに跳ねて足をばたつかせ、喚いた。

「ごっなっおっ、溺《おぼ》れる！　助けて！　おしず坊に殺される！」

悲鳴はいつもの荒太だ。

「真面目に相手しちゃダメだよこんなの。話すだけムダ」

「縛って水かけるとか地回りの拷問《ごうもん》だぞ！　優しく起こせよ！」

元には戻ったがおしずの手荒さには、黙って後ろで見ていた本物の地回りのチンピラの方が顔をしかめる始末だった。

その地回りの元締めの佐兵衛はといえば、大きな人なのに一回り縮んで見えた。彼が十年、追いかけて何も摑めなかった真実、荒太が彼なりに一生懸命隠していたことを全部暴いて与三郎を打ちのめしたのに、少しも嬉しそうでない。大好きな荒太に声をかけようともしない。

なびきは彼を気遣っている場合でもなかった。

「……佐兵衛さん、真蛇の夜一さんってどういう人ですか？」

「小器用で何でもする。軽業でも読売売りでも。聞いてないのか」

なびきの問いに佐兵衛は力なく答えた。

――聞いた。獅子舞の中に入っていたとか。

本当なら見た目より大変な仕事だ。あまり背が高くなかった。子供の頃から鍛えると背が伸びなくなると聞く。

「去年、読売売りの相棒が小伝馬町の牢《ろう》に入って死んで一人になった。食わせてくれるなら何でもすると言うが、並みの絵なら並みの絵描きで足りる」

――何でも人の三倍できてやっと人並み。

今どきお上は読売売りを本気で死罪にしたりなどしないが、一度牢に入れられたら獄死など珍しくもない。

「六十七両も手に入れたらもうあたしのところになど戻らないだろうな。お前の方が、待っておったらそのうち出会う。好かれておるのだろう？」

「――わかりません」

「好いておるだろう、あれが子供とはいえ女に名を教えるなど。優しい飯屋の娘に声をかけられてはしゃいでのぼせ上がったのだろう」

全然そんなではなかった。なぜこの期に及んでこの人はなびきを「優しい娘」などと言うのだろう。

「わたし、ひどいことを言いました」

「顔のことなら皆言っている。男は一回すげなくされたくらいで諦めはせんよ。きっとまたお前に会いに来る。――寺社奉行など動かさん。あれを追い回したりはせんよ。勝手に仲よくするがいい」

佐兵衛は息をついて手で顔を覆った。

「新九郎さま……お武家のお内儀など子の頭を撫でもせんのに、それでも母御がいいとおっしゃるのか……」

なびきに向けられた言葉ではなかったが、そのつぶやきが一番胸に刺さった。

見た目に囚《とら》われすぎなのかもしれない。なびきも、この人も。

武家は中間ごときに心を許してはいけないという躾の道具にされたのだろうか。

今の荒太ならいっそ酒でもおごって馬鹿な冗談を言っていれば友達になってくれたのに。

別のやり方があっただろうに。

――なびきは？

真蛇は本当にまた現れるのか？　そのとき、何を言う？

友達になれるか？

あんな悪い人、と切り捨ててそれで世の中はよくなるのか？

——かわいそうな御曹司の新九郎さまの話はこれにてお終い。

11

とっくに大人になった荒太は、なびきごときが予想もしない斜め上の解決を持ってくる。

もう日も暮れて、散々聞こし召したご隠居が座敷で壁にもたれてこっくりこっくり舟を漕《こ》いでいた頃。

煮売り屋〝なびき〟に来た荒太は、今日は左目の下にかさぶたを作っていた。白黒の矢《や》鱈縞《たらじま》の長合羽に笠《かさ》を持った旅装束《たびしょうぞく》で、床几で大根の煮物を食べている辰の肩を叩いた。

「よう、辰坊、昨日悪かったな。怖い思いさせた」

「どっか行くみたいだな、荒太」

「おう。目黒に小判返しに行こうと思って。なびき坊、この後、徹夜で歩くから握り飯か何か作ってくれ」

そう聞いてなびきは驚きで跳び上がりそうだった。——荒太の手にはくだんの、紫の袱紗の包みがあった。

「か、返しに行くって大丈夫なんですか」

「手紙つけて暗いうちにどっか境内に置いてくる。目黒の坊さんに申しわけねえからよう。ちょっと使っちまったけど大方残ってるんだし、あっしのこの真心を汲んでもらおうと。こっちも悪気があったわけじゃねえから勘弁してくれ、いい夢見せてくれてありがとうってな。寺社奉行だ何だ、ややこしくない方があちらにもいいだろ」

荒太が何でもないように言うのに、なびきは心が軽くなったような気がした。──寺からすれば勝手な言い草なのかもしれないが。

「使った分、武家の叔父上に出してもらって帳尻合わすとかしねえのか？　借金あってもお前よりは金持ちだろ」

「小手先の金策してる間にあっしの真心が減っちまう。未練やら何やら出てくる。こんなの思いついたときにスパッと返しちまうのがいいんだよ」

「気持ちは大事ですよきっと」

冗談めかしてはいたが、真蛇は絶対返さないと思うと荒太だけでも返す気になってくれたのは尊い真心だ。彼が自分で思うよりずっと。

困ったときお梅に泣きつきに行って、困ったとき目黒にスパッと返す。荒太はこの足取りの軽さが身上なのだろう。

「そんでそのまま、また箱根にでも逐電しようと思って」

「結局逐電するのかよ」

「佐兵衛に次は札差の跡継げとか言われても気持ち悪いしよ。ほとぼり冷ましてくらあ。本当、男にもてても何も楽しくねえな！」

「今年もツケの回収は手伝ってくれないんですね」

「ああ、悪いな！　神田祭《かんだまつり》には顔出すから！」

荒太は爽《さわ》やかな笑顔で、悪いと言いながら全然悪いと思ってなさそうだった。なら、仕方がないかという気になる。

「おしずさん悲しみますよ。今、いないのに」

「いないの確かめて来たんだよ」

荒太は大声を上げるとおしずに見つかるかのように声をひそめた。

「おしず坊に会ったら殴られるじゃねえかよ」

──これが女衒の勘か。自分を殺しそうな女は避ける。

いや。

──顔の傷。彼の顔にはいつも傷があるから見逃しそうだが、目の下に剃刀を使うだろうか。産毛ならともかく、よほど毛深い人でなければこんなところに触ってわかるような硬い髭は生えないのでは。

これは、女の手による引っ掻き傷。右手でほおを張り飛ばしたら爪《つめ》が当たった──

おしずは今日、日暮れより前に三河町《みかわちよう》の家に帰ったので──既にひとしきり愁嘆場を繰り広げてこの刻限、ということはないか。

「真面目な話、しばらく女はいいや。近頃、誰も彼もかわいそうに見えていけねえ。もうちょっと殊勝ならお梅さんや母上の菩提《ぼだい》弔って坊主にでもなったのかな」

「似合わねえからやめろ。どうせ女犯《によぼん》して戻ってくるんだからお釈迦《しやか》さまにまで迷惑かけんな」

辰はにべもないが、荒太がしみじみとため息をついたりしているのはどこまで本気なのか――いや、野暮は言うまい。知らぬが仏だ。

「それよりお前、刀怖くて博徒でやっていけんのか？　用心棒もやってるんじゃなかったのかよ。喧嘩とかどうするんだ」

こっちの方が心配そうな辰に、

「刀ぁ見たら気が遠くなって、いつの間にか朝になってあっしが喧嘩に勝ったことになってる、そういうことってよくあるもんじゃねえか？　今回は調子が悪かっただけで。てめえがごちゃごちゃ言われるとよろしくないだけでまるきり他人の喧嘩なら強いんだ、あっしは」

荒太はとんでもないことを言った。いっそなびきは笑うしかない。

「ぜ、全然大丈夫じゃない」

「ないからな、そんなこと世間の凡人にはないからな！」

「便利なもんだぜ？」

これで一見、平然と生きているというのがすごい。聞かなければわからないものだ。

「そうそう、あれから我慢して鏡見る鍛錬してみたけど思ったより不細工だった」

「いきなり無理しない方がいいですよ」

「理屈があれならもっと歳食ったら全然平気になるんじゃねえかなあ。この先は楽になる一方と思えばやってける」

とにかく前向きなのが彼の長所なのだと思っておく。

「箱根から帰った男がまた箱根に行くだけさ。肩の荷下ろして風通しよくなった」

「もうちょっと下ろしてもいいぜ、お前背負いすぎだから」

「あっしもさあ。屋敷の奥でふんぞり返ってお殿さまやるより、三千石の大身旗本になれるはずだったのに家督争いで負けたって語って聞かせた方がこう、陰があって男前が匂い立つだろう？」

全然懲りない荒太になびきは呆れる。

「陰があるって言うより闇が深いんです」

「日陰なのは同じじゃねえか。晴れてお天道さまに顔向けできない破落戸の完成だ。生まれは京橋、育ちは深川、女の生き血吸って大きくなったろくでなしの荒太、冥土《めいど》でおっ父おっ母が泣いてるぜ！　いい名乗り、考えなきゃあなあ」

「空元気も元気のうちなんじゃろ」

久蔵は煮物を皿に盛ると、燗酒《かんざけ》を添えて荒太に折敷で出した。

「目黒まで行くのに身体を温めていけ」

「悪いなあ、じいさん、変な金押しつけちまってよう」

「金に汚いも綺麗もない」

その言葉はここ数日何回か聞いたが、久蔵が言うと全然違った。

「箱根も嫌になったら帰ってこい。うちは〝神さま〟のご加護とお前の三両で気楽にやっておる。お前の根性はその程度でよい」

「……そうかい。いただいてくぜ、そのご加護」

荒太は折敷を受け取ると辰の隣で食べ始めた。

「来年はてめえからなびき坊に頼めよ、半纏に綿入れてくれって」

「うるせえや、大きなお世話だ。結局オレの四百文は返さねえで」

「次返すよ。心配しなくてもおめえに銭返すまでは死なねえから」

「心配なんかしてねえ。お前がどこの誰に貢がれたとか気味悪い話聞きたくねえから利子つけてはなから相撲の席おごれ」

「枡席二人分か、結構するなあ」

「何でお前も行くつもりなんだよ」

食べながら辰といちゃついて別れを惜しんでいた。辰は減らず口を叩いているが寂しそうに三毛を招き寄せて抱き上げた。

なびきが残りご飯を握っていると、話し声が気になったのか寝ていたご隠居がふと起きた。

「あれ、荒太が来てたんですねえ」

「しばらく箱根に行くらしいですよ。名残を惜しむなら今のうちに」

「まあ忙《せわ》しない。帰ってまだいくらも経たないのに神田の顔を見ただけでまた箱根とは。色男、悪い女でも引っかけて追い回されて逐電ですか」

このところの騒ぎは何も知らないご隠居だが、当たらずとも遠からず。なびきも冗談にしておく。

「おしずさんが火を吐く蛇になって追いかけるかも」

「今度は箱根権現から釣り鐘がなくなるねえ。迷惑なこと」

ひと寝入りして酔いが醒めたご隠居に番茶の湯呑みを渡して、なびきはつぶやく。

「どうしてお芝居は清姫ばかりで安珍は出てきもしないんでしょうね。女形が出た方が華やかで受けるから？」

「安珍はお坊さんなんだから、救われたかったら自分で法華経を読んで御仏の教えにすがればいいんですよ。お芝居や物語で救われる必要はないんです」

賢いご隠居は熱い番茶にまず息を吹きかけた。

「たった十三歳で色恋ごときで最強の鬼になってしまった清姫だから、仏法だけでは救えない。世の中は楽しいもの、素敵なものだというところから皆で手取り足取り教えてあげないと。――男はね、世の中に楽しいことがあるなんてのは手前で勝手に憶えるものなんですよ」

――男だってそんなことは誰かに教えてもらわなければわからない。

同じく大火の火に炙られて新九郎は深川で荒太になり、もう一人の少年は真蛇の夜一になった。何もできないかわいい男と何でも一人でできすぎる男と。

荒太はお梅に情を教わったが、真蛇の夜一を甘やかしてくれる人はいなかったのだろうか。

　彼のような人がいるのを誰も知らない。

　――なぜ彼は顔を隠してこそこそするのが当然だと自分は決めつけた？

　彼は自分で不細工だと言っていたが、嘘でも男前だと言ってやれば少しは救われるのか、かえって傷つけてしまうのか――

「なびきちゃん、燗を一本つけてください。あたしから荒太に餞別《せんべつ》です」

　ご隠居の声で考えは遮られた。

「もういいよ、あんまり呑むと目黒行く気なくなっちまう」

「目黒？　夜中ですよ？　寺で泥棒でもするんですか」

「逆だって。話せば長くて朝になっちまうよ。辰坊とじいさんで言ってくれ」

「やだよ面倒くせえ。なびきが言ってくれ。お前、長くて難しい話得意だろ」

「なびきちゃん、荒太の馬鹿は何をごまかそうとしてるんですか。泥棒の逆って何です」

　皆が呼ぶ声で否《いや》が応でも浮世に引き戻される。

「ええ、自信ないなあ。出鱈目な与太話、得意なのは荒太さんじゃないですか」

　なびきはぎこちなく笑った。皆が求める飯屋の娘の顔で。

時代小説文庫
み 14-2

贋《にせ》富《とみ》くじと若《わか》さま　煮《に》売《う》り屋《や》なびきの謎《なぞ》解《と》き仕《じ》度《たく》

著者　汀《みぎわ》こるもの

2023年 4月18日第一刷発行

発行者　角川春樹

発行所　株式会社 角川春樹事務所
〒102-0074 東京都千代田区九段南2-1-30 イタリア文化会館

電話　03(3263)5247[編集]　03(3263)5881[営業]

印刷・製本　中央精版印刷株式会社

フォーマット・デザイン＆シンボルマーク　芦澤泰偉

ISBN978-4-7584-4557-3 C0193　©2023 Migiwa Korumono　Printed in Japan
http://www.kadokawaharuki.co.jp/[営業]
fanmail@kadokawaharuki.co.jp[編集]　ご意見・ご感想をお寄せください。